La nación inventada

Divulgación
Historia

Arsenio Escolar e Ignacio Escolar

La nación inventada

Una historia diferente de Castilla

Península

El papel utilizado para la impresión de este libro es cien por cien libre de cloro y está calificado como **papel ecológico**.

Avinguda Diagonal, 662-664. 08034 Barcelona (España)
info@edicionespeninsula.com
www.edicionespeninsula.com
www.planetadelibros.com

Diseño de la cubierta: Booket / Área Editorial Grupo Planeta, a partir de la idea original de © Pau Santanach
Ilustración de la cubierta: © Photoaisa
Primera edición en Colección Booket: octubre de 2013
Segunda impresión: enero de 2014

Depósito legal: B. 19.609-2013
ISBN: 978-84-9942-255-8
Impresión y encuadernación: Liberdúplex, S. L.
Printed in Spain - Impreso en España

Arsenio Escolar (Torresandino, Burgos, 1957). Licenciado en Ciencias de la Información y en Filología Hispánica por la Universidad Complutense, donde también cursó estudios de Pedagogía. Periodista en ejercicio desde hace más de 30 años. Dirige, desde su fundación, el diario impreso *20 minutos* y el digital *20minutos.es*. Anteriormente fue directivo de *El País*, *Cinco Días*, *El Sol*, *Claro* y *Diario 16,* entre otros medios. Participa con frecuencia en programas de radio y televisión. Ha ganado diversos premios periodísticos y literarios, de poesía y de narrativa. Es coautor, con Ignacio Escolar, de *La nación inventada. Una historia diferente de Castilla* (Península, 2010) y de *El Justiciero Cruel. Pedro I de Castilla y el nacimiento de las dos Españas* (Península, 2012) y, con Montse Román, de *La golondrina enamorada y otros cuentos de La Alcarria* (El Aleph, 2012).

Ignacio Escolar (Burgos, 1975). Periodista. Director de *eldiario.es*. Es también autor de *escolar.net*, el blog sobre política más leído en castellano, y participa como analista en diferentes programas de radio y televisión. Fue fundador y primer director del diario *Público* y ha trabajado, entre otros medios, en *La Voz de Almería*, Informativos Tele 5 y también como consultor de prensa en Latinoamérica. Es coautor de *La nación inventada. Una historia diferente de Castilla* (Península, 2010), *El Justiciero Cruel. Pedro I de Castilla y el nacimiento de las dos Españas* (Península, 2012) y de *Reacciona* y *Actúa*, dos ensayos colectivos sobre la crisis. En primavera de 2012 publicó su primera novela, *31 noches*. Puedes seguirlo en Twitter, @iescolar, Facebook, facebook.com/ignacio.escolar, y en su blog personal, *escolar.net*.

Para Íñigo y Lucía, castellanos de Madrid

ÍNDICE

I

PRÓLOGO
LOS MITOS FUNDACIONALES

Martes y 13. Octubre de 1556. Envejecido y corvado, minado por la gota, que apenas le permite caminar, el emperador Carlos V llega a la ciudad de Burgos. Viene del puerto de Laredo, donde ha desembarcado el 28 de septiembre, procedente de Flandes. Está malhumorado. A su llegada al puerto cántabro, todo era desorden en la organización del que va a ser un complicado viaje de 90 leguas en 21 etapas. El viernes anterior ha tenido, además, un percance de salud. El emperador, un gran glotón durante toda su vida, se ha encontrado en Medina de Pomar con que su hija Juana le ha enviado víveres frescos —melones, frutas, pescados—, ha comido vorazmente y en exceso, y acaba sufriendo un empacho de escabeche, una fuerte indigestión.

Los caminos son pésimos, el viaje es penoso. El domingo 11 de octubre pasa por Pesadas de Burgos. El lunes 12, por Hontomín. Lo llevan «unas veces en silla a brazos de hombre y otras en litera». Va camino del monasterio de Yuste, en Cáceres, donde ha decidido retirarse para siempre y prepararse para la muerte. Tiene cincuenta y seis años recién cumplidos, demasiados para esa época y ese precario estado de salud. Los asuntos del imperio ya están resueltos; el hombre más poderoso de su siglo ya ha entregado su cetro. Unos meses antes, Carlos I de España y V de Alemania ha dejado en manos de su hermano Fernando el gobierno del Sacro Imperio Romano Germánico; y en las de su hijo Felipe, el de España, Sicilia y las Indias. Es una herencia tan vasta que de ella salen dos de los tronos más altos de su tiempo.

Aunque el emperador no quería agasajos ni grandes recibimientos durante su viaje al retiro de Yuste, Burgos recibe al viajero y a su numerosa comitiva —formada en su mayoría por nobles flamencos, poco queridos en Castilla— con una espectacular novedad arquitectónica. En una de las doce puertas medievales de entrada a la ciudad, en la puerta que da acceso a la catedral desde el río Arlanzón, se acaba de levantar el arco de Santa María: un singular arco triunfal en honor, precisamente, del ilustre visitante. Burgos busca el perdón del emperador. La misma ciudad que tres décadas antes se levantó en armas contra Carlos I en la revuelta de los comuneros quiere trasladarle su adhesión, antes de que muera, con un monumento cuyas obras han tardado veinte años en terminar.

La nueva puerta ha sido proyectada y comenzada por Francisco de Colonia y rematada por Juan de Vallejo. Ambos arquitectos han ganado fama y prestigio trabajando también en la cercana catedral. Vallejo, reconstruyendo el cimborrio del crucero, que se había hundido de repente la noche del 3 al 4 de marzo de 1539. Francisco de Colonia es el tercero de su apellido que deja su sello en la ciudad. Su abuelo, Juan de Colonia, levantó las dos agujas de gótico flamígero que coronan la catedral y la hacen única en el mundo. Su padre, Simón de Colonia, construyó la capilla del Condestable, asimismo en la catedral, entre otros muchos edificios en Castilla. El tercero de los Colonia también ha dejado su marca en el templo catedralicio, en la puerta de Pellejería, donde recrea un nuevo estilo, el plateresco.

Colonia y Vallejo han concebido la nueva puerta, que aún sigue hoy en pie en Burgos, como un castillo con un gran retablo en el centro. Tiene dos grandes cubos laterales, un remate almenado y seis hornacinas centrales dispuestas en dos cuerpos y tres calles. Todo, en la típica piedra caliza blanca de Hontoria de la Cantera, que se ha usado durante siglos en los principales edificios de la zona.

En las hornacinas, hay seis esculturas, obra de un tal Ochoa de Arteaga, un artista del que hoy sabemos poco. Son seis personajes con los que se quiere resumir la historia de Castilla. O la leyenda, o la tradición popular, o los mitos fundacionales, mitad verdad, mitad ficción, del pequeño Estado que había surgido unos seis siglos antes en esta misma tierra y que en este 1556 ya es la principal potencia mundial, el centro sobre el que orbita todo el planeta.

En la hornacina central de la banda superior del retablo está la escultura del homenajeado, el emperador Carlos. Y rodeándolo, las de Fernán González, el Cid, el conde Diego Rodríguez Porcelos —fundador de Burgos— y los dos jueces de la primitiva y mítica Castilla: Laín Calvo y Nuño Rasura. En el retablo en piedra, por encima de ellos, la divinidad bendiciéndolo todo, como señalando a un pueblo singular, irrepetible, elegido: un ángel con una reproducción del mapa de la ciudad, justo bajo el arco superior, y arriba en lo alto, en la almena central del remate, la Virgen María con el Niño en brazos.

El conde Diego Rodríguez Porcelos es un personaje menor, un intruso en esa galería de grandes glorias castellanas. Lo han incluido porque es la ciudad que él fundó la que ha pagado el arco. En las otras cuatro hornacinas está la clave, la apuesta, la señal. Ni Francisco de Colonia ni Juan de Vallejo ni Ochoa de Arteaga ni la ciudad de Burgos lo saben en esos momentos, pero están homenajeando a una Castilla casi irreal, en buena parte inexistente. Muchos de los hechos heroicos que se atribuían entonces y que se han seguido atribuyendo hasta hace muy pocos años a Fernán González o al Cid se tienen hoy en día por muy dudosos o se saben rotundamente falsos. La propia figura del Cid se ha llenado en la actualidad de manchas que ponen en duda si realmente fue un paradigma de héroe caballeresco, de modelo ético, de compendio de todas las virtudes castellanas. Por lo que toca a los dos jueces de Castilla, la gran mayoría de los historiadores cuestionan ahora incluso su existencia real. Pero no importa: sin «el Buen Conde» y sin Rodrigo Díaz de Vivar no se entendería el devenir histórico castellano; y sin la leyenda de los dos jueces, sin su mito, le hubiera sido más difícil a Castilla justificar y explicar su independencia de León, su nacimiento como nación.

En las hornacinas no está Fernando I, el primer rey de Castilla, que no sólo proclamó la absoluta independencia, sino que incluso disputó la hegemonía de la época a León y a Navarra. No está tampoco Alfonso VI, el rey que intentó casi un Estado multicultural; un hombre de una talla moral y política y de una importancia histórica muy superiores a las de su coetáneo más famoso: su rival, el Cid. Tampoco está Alfonso VIII, el monarca que sacó adelante la existencia del reino en circunstancias muy desfavorables. Ni Fernando III, que multiplicó el territorio del reino, convirtió Castilla en la potencia hegemónica de la Península Ibérica y construyó algunos de los pilares de la futura hegemonía mundial. Ni siquiera figuran en el altar de piedra del arco de Santa María los abuelos maternos del ilustre visitante: los Reyes Católicos, que unieron dos coronas, descubrieron las Indias y fundaron el Estado moderno.

En las hornacinas, en fin, sólo están los mitos, los considerados padres de la patria castellana, aunque muchos de sus genes de paternidad sean hoy más que dudosos.

Los pueblos tienen derecho a sus mitos fundacionales, a sus leyendas, a esas mentiras y medias verdades que sirven de argamasa para construir una identidad real que forja una conciencia colectiva y anima su camino sobre la historia. No es una exclusiva de Castilla, es un elemento común en el nacimiento de la mayoría de las naciones, que desde Roma a Estados Unidos han levantado su identidad, tan real como su poder en la Tierra, sobre bases mitológicas. Es tan común como legítimo. Pero quizás los pueblos tienen también el deber de conocer la verdad, de saber qué se ocultó, qué se exageró, qué se manipuló y qué se inventó. Cómo de sólidos son esos pilares; qué hay ahí abajo, en los cimientos castellanos sobre los que después se levantaría el casón de España. Quiénes son los verdaderos padres de esa identidad inventada, los vencedores que reescriben la historia: en qué forja, en qué momento y por qué motivo se fundió el acero de Castilla, esa poderosa aleación de realidad y ficción, de historia y de leyenda.

2
DE BARDULIA A CASTILLA

Como noticia periodística, está completa. De pocos asuntos antiguos suele haber tantos datos, tanta precisión, como de la irrupción de Castilla en la historia. Al menos, como nombre, como marca. Sabemos el quién, el qué, el cuándo, el dónde, el cómo y el porqué. El día 15 de septiembre del año 800, el abad Vitulo, del monasterio de san Emeterio, en Taranco de Mena, en el norte de lo que en la actualidad es la provincia de Burgos, emite la carta fundacional del monasterio y escribe por primera vez, que se sepa, el nombre de Castilla.

El documento forma parte de un códice medieval, el *Becerro Galicano*, que se guarda en el monasterio de San Millán de la Cogolla.

Hasta entonces, aquel territorio montañoso, en la vertiente sur de la Cordillera Cantábrica, se había llamado Bardulia. Le había dado su nombre una vieja tribu prerromana, los bárdulos o várdulos, que poblaban amplias zonas de lo que hoy es la provincia de Guipúzcoa ya antes de que las legiones romanas llegaran a la Península Ibérica. Los bárdulos, quizás mezclados con los caristios y los autrigones, otras tribus prerromanas, se habían expandido hacia el oeste, a todo el actual País Vasco y a zonas de lo que en este momento es el sur de Cantabria y el norte de Burgos y de Palencia. Al final, sólo se llamaba Bardulia a estas últimas áreas. Pocos años después de aquel abad Vitulo, una crónica ya dice, expresamente: «Bardulia, quae nunc apellatur Castella». Es decir, «Bardulia, a la que ahora llamamos Castilla».

Sobre el origen del nuevo nombre hay pocas dudas. En el año 800, en el arranque del siglo IX, la zona es la frontera oriental del aún incipiente reino astur, fundado por Pelayo tras la escaramuza bélica de Covadonga. Era una frontera peligrosa, pues por ella atacaban a menudo los ejércitos musulmanes del emirato de Córdoba, que dominaban la mayor parte de la península desde comienzos del siglo VIII. Las tropas musulmanas aprovechaban los caminos naturales de las orillas del Ebro para entrar río arriba hasta el corazón del reino astur. Eran expediciones de castigo y pillaje, de tomar botín y volverse cuanto antes a Al-Andalus. No querían quedarse en el Alto Ebro, en ese norte montañoso, frío, inhóspito y casi salvaje, poco civilizado. Preferían las zonas llanas, feraces, cultas y cultivadas del Ebro Medio, en Zaragoza, o aún mejor las tierras del sur, del Guadalquivir, de la corte de Córdoba. No sólo por el clima: el Al-Andalus musulmán de aquella época llevaba una ventaja de muchas décadas de civilización a las pequeñas zonas cristianas de la Cordillera Cantábrica y de los Pirineos.

Las incursiones musulmanas eran tan frecuentes y causaban tantos daños que el reino astur llenó los estrechos pasos montañosos de Bardulia de fortificaciones, de castros, de castillos donde frenar al enemigo. De ahí el nuevo nombre, Castilla, por el que comienza a conocerse el territorio. El nuevo apelativo tiene éxito, se expande muy rápido durante el siglo IX. No es sólo de consumo interno, pues hasta los cronistas árabes de la época lo adoptan, o incluso ya lo usaban así antes. Lo llaman *al-Qila*, que quiere decir «los castillos».

Siglo IX. Bardulia ya es Castilla. Pero el del nombre es sólo el primer cambio que se va a producir en ese territorio. Se están gestando otros dos mucho más relevantes, aunque aún tardarán muchísmo en germinar.

Uno de los cambios es político. Castilla forma parte del reino astur, sí. Pero ha sido incorporada por ocupación pocas décadas atrás, es su frontera oriental, la más alejada de la corte de Oviedo, casi una colonia, y quizás la más diferente a la metrópoli. Se ha repoblado sobre todo con vascones, poco romanizados. Es posible que tuviera algunas leyes propias, diferentes a las del *Fuero Juzgo*, la traducción del *Liber Iudiciorum* visigodo por el que se rige el reino, aunque en esto los historiadores están muy divididos. Lo que con certeza sí hay en Castilla es menos diferencias sociales entre su población, menos estratos, las relaciones son menos feudales que en León. El territorio es una zona en guerra casi permanente, es inseguro, de mucho riesgo. La mayoría de los habitantes apenas tiene bienes. Los grandes propietarios, los grandes magnates, viven mucho más confortablemente en la corte de Oviedo que en estas peligrosas zonas extremas, fronterizas con el enemigo.

El territorio no es único, está organizado en otros menos extensos. El rey ha puesto al frente de cada uno de ellos a un jefe militar al que llaman cómite. De ahí conde, y de aquí después condado. Entre los condes, y entre el vulgo, quizás vayan surgiendo con el tiempo algunos afanes de autonomía, de autodeterminación, de secesión. Piensan, tal vez, que la metrópoli los explota, no los considera, decide por ellos. Creen que les iría mejor si fueran independientes. Pero ésas son conjeturas que se hacen siglos después. No hay ninguna certeza de que ese ánimo independentista se estuviera larvando ya en aquel remotísimo siglo IX, ni siquiera en el X.

El otro cambio que se va a producir es aún más relevante si cabe. Esa gente de la tierra de los castillos —belicosa, ruda, más pobre que la de la corte, pero quizás más libre; mal romanizada y malhablada en su latín vulgar— está germinando en sus cerebros y en sus gargantas un dialecto, un nuevo idioma, un lenguaje diferente. El castellano, que está a punto de nacer, tendrá características propias, diferenciadas no sólo del deteriorado latín vulgar que hablaban sus abuelos, sino también de las otras lenguas romances que van a surgir cerca: el asturiano de la corte de Oviedo, el gallego, el aragonés... La lengua de Castilla sonoriza consonantes, elimina vocales, crea diptongos y multiplica sonidos fuertes de modo muy diferente a las otras lenguas romances que están apareciendo en las zonas montañosas de la península que no dominan los musulmanes. Tiene carácter propio y tiene también, como se verá, una capacidad mayor de asimilación de vocablos de otros idiomas y de expansión entre nuevos hablantes.

Una lengua propia, quizás leyes propias, gentes diferentes, modos de vida distintos, territorios muy alejados de la metrópoli, tendencias independentistas crecientes... Pero aún estamos en el siglo IX, todavía tiene que madurar el cóctel, y no lo hará hasta bien avanzado el siguiente siglo.

El monasterio de San Emeterio hoy no existe. No quedan ni las ruinas. En el lugar donde estuvo, hay un pequeño monolito con una inscripción que dice así: «Caminante. En este solar, quince días contados del mes de septiembre del año 800 del nacimiento de Xto., al dictado del abad Vitulo, el notario Lope escribió por vez primera el nombre de Castilla. Así quedó certificado para la historia el nacimiento del pueblo que desde este valle alcanzó todos los confines de la tierra con su idioma y su concepto del hombre y de la vida. Bien merece este solar tu reflexión respetuosa. Amigos del monasterio de Taranco».

Taranco sí, Taranco aún existe. Es una pequeña aldea del municipio del Valle de Mena, el más nororiental de Burgos. A pocos kilómetros, en el municipio cercano de Villarcayo, hay otra pequeña aldea que tiene un papel relevante en esta historia, con motivo real o probablemente sin él. Se llama Bisjueces. Toma el nombre de Laín Calvo y Nuño Rasura, los dos jueces de Castilla que, según la tradición, tenían allí su estrado, el tribunal desde el que administraban las leyes castellanas propias, diferentes a las de la corte astur. Pero ¿era realmente así? ¿O toda esa cantinela de las leyes y los jueces propios es sólo una leyenda, una de las muchas leyendas creadas por intereses políticos mucho más tarde, en el siglo XIII, para forjar unos mitos fundacionales de Castilla como pueblo único, singular, irrepetible y para lavar un pasado menos honorable?

3
LOS ÚLTIMOS VISIGODOS Y LOS PRIMEROS MUSULMANES

Pero antes de ir a Bisjueces, recapitulemos un poco, echemos una mirada rápida al conjunto de la Península Ibérica, el escenario donde se va a desarrollar esta historia.

A finales del siglo VII, el mundo hispanovisigodo, de origen germánico pero que había hundido sus raíces en la tradición del mundo romano, ya daba síntomas de fin de trayecto. La visigoda había sido una sociedad rural. Primaban en ella las relaciones entre particulares, entre señores y vasallos con vínculo de fidelidad, por ejemplo, sobre las relaciones de carácter público. La economía se basaba en la agricultura y la ganadería, y muy poco o nada en el comercio. La cultura era más bien pobre y se había puesto al servicio de la religión, del cristianismo. El poder de los reyes procedía de Dios, según las teorías que habían desarrollado los intelectuales de la época, el principal de ellos Isidoro, obispo de Sevilla.

La monarquía visigoda no era hereditaria. Cuando moría o caía un rey, los poderosos escogían al sucesor entre gente «de estirpe goda y de buenas costumbres». La fórmula daba pie a intrigas, a reyes que preparaban su sucesión en sus hijos, a muchas conjuras palaciegas. Una de ellas, a finales del siglo VII y comienzos del VIII, abrió la puerta del estrecho de Gibraltar a la invasión musulmana de la península.

El reino sufría una crisis profunda. La peste había diezmado la población en el año 693. Hubo varios años de malas cosechas. El hambre incrementó el bandolerismo. En Septimania, la región hoy francesa fronteriza con lo que ahora es

Cataluña, un extremo del reino muy alejado de la capital, Toledo, el gobernador Paulo se sublevaba y llegaba a proclamarse rey.

Dos familias de estirpe goda y de buenas costumbres, la de Chindasvinto y la de Wamba, llevaban décadas disputándose el trono, desplazando la una a la otra y la otra a la una con todo tipo de malas artes. La pugna acaba convirtiéndose en una guerra civil entre los partidarios de don Rodrigo, del clan de Chindasvinto y elegido rey en 710, y los de Agila II, del clan de Wamba e hijo del rey anterior, Witiza. Los de Agila piden ayuda a los bereberes del norte de África a través del conde don Julián, un militar godo que había gobernado o aún gobernaba Ceuta y que quizás guardaba rencor al rey porque, según una leyenda, don Rodrigo había seducido a su hija Florinda la Cava.

Los bereberes no se hicieron mucho de rogar. Tropas mandadas por Tarik pasan el estrecho, derrotan a Rodrigo en Guadalete y acaban con la monarquía visigoda. Poco después, entra en la península otro gran contingente armado musulmán, el del árabe Muza, un veterano caudillo militar que había conquistado para el islam ingentes territorios de todo el norte de África por encargo del califa de Damasco. En sólo tres años, de 711 a 714, los ejércitos de Muza y de Tarik someten prácticamente toda la península. Apenas encuentran resistencia, entre otras razones porque son tolerantes con las prácticas religiosas de la población autóctona, tanto de la gran mayoría cristiana como de la minoría judía. Ambas son gente del Libro, como los musulmanes. Los focos rebeldes de hispanogodos que quedan en algunas zonas montañosas cantábricas y pirenaicas son mínimos. La batalla de Covadonga, en la que don Pelayo derrota a tropas islámicas en 722, es apenas una escaramuza para los cronistas musulmanes. La cuenta así uno de ellos, Al Maqqari:

«Se levantó en tierra de Galicia un asno salvaje llamado Pelayo. Desde entonces, empezaron los cristianos en Al-Andalus a defender contra los musulmanes las tierras que aún quedaban en su poder, lo que no habían esperado lograr. Los islamistas, luchando contra los politeístas y forzándoles a emigrar, se habían apoderado de su país hasta llegar a Ariyula, de la tierra de los francos, y habían conquistado Pamplona... y no había quedado sino la roca donde se refugió el rey llamado Pelayo con trescientos hombres. Los soldados no cesaron de atacarlo hasta que sus soldados murieron de hambre y no quedaron en su compañía sino treinta hombres y diez mujeres. Y no tenían qué comer sino la miel que tomaban de la dejada por las abejas en las hendiduras de la roca. La situación de los musulmanes llegó a ser penosa, y al cabo los despreciaron diciendo: "Treinta asnos salvajes ¿qué daño pueden hacernos?"».

Concluida la conquista, los musulmanes se olvidan de los «asnos» de las montañas astures y se reparten los demás territorios. A los bereberes de Tarik se les da el frío valle del Duero y las zonas montañosas del norte, cantábricas y pirenaicas. Los árabes de Muza se quedan con el resto, con los feraces valles y las soleadas campiñas de los otros grandes ríos, con todo el sur, de mejor clima. Ambos grupos someten a la población autóctona y le cobran tributos, pero la riqueza y el botín son mucho mayores en la zona árabe que en la zona bereber. Se diría que había dos categorías de musulmanes: unos de primera, los árabes, compatriotas del profeta Mahoma y fieles mahometanos desde primera hora, y otros de segunda, los bereberes, islamizados recientemente, gentes de raza diferente a la del Profeta y de una tierra conquistada en guerra santa... por el propio Muza, por cierto.

El malestar de los bereberes por la discriminación que habían sufrido fue en aumento. Primero abandonaron las zonas más inhóspitas y pobres de su dominio, casi despobladas, casi yermas de tributos que cobrar, lo que propició una primera fase de la que luego se llamó reconquista: la recuperación de algunos territorios montañosos por parte de los cristianos, sobre todo por los primeros reyes astures. Después, los bereberes, los musulmanes de segunda, se sublevan en el año

740 contra los musulmanes de primera. Demandaban, conforme a lo que dispone el Corán, una igualdad jurídica, económica y social. Los árabes llaman en su ayuda a tropas sirias y egipcias, y al año siguiente aplastan la sublevación. Los bereberes son masacrados, casi aniquilados. Los pocos supervivientes son obligados a volver a sus tierras de origen, en el norte de África.

El valle del Duero y algunas zonas de las montañas septentrionales se convierten así en una tierra de nadie. Para los árabes, son corredores de paso en sus aceifas, sus incursiones en zona enemiga en busca de botín. Para los emergentes reinos cristianos, son zonas de posible expansión, de reconquista. En el Duero, el área más sometida a ambos movimientos, se queda muy poca población, es casi un desierto demográfico.

Mientras resolvían su conflicto interno con los bereberes, los árabes se habían constituido en España como un emirato dependiente del califa, que entonces residía en Damasco y era un miembro de la familia Omeya. Córdoba era la capital del emirato. Fue un periodo convulso; del año 714 al 756 se sucedieron una veintena de emires diferentes. A mediados del siglo, el mundo musulmán sufre un cambio crucial. Los Omeya, la familia que había dirigido el islam casi desde tiempos del Profeta y había elegido al califa entre uno de los suyos, son eliminados por otro clan, los abasíes, que se hacen con el poder político y religioso y trasladan la capital de Damasco a Bagdad. La persecución de los Omeya fue total. Algunos muertos fueron incluso sacados de sus tumbas para borrar todo rastro del linaje.

De la matanza sólo escapa un príncipe Omeya, que se refugia en el norte de África, busca apoyos militares —entre ellos, los de los bereberes—, entra en la península y, en 756, se hace con el poder en Córdoba. Se trata de Abderramán I. El emirato cordobés entra en otra fase de su historia; ahora es un emirato independiente, no sometido a la jerarquía política del califa, del enemigo abasí.

El emirato independiente cordobés duró casi dos siglos. Abderramán I, que comenzó las obras de la mezquita de Córdoba, y sus sucesores crearon un Estado más fuerte, rico y culto que el anterior, pero tuvieron que afrontar graves tensiones internas, tanto con las minorías muladíes (cristianos convertidos al islam) y mozárabes (cristianos que vivían en Al-Andalus) como con caudillos locales rebeldes, en sus territorios más alejados de Córdoba.

Los reinos cristianos del norte peninsular —sobre todo el asturleonés, y en menor medida el navarro y los condados que darían después origen al Reino de Aragón— aprovecharon estas debilidades internas del emirato cordobés para extender sus dominios a los antiguos territorios de los bereberes. Pero a comienzos del siglo x otro brusco cambio en el ámbito musulmán frenó casi en seco a los cristianos. En 912 accede al trono cordobés Abderramán III, que en pocos años pacifica el emirato, acaba con los rebeldes, ataca las zonas cristianas con continuas aceifas, derrota en Valdejunquera a las mejores tropas navarras y leonesas y, sobre todo, se proclama califa, «príncipe de los creyentes», y rompe toda relación de dependencia con el califa de Bagdad.

4

LOS JUECES DE CASTILLA

Ya se contó en el comienzo de este libro: en el arco de Santa María, el arco triunfal con el que a mediados del siglo XVI la ciudad de Burgos trata de agasajar al emperador Carlos V, hay seis estatuas que quieren resumir la historia de Castilla, seis estatuas de los presuntos seis principales prohombres castellanos. Dos de ellas representan a Nuño Rasura y Laín Calvo, los dos jueces de la primitiva Castilla, del mítico condado singular que mucho antes del año 1000 presuntamente se desgaja del reino asturleonés y emprende una singladura única en la historia del mundo, casi de pueblo elegido. Aunque la verdad fue menos mítica, los hechos parece que nunca fueron así. Un número creciente de historiadores cree que esas dos estatuas de los jueces en el arco de Santa María sobran; que el escultor, Ochoa de Arteaga, y los arquitectos, Juan de Vallejo y Francisco de Colonia, se las podían haber ahorrado; que no hay ninguna prueba fiable de que Laín Calvo y Nuño Rasura fueran lo que dice la leyenda; que ni siquiera es seguro que existieran.

En la portada plateresca de la iglesia de San Juan Bautista, en Bisjueces —la pequeña aldea del norte de Burgos cercana a aquel Taranco de Mena donde en el año 800 aparece por primera vez el nombre de Castilla, en el Bisjueces donde según la tradición impartían justicia Laín Calvo y Nuño Rasura— hay otras dos estatuas de los legendarios jueces castellanos. Son parecidas a las de Burgos y quizás de la misma época. Hay quien incluso atribuye la iglesia al propio Juan de Vallejo y a Simón de Colonia, el padre de Francisco.

La tradición asegura que en el año 842, tras la muerte de

Alfonso II de Asturias, se suceden «luengos tiempos» de vacío de poder en el reino astur, y que los pobladores de esa primigenia Castilla, que está fundándose en los valles de lo que hoy es el extremo nororiental de la provincia de Burgos, deciden elegir por su cuenta a dos altos magistrados que los gobiernen según su tradición y costumbres, y no por las leyes del reino asturleonés, por el *Fuero Juzgo* heredero del *Liber Iudiciorum* de los visigodos. Con esa decisión, los castellanos se estarían rebelando «contra la tiranía» ya a mediados del siglo IX. Estarían proclamándose independientes de facto no sólo una centuria antes de los tiempos de Fernán González, el llamado héroe de la independencia, sino 68 años antes de que García I traslade la capital del Reino de Oviedo a León. Dicho de otro modo: si esa tradición fuera una verdad histórica, Castilla existiría como entidad política independiente y soberana casi siete décadas antes que el Reino de León.

Añade la tradición muchos detalles. Que esos dos magistrados se llamaban Nuño Rasura y Laín Calvo. Que Nuño era «sensato y discreto, hábil y juicioso, trabajador, serio» y se ocupaba de los asuntos del gobierno y de la justicia, y que Laín era yerno de Nuño y hombre de carácter fuerte y se ocupaba de la milicia y de la guerra. Que los susodichos impartían justicia y administraban la cosa pública en un paraje conocido como Fuente Zapata, que estaba entre la actual localidad de Bisjueces, que se denominó así precisamente en honor de ambos magistrados, y la de Villalaín, que se llamaba de ese modo por el segundo de ellos.

El elaborado pastel de la tradición de los jueces de Castilla incluye incluso dos detalles sorprendentes, dos guindas espectaculares: Nuño Rasura fue abuelo del mismísimo Fernán González, y del linaje de Laín Calvo nació muchos años después el otro gran héroe castellano: Rodrigo Díaz de Vivar, el Cid Campeador. ¡Acabáramos! ¡Los grandes héroes que dan carácter a la patria castellana habrían tenido, en fin, sendos antecesores que les habían marcado el camino muchísimos años atrás!

La tradición de los jueces de Castilla no sólo ha dejado topónimos como Bisjueces y Villalaín, esculturas como las de la iglesia de San Juan Bautista y las del arco de Santa María, un monolito en Fuente Zapata y hasta un presunto sillón de los magistrados en la sala de Poridad del propio arco de Santa María, sino que incluso entró con todos los honores como un hecho verdadero y contrastado en las crónicas y los libros de historia, donde ha permanecido durante siglos. Hasta hace muy poco.

Ya un historiador del siglo XVIII, el agustino burgalés Enrique Flórez, advirtió en 1771 que ni en las crónicas y documentos de la época en que presuntamente vivieron los jueces, ni en las de mucho tiempo después, había mención alguna a su existencia, luego era muy probable que fuera una invención posterior. Al padre Flórez le hicieron entonces poco caso. En la primera mitad del XX, el profesor Galo Sánchez, del prestigioso Centro de Estudios Históricos, y el historiador Claudio Sánchez-Albornoz llegan por otras vías a la misma sospecha que Flórez, la de que los jueces de Castilla no existieron como tal. Y exhaustivas investigaciones recientes de los historiadores Alfonso García-Gallo, Georges Martin, Ernesto Pastor Díaz y F. Javier Peña Pérez han certificado que todo es leyenda, sin fundamento histórico. No sólo leyenda, dicen algunos historiadores: es absoluta invención de algunos cronistas riojanos y navarros de finales del siglo XII engordada después por otros cronistas leoneses y castellanos del siglo XIII.

Los historiadores han comprobado que muchos detalles laterales de la leyenda de los jueces son radicalmente falsos. Han establecido, por ejemplo, que a Alfonso II el Casto, que murió sin descendencia, lo sucedió sin «luengos tiempos» de inestabilidad Ramiro I. Han verificado que durante más de trescientos años, entre mediados del siglo IX —cuando presuntamente existieron y ejercieron los jueces de Castilla— y finales del siglo XII, no se menciona a ningún Nuño Rasura ni a ningún Laín Calvo en documento alguno. Ni rastro: o no existían o nadie había reparado en ellos. Han visto que en el árbol genealógico de Fernán González no hubo ningún abuelo ni bisabuelo ni tatarabuelo que se llamara Nuño Rasura, según demuestran documentos que recogen los nombres de todos sus antepasados durante varias generaciones atrás. Han llegado a la conclusión de que nadie, absolutamente ninguna fuente fiable anterior a esos cronistas riojanos y navarros de finales del siglo XII, apunta a que Castilla tuviera ningún grado de independencia en el siglo X. Han contrastado también los historiadores muchos otros detalles que desmontan la leyenda de los jueces de Castilla. Desmenuzado cada detalle de la leyenda, han establecido una secuencia temporal esclarecedora.

La primera vez en que Laín Calvo aparece en un texto escrito es en la *Historia Roderici*, una biografía sobre Rodrigo Díaz de Vivar escrita en latín entre 1180 y 1190, casi un siglo después de la muerte del Cid, por un autor riojano, quizás de Nájera. En esa biografía, Laín Calvo sólo es mencionado de pasada, como un antepasado del Campeador siete u ocho generaciones atrás, sin más detalles sobre su trayectoria, su oficio o su beneficio.

Nuño Rasura aparece por primera vez mencionado en un texto en la *Crónica Najerense*, escrita casi en las mismas fechas que la *Historia Roderici*. La *Crónica* se compuso en el monasterio benedictino de Santa María la Real de Nájera por esos mismos años finales del siglo XII, y viene a ser una historia universal del mundo, desde la Creación a los tiempos del autor. A Nuño Rasura tampoco se lo nombra como juez, sólo como abuelo de Fernán González, cosa que, como ya se vio antes, nunca fue.

Es sólo años después, ya a caballo entre los siglos XII y XIII, cuando los tales Laín Calvo y Nuño Rasura son presentados como los jueces y gobernantes primigenios de aquella edénica Castilla de mediados del IX en distintas obras escritas en territorio navarro (*Linage de Rodrigo*, *Crónicas Navarras*, *Liber Regum*). De ahí su leyenda salta, adornada con nuevos detalles, en 1236, al *Chronicon Mundi* de Lucas de Tuy, un monje de San

Isidoro de León que luego fue obispo de la localidad gallega que le da su apellido. En 1243, pasa al *De Rebus Hispaniae* de Rodrigo Jiménez de Rada, obispo de Toledo y uno de los autores fundamentales de la creación de los mitos castellanos.

Tras crecer con los dos obispos, el Tudense y el Toledano (así son llamados también), la leyenda de los jueces de Castilla es engordada aún más en obras compuestas poco después, a mediados del siglo XIII, en dos monasterios burgaleses que resultarán claves en la creación de los grandes mitos castellanos: el de San Pedro de Arlanza, donde un monje anónimo escribe el *Poema de Fernán González*, y el de San Pedro de Cardeña, en cuyo escritorio se redacta la *Leyenda de Cardeña*, que presenta al Cid casi como si fuera un santo.

El cóctel de leyendas infundadas o directamente falsas sobre los orígenes de Castilla y sus padres fundadores está listo para entrar en los libros de historia. Lo hace a finales de ese siglo XIII, exactamente en 1274, en la *Primera Crónica General* de Alfonso X, quien, de forma poco sabia o muy interesada, porque estaba abrillantando los orígenes de la Castilla que él gobernaba ahora como rey, compra la averiada mercancía sin más comprobaciones.

El inveraz relato de Alfonso X sobre esos orígenes castellanos ha sido durante siglos la versión oficial de la historia de España, tanto en ámbitos académicos como en el imaginario popular. De la crónica alfonsí han bebido decenas, centenares de generaciones de historiadores. Han bebido indebidamente, porque como se ha visto la *Primera Crónica General* de Alfonso X no era una fuente documental, era un inmenso charco lleno de lodo que no sólo incorporaba medias verdades o completas falsedades sobre Laín Calvo y Nuño Rasura, sino también, como se verá, sobre los dos grandes mitos castellanos: Fernán González y el Cid.

5
FERNÁN GONZÁLEZ

Las enciclopedias cuentan que el conde Fernán González fue el creador de Castilla, el padre de la patria castellana, el gran adalid de la independencia. Es una verdad incompleta. Algo tuvo Fernán González de todo eso, sí. Pero su protagonismo en los libros de historia se lo debe en gran medida a tres escritores fantasiosos y casi hagiográficos que vivieron al menos dos siglos después, a finales del siglo XII o en el XIII: el anónimo autor de la *Crónica Najerense*; el obispo Rodrigo Jiménez de Rada, y el anónimo autor del *Poema de Fernán González*.

Del primero de ellos se sabe poco. La *Crónica Najerense* se escribió a finales del XII en el monasterio benedictino de Santa María la Real de Nájera. Probablemente su autor fue un monje que, por lo que se ha comprobado después, se inventa un abuelo de Fernán González que va a dar después mucho juego literario y falsamente historiográfico: Nuño Rasura, al que otros autores convertirán más tarde en uno de los dos jueces de Castilla, en uno de los míticos precedentes del ideal independentista castellano. Recoge la *Crónica:* «[...] sépase que Nuño Belquídez engendró a Nuño Rasura, Nuño Rasura engendró a Gonzalo Núñez, Gonzalo Núñez engendró al conde Fernán González, el que, según se dice, liberó a los castellanos del yugo leonés...». Pues no, pura invención: una serie de documentos contemporáneos a los hechos —no muy posteriores, como era la *Crónica Najerense*— determinan con claridad que el padre de Fernán González era el conde Gonzalo Fernández; y el padre de éste, Fernando Muñoz; y los de éste, Munio Núñez y su mujer Argilo, que el año 824 conceden la carta puebla de Brañosera, el primer municipio conocido de la historia de España. Ni rastro de Nuño Rasura entre los ancestros de Fernán González. La *Crónica* aprovecha esa falsa genealogía para calificar a Fernán González como «el que, según se dice, liberó a los castellanos del yugo leonés». Tampoco fue así, ni mucho menos.

Del segundo de los tres grandes hagiógrafos de Fernán González sabemos mucho más. Rodrigo Jiménez de Rada era navarro de nacimiento, de Puente la Reina, y fue longevo para la época: vivió de 1170 a 1247, el último tercio largo del siglo XII y casi la mitad del XIII. Era un hombre muy culto, estudió en Bolonia (Italia) y en París. Influyó mucho en los dos grandes reyes castellanos de su época, Alfonso VIII y Fernando III, a los que sirvió como eclesiástico, militar, colonizador de territorios conquistados y, sobre todo, cronista. Es el vencedor que escribe la historia en unos años en los que Castilla se convierte en la potencia hegemónica de la península. Jiménez de Rada no sólo tenía poder, tenía además acceso directo a los que más poder ostentaban, los papas y los reyes de su tiempo. Y poseía sobre todo inteligencia; la inteligencia y la capacidad de cálculo suficientes, por lo que vamos viendo y veremos, como para dar a Castilla, a su pasado remoto y a su presente, ciertas argamasas ideológicas y políticas de las que en esos momentos estaba muy necesitada. Como eclesiástico, Rada fue primero obispo de Osma y después de Toledo, donde puso la primera piedra de la catedral gótica. Como hombre de armas, intervino en muchas batallas contra los musulmanes, entre ellas la crucial de Las Navas de Tolosa. También fue diplomático, llevó misiones de sus reyes ante varios papas: volvía de una de éstas ante Inocencio IV cuando murió en Lyon. Como escritor y propagandista, es el que mejor hila las figuras de los jueces de Castilla a la de Fernán González. Lo hace en su *De Rebus Hispaniae*, una especie de historia de la Península Ibérica desde la noche de los tiempos hasta 1243, año en el que él la escribe. En la obra de Jiménez de Rada,

Fernán González se convierte en el héroe de la independencia, en el líder carismático que sublima el afán de libertad y de identidad de todo un pueblo: el catalizador del ímpetu nacional, el patriarca fundador... Lástima que no fuese verdad.

Del tercer escritor que cincela el mito de Fernán González sabemos muy poco. Era un monje de San Pedro de Arlanza, un monasterio cercano a Covarrubias, a unos cincuenta kilómetros al sureste de la ciudad de Burgos. Mezclando episodios históricos ciertos con elementos folclóricos, leyendas del más variado origen e invenciones de su propia fantasía, el anónimo monje crea, en torno a 1255, el *Poema de Fernán González*. No es una obra que quiera parecer de historia, como sí lo era el *De Rebus Hispaniae* de Jiménez de Rada. Es un poema heroico, un cantar de gesta, una ficción repleta de anacronismos y falsedades, pero que completa y redondea el mito del héroe nacional castellano: el pueblo lo quiere y lo unge, «chicos y grandes» lo aclaman como su «mejor señor»; es democrático, pues consulta al pueblo de a pie antes de emprender cualquier empresa bélica; encadena victoria tras victoria sobre los musulmanes, incluso sobre algunos, como Almanzor, que en los años en que cabalga el conde castellano aún era un desconocido escriba; Dios le hace profecías a través de los monjes de Arlanza... En fin, un fenómeno de la agitación y la propaganda era este anónimo monje de San Pedro de Arlanza.

El fantasioso monje tenía incluso un acicate suplementario —o principal y central, quién sabe— para espolear su imaginación: el cuerpo de Fernán González estaba sepultado por entonces en el propio monasterio de Arlanza, a pocos metros de donde el monje poeta creaba y recreaba.

El Fernán González del *Poema* tiene el principal rasgo de caracterización del Fernán González del obispo Jiménez de Rada: su afán de independencia y de libertad para Castilla. Pero posee también otros rasgos más novedosos: su obsesión bélica contra el islam, casi como un cruzado; sus frecuentes disputas fronterizas con Navarra, que Rada no destacó quizás porque él era navarro, y su intensa relación, su vínculo irrompible, con el monasterio y los monjes de San Pedro de Arlanza. Parece evidente que el poeta no se inspiraba sólo para mayor honra y gloria del protohéroe castellano. Lo hacía también, o sobre todo, para mayor honra, gloria, prez, fama ¡y dinero! del lugar donde vivía. Hay expertos que aseguran incluso que el *Poema* es en realidad una obra de propaganda sobre el monasterio de San Pedro de Arlanza para oponerla a otra obra de propaganda de la época: la *Vida de San Millán de la Cogolla*, de Gonzalo de Berceo, en la que el riojano glorificaba su propio monasterio.

La competencia entre cenobios era entonces muy grande, y del prestigio que lograra cada uno de ellos dependían mucho las peregrinaciones que captaban, los ingresos y las donaciones que recibían y el nivel o tren de vida de los monjes que los habitaban. Al monje de Arlanza, por tanto, le moverían razones económicas cercanas a la hora de mitificar a Fernán González, y no las razones de alta política que impulsaban a Jiménez de Rada. Pero ambos, juntos, y el najerense en menor medida, forjaron la leyenda del «Buen Conde», una de las fundamentales en la invención de Castilla.

Panegiristas y hagiógrafos al margen, sabemos que Fernán González nació hacia el año 910, en el castillo de Lara, en la zona central de Burgos cercana a lo que hoy son la provincia de Soria y la comunidad de La Rioja. Su familia mandaba en esas tierras desde al menos la anterior generación. Su padre, Gonzalo Fernández, fue primero conde de Burgos y luego de Castilla. Aquéllas habían sido siempre tierras fronterizas, tanto físicas como políticas. En los tiempos de Fernán González, como en los del abad Vitulo —más de un siglo atrás, cuando el territorio se puebla de fortificaciones y toma el nombre de Castilla—, la zona seguía siendo el extremo oriental del reino creado por don Pelayo. Pero había diferencias relevantes.

Una de las novedades más importantes: Castilla era ahora un territorio mucho mayor, ya que los condes anteriores a

Fernán González, entre ellos su propio padre, habían extendido sus dominios por el sur hasta el río Arlanza y por el este hasta la Sierra de la Demanda, en el Sistema Ibérico. El primer conde castellano de la historia no fue Fernán González, ni mucho menos. Fue Rodrigo, nombrado en el cargo por Ordoño I en el año 850, cuando su reino se preparaba para la primera expansión hacia el Duero. Aquel conde Rodrigo repobló Amaya, entonces una fortaleza que se convierte de facto en la primera capital del condado y que hoy es un pueblo casi vacío al noroeste de la provincia de Burgos. La capital condal se instala pronto en Burgos —luego *Caput Castellae*, cabeza de Castilla—, una ciudad fundada en 884 por el sucesor de Rodrigo, el conde Diego Rodríguez Porcelos.

Otra novedad: la capital del reino astur ya no estaba en Oviedo, sino en León, al sur de la Cordillera Cantábrica. Una más: en el noreste de la frontera estaba expandiéndose un nuevo reino cristiano, el de Navarra, con el impulso de una nueva dinastía, los Jimena. Una cuarta: el Estado musulmán del otro lado de la frontera se había convertido en califato y estaba llegando a sus cotas más altas de poder y de esplendor. Y una quinta: el idioma propio del territorio, el castellano, está sustituyendo en la calle al latín vulgar que se hablaba hasta entonces, y los sentimientos independentistas apenas esbozados en la anterior centuria están comenzando a extenderse entre algunos nobles y quizás también entre el vulgo, aunque probablemente no eran ni de lejos tan fuertes como lo que dos siglos después contarán el obispo Jiménez de Rada o el monje de San Pedro de Arlanza.

El rey de León en los primeros tiempos de Fernán González era Ramiro II, un trueno, tan feroz y despiadado que los musulmanes lo llamaban El Diablo. Había unificado con diversas maniobras los reinos de León, Galicia y el norte del actual Portugal. La última y definitiva fue en el año 931, en una guerra civil en la que derrotó, confinó en un monasterio y ordenó sacar los ojos a sus principales rivales, entre ellos a su propio hermano Alfonso IV, que había ocupado el trono de León con anterioridad. ¡Como para ir con reivindicaciones de autodeterminación e independencia a Ramiro II, como para echarle un órdago estaba el conde de Castilla, su vasallo de la zona oriental del reino!

Es más, Fernán González era un hombre de Ramiro II y había sido lanzado al estrellato político precisamente por el rey leonés. En la guerra civil por el trono de León, la mayoría de los condes de los territorios orientales del reino habían apostado por Alfonso IV. Tras imponerse a su hermano, Ramiro se quitó a todos aquellos condes de en medio, unificó todo el territorio oriental —los condados de Castilla, Muñó, Lantarón, Cerezo, Lara y Álava— y se lo encomendó, en el año 932, a uno de los que lo habían apoyado: el entonces joven Fernán González. Nacía así el «gran condado» de Castilla, pero no, como nos han contado tantas veces, por el impulso y el arrojo del luego proclamado héroe de la independencia, sino por decisión real en la corte de León. Al frente del «gran condado» estaba Fernán González, es verdad, pero no proclamado por el pueblo castellano, como diría el manipulador *Poema* más de tres siglos después, sino por orden del rey leonés.

Durante muchos años, Fernán González fue uno de los ayudantes militares y políticos más cercanos a Ramiro II. Al parecer acompañó al rey a la expedición del año 932 en la que los cristianos tomaron temporalmente a los musulmanes la fortaleza de Magerit, hoy Madrid. Con el rey estuvo también en otras muchas escaramuzas militares y en la crucial batalla de Simancas (939), donde los cristianos derrotaron al ejército del califa Abderramán III, que unos años antes había asolado Álava, destruido Burgos y causado grandes daños en Castilla, entre ellos la matanza de doscientos monjes del monasterio de San Pedro de Cardeña. Pero algo alejó al rey y al conde castellano, probablemente la creación por Ramiro II del condado de Monzón, en tierras de lo que hoy es Palencia, con lo que cerraba las posibilidades de expansión territorial del conde de

Saldaña, Diego Muñoz, y del propio Fernán González. Los dos condes se rebelaron, «ejercieron tiranía contra el rey Ramiro, y aun prepararon la guerra», cuenta un cronista, Sampiro. «Mas el rey, como era fuerte y previsor, cogiólos, y uno en León y otro en Gordón, presos con hierros, los echó a la cárcel». Los entrecomillados hemos de tomarlos con precaución, pues Sampiro era leonés, fue mayordomo del rey Alfonso V y acabó de obispo en Astorga, luego era un poco juez y parte en lo que cuenta.

Prisión hubo. Fernán González pasó un año en las mazmorras de Ramiro II, que sólo lo dejó libre tras prestarle el conde juramento de fidelidad. El rey dio solemnidad al pacto casando a su hijo y sucesor, el que luego sería Ordoño III, con una hija de Fernán González, Urraca de nombre. Esta Urraca tuvo una trayectoria muy curiosa y muy reveladora de la capacidad de movimientos de su padre. Fue tres veces reina consorte, con tres maridos diferentes y en dos tronos distintos: con el ya citado Ordoño III de León; con su sucesor, Ordoño IV el Malo, con el que fue al altar tras morir el III, y con Sancho Garcés II de Navarra, con quien se casó tras enviudar del anterior. Esas idas y venidas matrimoniales se debieron, en parte, a las maniobras políticas de Fernán González, quien tras morir Ramiro II supo aprovechar las discordias internas del Reino de León y la fuerza emergente del Reino de Navarra para lograr para su condado una mayor autonomía, que no independencia, o al menos una continuidad suya como dirigente político. Su hija Urraca fue así, en varias ocasiones, una pieza movida por el astuto conde en el juego de geoestrategia en que andaba metido.

Urraca era uno de los siete vástagos que tuvo Fernán González con su primera esposa, Sancha Sánchez de Pamplona, hija de la reina Toda, toda una institución en el siglo x. Esta Sancha también había tenido tres maridos notables, como luego su hija. Primero estuvo casada con el rey Ordoño II de León, el padre de Ramiro II, quien tuvo a Ordoño con otra esposa, Elvira Menéndez. Después estuvo casada con Álvaro Herraméliz, que había sido conde de Lantarón y de Álava antes de que con Fernán González se incluyeran esos condados en el de Castilla. Por último Sancha se casó con Fernán González. Las bodas entre nobles de distintos reinos, bien se ve, eran parte fundamental de las estrategias políticas.

La muerte de Ramiro II, en 951, provocó en León un largo periodo de inestabilidad y de disputas, con tres reyes diferentes en menos de una década. Uno de ellos, Sancho I, tuvo una vida muy curiosa. Perdió el trono por su extrema gordura: era tan obeso que no podía montar a caballo, por lo que no podía dirigir las tropas, una labor fundamental para un rey en esos años. Una conjura de algunos nobles, entre ellos Fernán González, lo expulsó del trono. Se fue a Córdoba, donde fue atendido por los prestigiosos médicos judíos del califa Abderramán III, y allí siguió una estricta dieta: cuarenta días tomando sólo infusiones. La cita médica se la consiguió su abuela, la reina Toda de Navarra, que era por otra rama tía del califa y además, como hemos visto, suegra de Fernán González. El panzudo Sancho pagó la cura de adelgazamiento donando a los musulmanes algunas plazas en el Duero. Volvió al trono leonés con el apoyo directo de los ejércitos califales. Reinó unos años entre nuevas intrigas y rebeliones... y acabó muriendo envenenado en el monasterio gallego de Castrelo do Miño. Pasó a la historia como Sancho I el Craso, es decir, el gordo.

Tras el liderazgo sólido que, como vimos, ejerció Ramiro II en León, con sus sucesores todo era inestabilidad. En este lío, Fernán González jugó en varias partidas, en alguna de ellas apoyando, contra sus jefes de León, a los reyes navarros parientes de su mujer, Sancha. Quizás estaba buscando un camino para la independencia castellana, o tal vez sólo su propia supervivencia en el condado ante los choques de las dos potencias cristianas que lo tenían cogido en medio. Tras uno de los episodios del conflicto dinástico leonés, el conde castellano acabó preso de nuevo, esta vez en Pamplona y por unanimidad. Lo decidieron juntos tanto el rey leonés de turno, Sancho I el Craso, como el navarro, García Sánchez I. De las prisiones navarras salió Fernán González con otra boda, como unos años antes de las mazmorras leonesas: se había quedado viudo de Sancha y se casó con Urraca, otra princesa navarra. Su habilidad para la alta política y su astucia para salir bien parado de sus más arriesgados pasos quedaban de nuevo acreditadas.

Al cabo, Fernán González no logró realmente una independencia de su territorio de Castilla respecto al Reino de León, sólo un peso específico singular del condado en el reino, probablemente por los casi cuarenta años de gobierno que ejerció el conde y por sus extraordinarios contactos, incluso familiares, a los más altos niveles. También logró un cierto margen de autonomía tras la muerte de Ramiro II y la debilidad política de sus sucesores en León. Se ha argumentado que una prueba de esta autonomía es el hecho de que Fernán González consiguió que el condado fuera hereditario para sus sucesores, de modo que un descendiente suyo en quinta generación acabó siendo el primer rey de Castilla, Fernando I, pero la prueba es endeble. La vinculación de un condado a una familia se dio en otros lugares: en el condado de Saldaña-Carrión, con los Banu Gómez, y en los gallegos, con las familias de Rodrigo Velázquez y de Gonzalo Menéndez.

En su época, nadie reparó en que Fernán González fuera independiente ni en que Castilla volara sola. Fernán González y su condado son sólo personajes secundarios en la película de acontecimientos de aquellos años. Al conde castellano no se le da esa importancia en ningún documento del siglo x. Es a finales del xii y sobre todo en el xiii cuando Fernán González entra en el centro mismo de la historia de Castilla y se lo transforma en el héroe, en el padre de la patria castellana. La conversión en leyenda, en mito, fue obra, quizás más que de su vida real, del ingenio que hoy llamaríamos marquetiniano y del afán económico de un puñado de escritores, sobre todo Jiménez de Rada y el monje anónimo de San Pedro de Arlanza.

En el *Poema*, el monje, que remonta los orígenes de Castilla al comienzo del sigo VIII, casi a los tiempos de don Pelayo, nombra hasta en 33 ocasiones a Fernán González como «el Buen Conde» y lo pinta como habilísimo y milagrero, capaz de que acudan en su ayuda en las batallas desde san Millán hasta el apóstol Santiago. Del *Poema* nace también la leyenda de que Fernán González logró la independencia castellana vendiendo al rey de León un azor y un caballo con la condición de que se duplicara la deuda por cada día de retraso en el pago, de modo que pasado un tiempo no tuviera el descuidado monarca otra forma de pagar que no fuera cediendo Castilla.

Cuando el monje escribía el *Poema*, a mediados del siglo XIII, casi trescientos años después de la muerte de Fernán González, Castilla no sólo era ya un reino muy extenso que se había comido al de León y a casi todo el Al-Andalus musulmana, sino que se había transformado también en el Estado más poderoso de la Península Ibérica y en uno de los más pujantes de toda Europa. Las licencias poéticas estaban más que permitidas al monje, nadie lo iba a desmentir. Lo que quizás no estaba previsto es que esas licencias acabaran también, como las invenciones sobre los jueces de Castilla, en la *Primera Crónica General* de Alfonso X el Sabio y en los libros de historia. O sí, quién sabe, tal vez se buscaba precisamente eso.

Por cierto: en los documentos de su época, Fernán González tiene otro nombre: Fredinandus Gundisálviz, en latín tardío. Así había sido llamado al nacer, hacia el año 910. Pero cuando muere, en 970, en Castilla muy probablemente se hablaba ya el castellano, ya era Fernán González.

6

LOS PRIMEROS BALBUCEOS DE LA LENGUA

Primera escena. Monasterio de San Millán de la Cogolla, en la actual La Rioja, en torno al año 1000. Un monje que consulta homilías y un penitencial escritos en latín anota en los márgenes del documento la traducción de algunos términos a la lengua cotidiana que en esa época se empezaba a usar en la calle. Así crea lo que ahora conocemos como *Glosas Emilianenses*, más de mil anotaciones, que durante muchas décadas se han considerado el primer texto escrito donde se utiliza de manera consciente la lengua romance que hoy llamamos castellano o español. Al menos, el primer texto que nos ha llegado, porque, según algunos expertos, aquel religioso utilizaba para sus anotaciones una especie de diccionario latín-romance que, por ahora, no se ha encontrado.

Segunda escena. Otro monasterio, el de Santo Domingo de Silos, en el centro sur de la actual provincia de Burgos. Otro monje, como el de San Millán, escribe anotaciones en una nueva lengua en los márgenes de un texto en latín. Estamos en el siglo XI, pero hay indicios de que algunas de estas *Glosas Silenses* son copias de otras muy anteriores, casi de la misma época que las emilianenses. Son en total 368 anotaciones, y en algunas de ellas hay palabras que parecen del castellano actual, no del antiguo. Donde el texto latino dice «limpha» el monje traduce «aqua». Donde pone «adulteria» añade «fornicio». Junto a «tempestate» anota «bientos malos». Al lado de «auguria», «agueros». Al lado de «pudores», «de la vergonia».

Tercera escena, y tercer monasterio. El de los santos Justo

y Pastor del pueblo de La Rozuela, cerca de León, probablemente en el año 980. El monje despensero del cenobio reutiliza un pergamino anterior para anotar en la parte de atrás, en una lengua que ya no es latín, un inventario de los quesos que ha gastado el convento: «Nodicia de kesos que espisit frater Semeno: In Labore de fratres In ilo bacelare de cirka Sancte Iuste, kesos U; In ilo alio de apate, II kesos; en que[e] puseron ogano, kesos IIII; In ilo de Kastrelo, I; In Ila uinia maIore, II...». Traducido a la lengua de hoy: «Relación de los quesos que gastó el hermano Jimeno: en el trabajo de los frailes, en el viñedo de cerca de San Justo, cinco quesos. En el otro del abad, dos quesos. En el que pusieron este año, cuatro quesos. En el de Castrillo, uno. En la viña mayor, dos...».

Cuarta escena. Colegiata de Santa María, en Valpuesta, un pequeño pueblo del noroeste de Burgos que hoy apenas tiene habitantes pero que en el año 804 era sede de un obispado. Un conjunto de documentos del siglo XII que son copias de otros del siglo X o incluso de finales del IX dan cuenta en una nueva lengua romance de distintas donaciones, juicios, ventas y contratos. Son los *Cartularios de Valpuesta*, una serie de códices en piel, transcritos por muchísimas manos diferentes, por distintos amanuenses, en inusuales caligrafías visigóticas y carolinas, pero en una lengua que tampoco es latín, es castellano.

Las *Glosas Emilianenses*, las *Glosas Silenses*, la *Nodicia de Kesos* y los *Cartularios de Valpuesta* compiten desde hace décadas por ser reconocidos por la comunidad científica como los registros escritos más antiguos de la lengua castellana. La *Nodicia de Kesos* está prácticamente descartada por los expertos: el monasterio de La Rozuela está muy lejos geográficamente del área donde nació Castilla, por lo que el monje despensero estaría escribiendo no en castellano, sino en el primitivo dialecto leonés. Las *Glosas Silenses* también se han quedado atrás en la carrera, en su caso porque también Silos (y el cercano San Pedro de Arlanza, donde según algunos pudieron realmente escribirse estos textos) está lejos de la primitiva Castilla y porque la época en que fueron anotadas las glosas parece claramente posterior a las de San Millán. Las *Glosas Emilianenses* han sido casi unánimemente consideradas en los últimos años como «el primer vagido de la lengua española», en expresión del poeta y lingüista Dámaso Alonso, y San Millán, como «cuna del castellano». Pero los *Cartularios*, estudiados por los paleógrafos mucho más tarde que el resto de los documentos citados, han ganado apoyos entre los especialistas en los últimos años. Tienen a su favor, además, que Valpuesta está muy cerca de la Castilla fundacional, la Castilla del año 800 del abad Vitulo. De la colegiata de Valpuesta al solar donde estuvo el monasterio de Taranco hay unos 30 kilómetros en línea recta.

Polémicas académicas aparte, el castellano no nació en ningún monasterio. Nació en la calle, muy probablemente en los valles del norte de la actual provincia de Burgos, los que desde antes de la romanización se llamaban Bardulia y a finales del siglo VIII comienzan a denominarse Castilla. Aquella fue siempre una tierra fronteriza. Tiene fronteras físicas. Está cerrada por la Cordillera Cantábrica al norte; los Montes Vascos y los Obarenes, al este, y el río Ebro, al sur. Y tiene sobre todo fronteras políticas y culturales, porque allí se han encontrado docenas de pueblos diferentes, para bien y para mal, para el mestizaje y para la guerra. Los iberos con los celtas. Los vascones con los pelendones. Los bárdulos con los caristios y los autrigones. Los cántabros con los romanos. Los romanos de la Hispania Citerior con los de la Hispania Ulterior. Los alanos con los suevos. Los visigodos con los godos. Los cristianos del Reino de León con los cristianos del Reino de Navarra. Los cristianos de uno y otro reino con los musulmanes del Emirato y del Califato de Córdoba. Los leoneses, los navarros y los musulmanes con los castellanos, que a finales del primer milenio quizás muestran indicios de querer constituirse como pueblo autónomo. Desde siempre, éste ha sido un lugar complicado para vivir, un *far west*. En los años en que transcurre esta historia, es tan peligroso que se ha llenado de fortificaciones, de castillos, que vigilan los pasos de los angostos valles.

¿Quién vive en ellos y en las diminutas aldeas que han crecido a sus pies? Gente ruda, poco culta, mal latinizada. Labran algunas tierras; pocas, porque nunca se sabe si las continuas guerras permitirán que las cosechas lleguen a término. Pastorean algún ganado. Manufacturan algunos productos muy básicos. Comercian un poco, intercambian más que comercian. Y, sobre todo, hacen la guerra.

Son gentes ásperas, endurecidas y... malhabladas, muy malhabladas. Sus tatarabuelos de muchos siglos atrás aprendieron tan mal el latín que circulaba este chiste en Roma: «Beati hispani quibus bibere et vivere idem est», que traducido significa: «Dichosos los hispanos, para quienes beber y vivir es lo mismo». No se decía sólo porque les gustara el trago, sino también porque eran los únicos habitantes del imperio que no distinguían, al pronunciarlas, las «b» de *bibere* y las «v» de *vivere*. Cuando aquellos malhablados viajaban a la metrópoli, no pasaban inadvertidos. A Cicerón, en el Senado, le resultaba desconcertante el latín que usaban los oradores que procedían de algunas zonas de Hispania.

Entre el latín académico y el latín vulgar que hablaban aquellos antepasados lejanos había muchas diferencias. El primero, el latín literario, diferenciaba diez vocales, cinco largas y cinco breves. El segundo, el latín vulgar, reemplaza esa distinción por un acento de intensidad. El primero, además, declinaba los sustantivos y los adjetivos y les adjudicaba una terminación diferente según fuera la función que desempeñaban en cada oración, mientras que el segundo evita las declinaciones y las reemplaza por un uso creciente de preposiciones. Ambos rasgos del latín vulgar, el del acento de intensidad y el del uso de las preposiciones para indicar la función que un sustantivo o un adjetivo desempeña en la oración, pasarán a la nueva lengua romance que está naciendo. También pasará esta otra característica del latín vulgar: las oraciones se ordenan casi siempre en el mismo sentido, más lógico: sujeto, verbo, complementos... y no con el hipérbaton del latín literario, con aquella suerte de oraciones retorcidas en las que nada parece estar en su sitio.

Nuestros protagonistas, en fin, han tomados algunas formas fónicas, morfológicas o sintácticas del latín vulgar, han corrompido otras y han mezclado todo con otros materiales de diverso origen. Lo han mezclado con el sustrato de viejos términos prerromanos que aún conservaba su atávica memoria, muchos de ellos de origen vasco. Pero eso no era todo, aún tenían que poner más componentes a la mezcla. Los préstamos griegos que les habían llegado muchos siglos atrás, cuando la costa mediterránea fue colonizada por los antiguos helenos. Y los germánicos de su reciente pasado godo. Más los de los francos y los occitanos traídos por los primeros peregrinos del incipiente Camino de Santiago y después por los primeros monjes cluniacenses. Y por último los préstamos que han aprendido de los árabes, con los que de continuo guerrean y pactan y a los que cobran o pagan parias; y de los mozárabes, que han desalojado el Duero y se han refugiado en este rincón más al norte y un poco más seguro...

Han echado en la redoma todos esos componentes y han agitado el cóctel. Sorpresa: no sólo mezcla bien, sino que fermenta, entra en ebullición y cambia muy deprisa de color, de olor, de textura... Convierte en sonoras (es decir, hace que vibren las cuerdas vocales al pronunciarlas) más consonantes latinas que sus vecinos el aragonés o el gallego. Es mucho más arriesgado al diptongar, al convertir en dos vocales, una abierta y otra cerrada, lo que en latín era una sola vocal; y a *portus* lo llama puerto, y *terram* lo transforma en tierra, por ejemplo. Elimina muchas vocales postónicas, de esas que están después del acento de intensidad. Transforma la «f» inicial latina en un sonido aspirado que tiempo después será mudo y se escribirá como una «h». Inventa dos sonidos diferentes para la «s», uno sonoro que representa como s y uno sordo que se escribe como «ss». Usa la «ç» cuando quiere representar el sonido sordo «ts», y la «z» cuando lo que suena es el sonoro «ds». Llena sus vocablos de sonidos vibrantes, de erres casi impronunciables para los hablantes de las regiones limítrofes. Introduce muchos más sonidos guturales y velares, de esos que se generan como fortísimos carraspeos en el fondo de la garganta...

«Illorum lingua resona quasi tympano tuba». O sea, «su lengua resuena casi como las trompetas de guerra». La cita es del *Poema de Almería*, una obra en latín de hacia 1150. Y se refiere, por supuesto, a la lengua de Castilla, a ese nuevo idioma que había surgido en el crisol de una frontera geográfica y política, y en la cabeza y las gargantas de una gente arrojada, innovadora, poco apegada a las tradiciones porque apenas tiene otra tradición que la guerra.

7
EL CALIFATO DE CÓRDOBA

Mientras los belicosos cristianos descienden desde las montañas cantábricas hasta la línea del Duero, ampliando poco a poco su territorio, Al-Andalus vive en el siglo x su momento de mayor poder y esplendor. Las dos cosas son compatibles entre sí porque los reinos de la cornisa cantábrica, aquellos «asnos salvajes», ciento cincuenta años después de su nacimiento, no han conquistado ninguna ciudad importante del dominio árabe. Sólo han llevado su bandera, con muchísimo esfuerzo, hasta algunas plazas casi abandonadas en la ribera del Duero, la zona que les tocó en el reparto tras la invasión musulmana a los bereberes de Tarik antes de que fueran expulsados de la península en el año 741 por rebelarse contra los árabes.

El Duero sigue siendo la frontera, un mar de caos con algunas pequeñas islas de civilización tras las murallas de las fortalezas, que cada tanto sufren las aceifas musulmanas. La meseta norte era tierra de nadie, una zona casi despoblada, abandonada por el poder musulmán. La reconquista, si es que tal cosa existió alguna vez, prácticamente no ha comenzado. Los cristianos avanzan hacia el sur, repoblando el norte de la meseta por medio de monasterios, de pequeños torreones militares y de agricultores que se acogen al derecho de presura: el primero en labrar una tierra se queda con ella.

Los reinos cristianos pierden casi más esfuerzos en sus numerosas guerras internas que en su lucha contra el emirato musulmán. Lo mismo puede decirse de Al-Andalus, que entre finales del siglo IX y principios del X, antes del esplendor del califato, vive un momento convulso, un anticipo de la división interna que llegaría después. La dinastía de los Omeya, los sucesores de aquel Abderramán I que huyó de la matanza de su familia en Damasco, sigue dirigiendo Al-Andalus desde Córdoba; pero los gobernadores de sus marcas de frontera, de Zaragoza, Badajoz o Toledo, desafían su autoridad. El hombre que da la vuelta a esta decadencia y consigue así que Córdoba, al menos durante casi un siglo, se convierta en la ciudad más importante de toda Europa es Abderramán III: el octavo y último emir Omeya, el primer califa de Al-Andalus.

Abd ar-Rahman ibn Muhammad, en adelante Abderramán III, hereda el emirato de su abuelo, Abd Allah, que le prefería como su sucesor sobre sus propios hijos. Estamos en el año 912 y el nuevo señor de Al-Andalus tiene veintiún años. Sobre el papel —que llega a Europa justo en este siglo, precisamente a través de Córdoba—, Abderramán es el señor principal de toda la península. Pero en la práctica su poder real apenas alcanza poco más allá de los arrabales de su propia ciudad.

Su situación inicial es tan débil que su primera batalla la tiene que dar en Écija, a sólo cincuenta kilómetros de la capital del emirato. Pese a ello, el joven emir pronto se impone sobre los demás señores musulmanes, e incluso lanza varias aceifas contra los reinos cristianos de la meseta. En el año 918 acaba con la rebelión de Omar ibn Hafsún, un terrateniente muladí (de origen hispanovisigodo) que había desafiado durante treinta y ocho años el poder de los Omeya con una suerte de guerrilla desde una fortaleza inexpugnable, Bobastro, en la Sierra de Mijas. Omar ibn Hafsún, que se había convertido al cristianismo bajo el nombre de Samuel, llegó a dominar en su mejor momento gran parte de las actuales provincias de Málaga y Granada. Los hijos de Ibn Hafsún continúan la rebelión hasta el año 928, cuando Abderramán toma definitivamente Bobastro, destruye la fortaleza hasta sus cimientos y se lleva los restos del cadáver del padre, muerto años antes, a que se pudran en público en una de las puertas de Córdoba, para dar ejemplo.

Al año siguiente, en el año 929, Abderramán III se autoproclama califa. No es sólo un gesto triunfalista para subrayar su supremacía militar. Es sobre todo una decisión religiosa. El califa no sólo es la cabeza de gobierno de los vivos, sino también el líder espiritual del islam. Es quien preside la oración de los viernes, quien tiene la última palabra sobre cualquier juicio, quien acuña moneda con su nombre. Al adoptar este título, Abderramán III rompe definitivamente con el lejano califa de Bagdad, y también levanta la bandera de la fe frente a otro califato independiente, el Fatimí, que amenazaba sus dominios desde el norte de África.

El nuevo Califato de Córdoba pronto se convierte en la fuerza dominante, tanto frente a los fatimíes de su frontera sur como respecto a los débiles cristianos del norte. Abderramán tiene las mejores tierras, las fértiles riberas andaluzas, que llena de norias para llevar agua a los regadíos. Tiene la economía más pujante, gracias a su posición de puente entre Europa y África, que le permite mantener relaciones comerciales tanto con Bizancio como incluso con el recién creado Imperio Germánico. Y también tiene las mejores tropas, un ingente ejército mercenario, de origen en su mayoría eslavo, que puede pagar gracias al comercio y al oro africano de Sudán. Sobre estos tres pilares, una vez resuelta la división interna, se levanta la supremacía política y cultural: la era dorada de Al-Andalus.

Bajo Abderramán III, Córdoba es la urbe más poblaba de todo Occidente, incluido el mundo cristiano: una metrópoli que los historiadores modernos calculan que albergó unos cien mil habitantes, aunque algunos exageran hasta unos improbables doscientos cincuenta mil. Es una ciudad abierta, gobernada bajo la ley del Corán y de población mayoritariamente musulmana, pero donde conviven creyentes de las tres religiones del Libro, con iglesias y sinagogas además de mezquitas. La mayor parte de los cristianos hispanovisigodos, no obstante, acaba convirtiéndose al islam, aunque la razón principal no es la fuerza, sino el dinero: cristianos y judíos pagaban más impuestos que el resto.

La ciudad de Córdoba se derrama en numerosos arrabales alrededor de su centro, la medina. Allí se concentran los tres poderes: el militar, el económico y el religioso; el alcázar, el zoco y la mezquita mayor. El comercio se realiza en el zoco, un laberinto de pequeñas calles, cada una de ellas dedicada a un género distinto: trigo, arroz, cebada, mijo, frutas, brocados de seda hechos en Córdoba, tejidos de lino de Zaragoza, cerámica, vidrio, papel, cuero, armas, oro, plata, especias de Oriente, marfil africano, piedras preciosas... Las mercancías más valiosas se venden en la alcaicería, una zona del zoco protegida por guardas armados para evitar robos. El género se almacena en las alhóndigas, donde también duermen los mercaderes que llegan a la ciudad. Hay varios mercados especializados, como el de esclavos o el de libros, e incluso tiempo para el ocio en una ciudad que bulle, con carreras de caballos, tertulias literarias, torneos de ajedrez o peleas de animales. A diferencia de la tradición católica, en el islam el comercio está bien visto; el propio Profeta se dedicó a los negocios.

La Córdoba califal cuenta con una universidad, donde incluso estudiarán algunos de los hijos de los nobles cristianos, y con una enorme biblioteca con decenas de miles de manuscritos. Es la ciudad que conserva gran parte del legado cultural y científico de Grecia y Roma, una herencia olvidada que, siglos después, regresará a Europa a través de nuevas traducciones desde el árabe hechas en Toledo.

Pese a su indudable superioridad cultural, económica y militar, Abderramán III no vence en todas sus batallas contra los reinos cristianos. Su mayor derrota es en Simancas, en las orillas del Pisuerga, en el año 939. Esta batalla del rey de León Ramiro II, donde también participó Fernán González, duró varios días y consiguió detener una agresiva campaña del califato contra su frontera norte, a la que intentaba someter. Está documentado que días antes de la victoria cristiana se produjo un eclipse de sol que aterrorizó por igual a ambos ejércitos, en aquellos años de superstición en que un evento así se interpretaba como agüero de malas noticias. Desde luego lo fueron para los musulmanes, que no sólo perdieron la batalla, sino que quedaron diezmados en una emboscada durante su huida, en el barranco de la Alhandega, donde el mismísimo Abderramán III a punto estuvo de morir. Con todo, la aparatosa derrota califal no tuvo grandes consecuencias sobre el terreno: la frontera apenas se movió de donde ya estaba. Sin embargo, la batalla de Simancas sí provocó una trascendente decisión del califa, cuyas consecuencias se notaron durante siglos en la península.

Hasta esta derrota, la mayor parte de las tropas con las que combatían los musulmanes de Al-Andalus era fundamentalmente voluntaria. Era una tradición que nacía del islam, que promete el Paraíso rodeado de solícitas vírgenes a aquel guerrero que muere en la batalla. Pero después de dos siglos en el rico Al-Andalus, los bravos voluntarios de la invasión musulmana habían perdido facultades; no eran ya esos temibles árabes que habían conquistado todo el norte de África, ni tampoco los duros bereberes del inclemente desierto. Las fértiles riberas andaluzas habían hecho florecer la economía. Matar o morir ya no era lo más importante de la vida; los temibles sarracenos habían echado tripa. Por contra, para los cristianos la guerra era entonces la principal industria —tampoco había muchas otras cosas mejores que hacer—. Así que Abdderramán III decidió reformar su ejército y cambiar los regulares por las mucho más fiables (y caras) tropas mercenarias.

A corto plazo la decisión dio al califato grandes victorias. A la larga, esta reforma militar provocaría innumerables problemas, y sería una de las causas de la posterior decadencia de Al-Andalus, de los reinos de taifas y de la expansión cristiana. Nunca sabremos qué habría pasado si Abderramán III no hubiese decidido esta reforma. Tal vez la alternativa —seguir con un ejército de voluntarios— habría sido incluso peor para el califato. Pero, sin duda, la apuesta por los mercenarios cambió el mapa y añadió una nueva tensión racial en Al-Andalus, que ya iba sobrado de estos problemas por los conflictos entre árabes, bereberes, judíos, muladíes (visigodos convertidos al islam) y mozárabes (cristianos bajo el dominio de Al-Andalus). La mayor parte de estos mercenarios eran eslavos, perdedores de las batallas que el Sacro Imperio Romano Germánico libró en su frontera oriental, en la zona de la actual Polonia, Eslovenia o República Checa, que llegaron a la península arrastrados por las cadenas de traficantes de esclavos. Algunos de sus descendientes, apenas un siglo después, llegaron incluso a reinar en algunas taifas.

Abderramán III también levanta una nueva ciudad-palacio, una corte califal digna de su nuevo rango: Medina Azahara. El fastuoso proyecto consume casi la tercera parte de los ingresos del Estado andalusí durante los 40 años que ocupa su rápida construcción. Frente al caótico mapa urbano de las ciudades musulmanas, la corte califal se diseña sobre un trazado ortogonal en un rectángulo de 1.500 por 750 metros con acceso a agua y alcantarillado. El lugar escogido para la construcción está a 13 kilómetros al noreste de Córdoba, en una ladera a los pies de Sierra Morena, en el valle del Guadalquivir. Según la descripción de El Edrisi —un importante cartógrafo medieval, que visitó sus ruinas en el siglo XII—, Medina Azahara se alzaba sobre tres terrazas naturales. En el punto más alto de la urbe estaba el palacio del califa, aislado de otras construcciones por cuidados jardines. Bajo él, en la segunda terraza, había edificios de gobierno, las salas de recepciones y otros palacios más modestos para la aristocracia y los principales funcionarios del califato. En el nivel más bajo se encontraban las residencias más humildes, los cuarteles y el mercado. Y a mitad de camino entre donde vive la *jassa* (la aristocracia) y donde malvive el *amma* (el vulgo), sobre una colina artificial entre ambas terrazas, se alzaba la mezquita de la ciudad; una distribución en vertical de los propios estamentos de la sociedad califal.

La construcción de Medina Azahara comenzó en el año 936 y la corte se traslada en 945. Abderramán III encarga la supervisión del proyecto a su hijo y heredero, que lo sucedería a su muerte en el año 961 como Al-Hakam II.

El nuevo califa tuvo un reinado bastante más pacífico que el de su padre. Los fatimís desplazan su zona de influencia hacia Egipto, por lo que Córdoba amplía su peso en el Magreb. Sin tantos sobresaltos militares, sus años al frente del califato suponen el punto más alto de la cultura, la ciencia y el arte andalusí. Córdoba se convierte en la primera ciudad de la península durante la Edad Media con calles pavimentadas, iluminación nocturna y alcantarillado. Al-Hakam II concluye la ampliación de la mezquita de Córdoba, que había iniciado su padre, y consigue acumular una espectacular biblioteca que, al parecer, llegó a sumar más de cuatrocientos mil volúmenes. Su fértil gobierno sólo tiene una sombra: que duró poco. La muerte de Al-Hakam II por un derrame cerebral en el año 976 abre en Córdoba una crisis de sucesión que, a la postre, terminaría para siempre con el poder de los Omeya.

8

ALMANZOR

El heredero designado por el califa Al-Hakam II antes de morir es su único hijo varón: un niño de once años. No es el único que aspira al trono; Al-Muguira, el hermano del difunto califa, también quiere el poder, pero una conspiración acaba con su vida. La madre del niño califa, una antigua esclava de origen vasco llamada Subh, se alía con el *hayib* Al-Mushafi (el equivalente a un valido o a un primer ministro) para asesinar al otro pretendiente. Del trabajo sucio se ocupa el jefe de la *shurta* media, la polícia de Córdoba. Los guardias eslavos asaltan el palacio de Al-Muguira, estrangulan al hermano del califa delante de las mujeres de su harén y lo cuelgan de una viga del techo para simular un suicidio. Al mando del magnicidio se encuentra Ibn Abi Amir, futuro tutor del califa, un ambicioso personaje que había comenzado su carrera en Córdoba como un humilde copista y que se convertiría en el caudillo más poderoso de su tiempo: Almanzor. Ibn Abi Amir no adoptará este sobrenombre, derivado de Al-Mansur (El Victorioso) hasta unos años después, aunque para no perdernos lo llamaremos desde ahora Almanzor.

El «suicidio» de Al-Muguira no convence a nadie, pero deja claro quién manda en Córdoba. El califa niño es investido como Hisham II, y durante los primeros meses se reparten el poder entre los tres principales conspiradores: la madre del califa niño, la antigua esclava vasca Subh; el *hayib* Al-Mushafi, que en la práctica se convierte en el regente, y Almanzor, al que Al-Mushafi nombra como su visir, un cargo que en el Califato de Córdoba tenía menos importancia que en los califatos de

Damasco y Bagdad —Abderramán III llegó a tener treinta visires—. Almanzor tenía entonces treinta y seis años, pero en apenas dos más alcanza el poder absoluto por medio de una compleja red de alianzas que le permiten hacerse con el control del ejército, con el apoyo de los sectores religiosos más reaccionarios y con el respaldo del pueblo llano.

Dentro del palacio califal, el principal apoyo de Almanzor es la propia Subh, la madre del califa —algunas versiones de esta historia cuentan incluso que llegó a ser su amante—. En el ejército consigue el respaldo del general más importante del califato, Galib, un temido soldado eslavo que se había ganado la libertad y el respeto de los anteriores califas con su talento militar. Su alianza queda formalmente sellada el 16 de agosto de 977, cuando Almanzor se casa con la hija de Galib, Asma, en una espectacular ceremonia. Para aumentar su apoyo entre las clases bajas, Almanzor elimina varios impuestos, una decisión populista que, a la larga, acabaría socavando el poder del califato. Y a los religiosos más integristas se los gana con varios gestos piadosos, como copiar a mano el Corán, y también con algunas decisiones terribles, irreparables, como permitir la quema de gran parte de los libros de la ingente biblioteca que había acumulado Al-Hakam II porque no seguían la ortodoxia sunní.

Con la mezquita, el alcázar, el palacio y el zoco popular en su mano, en 978 Almanzor da un golpe de Estado contra su antiguo aliado, Al-Mushafi, y se hace nombrar *hayib* en lugar del depuesto. Al año siguiente salva de un supuesto complot al niño califa Hisham II, otro episodio con el que cimenta aún más su poder. Su único rival de importancia en la corte cordobesa es su suegro, el general Galib, que acaba levantándose contra él. Almanzor lo derrota. Según la leyenda, el sanguinario Almanzor envió a su esposa, Asma, la cabeza de su propio padre. Con Galib decapitado, reforma el ejército: expulsa a los mercenarios eslavos y los sustituye por unos veinte mil bereberes, llegados desde el Magreb, a los que también suma tropas mercenarias cristianas. La jugada tiene dos carambolas más: por un lado, intenta evitar así nuevas revueltas eslavas, como la de Galib. Por otro, consigue un nuevo ejército odiado por el pueblo, que sólo responde ante él, y al que, para mayor precaución, instala en distintos campamentos militares, en Granada y en Jaén, lejos de las intrigas de la corte cordobesa. Almanzor ya tiene todo el poder. No se atreve a derrocar al califa Hisham II, que ya había dejado de ser un niño, pero lo encierra en una jaula de oro que construye para él, una nueva ciudad-palacio que levanta junto a su residencia: Medina Alzahira, la ciudad resplandeciente. Su vieja aliada y tal vez amante, Subh, conspira contra el nuevo dictador. Sin éxito.

Al mismo tiempo que aplica esta meticulosa agenda interna, Almanzor comienza a atacar los reinos cristianos. Golpea cada año, con la cadencia de un péndulo y la fuerza de un martillo pilón. De forma sistemática, Almanzor lanza todos los veranos durísimas aceifas: una palabra derivaba de *áyfa*, que en dialecto árabe andalusí significa «cosecha» o «expedición estival». Literalmente, aterroriza a los cristianos, que ven en él una señal más del apocalisis que se pensaba que llegaría en el año 1000. Almanzor utiliza esa campaña de terror contra los cristianos para engordar sus arcas con el saqueo y la venta de esclavos, y también para ganarse aún más apoyo popular en el califato. Su poder militar fue imparable, salvo en las leyendas, donde los cristianos, varios siglos después, inventaron que Fernán González lo derrotó, a pesar de que el viejo conde castellano ya llevaba unos cuantos años muerto cuando se produjeron las aceifas de Almanzor.

También parece falsa la batalla de Calatañazor, esa supuesta derrota de Almanzor que probablemente jamás existió, salvo en la historia reinventada unos siglos después. El primero que la relató fue Lucas de Tuy, un obispo leonés del siglo XIII (o sea, más de doscientos años después de los hechos) que fue cooperador necesario en la divulgación de algunos de los mitos fundacionales castellanos, vistos con animosidad desde la óptica leonesa, en la que él militaba. Lucas de Tuy, conocido como el Tudense, no goza hoy de mucho crédito y es también el autor de los ripios, aún hoy muy citados, de «En Calatañazor perdió Almanzor el tambor». Era un hombre muy viajado y parece que además un poco fantasioso. Llegó a afirmar que había visto los cuatro clavos con que Jesucristo fue crucificado: uno en Francia, otro en Nazaret, otro en Tarso y uno más en Constantinopla.

La realidad fue bastante distinta a esos mitos. Entre el año 978 y 1002, el *hayib* cordobés asuela los reinos cristianos con al menos cincuenta y seis saqueos que están documentados. Entre otras villas, asalta Zamora (981), Barcelona (985), León (986) Coímbra (987), Sahagún y Eslonza (998), Braga y Santiago de Compostela (997), Pamplona (1000) y el monasterio de San Millán de la Cogolla (1002). Los saqueos siempre terminaban de dos formas: o con las tropas cristianas degolladas y las mujeres y los niños capturados para ser vendidos en el mercado de esclavos de Córdoba; o con los cristianos abandonando la ciudad, huyendo a esconderse en algún monte o bosque cercano hasta que las tropas de Almanzor abandonaban la zona, normalmente en llamas, como pasó con Santiago de Compostela, que ardió en el verano de 997. Sus métodos eran terribles, incluso para el poco humanitario estándar de la época. Durante el asedio de Barcelona y Sepúlveda, Almanzor empleó almajaneques: una primitiva máquina de guerra que, por medio de palancas y poleas, servía para lanzar piedras contra las murallas. Pero los bombardeos de Almanzor no sólo tiraban piedras: contra Barcelona dispararon cabezas de cristianos, según una crónica de la época, a un ritmo de mil por día.

Almanzor no pretende ganar territorio para el califato, que tiene poco interés en las pobres tierras donde vivían los cristianos. Su política era otra: someter y humillar al enemigo, golpeando también en el credo religioso —en la fe, como hizo con el asalto a Santiago de Compostela—. Según varios testimonios de la época, probablemente algo exagerados pero aun así muy reveladores, durante los veinticinco años de terror de Almanzor apresó a un total de noventa mil mujeres cristianas, que después fueron vendidas como esclavas. En Al-Andalus eran muy cotizadas, especialmente las rubias de piel blanca y carnes generosas.

A pesar de sus éxitos militares, que convierten a los reinos cristianos en vasallos tributarios de Córdoba, la dictadura de Almanzor es a largo plazo un doble fracaso. No sólo no consigue consolidar un Estado islámico en toda la península —una posibilidad real hasta el año 1000, cuando los cristianos del norte aún eran demasiado débiles—, sino que también siembra la semilla de la destrucción del propio califato. Nunca sabremos qué habría pasado si Almanzor se hubiese atrevido a derrocar al califa Omeya para instaurar una nueva dinastía hereditaria. Tal vez lo hubiese logrado, tal vez no. Pero el hecho de acumular todo el poder, dejando al inane Hisham II como mero símbolo, provocaría a su muerte, en el año 1002, una larga guerra civil en la que distintas facciones de los Omeya, los herederos de Almanzor y una nueva dinastía bereber pelearían por el poder. Las tensiones raciales de Al-Andalus explotarían otra vez en un enrevesado conflicto entre árabes, bereberes y mercenarios eslavos, que, en apenas tres décadas, acabaría primero con el califato y después con la hegemonía militar de los musulmanes sobre la península.

Desde la muerte de Hisham II en 1013 y hasta el final definitivo del califato, en el año 1031, se sucedieron nueve califas cordobeses. Ninguno murió de viejo. Tampoco sobrevivió a la guerra la resplandeciente Medina Alzahira de Almanzor, que fue destruida en 1009 por un rival Omeya que destronó temporalmente a Hisham II. Ni la espectacular Medina Azahara, que saquearon los bereberes poco después. La ciudad-palacio de Abderramán III, como el propio califato, apenas se mantuvo en pie setenta años. Sus ruinas marmóreas, durante siglos, se usaron como cantera artificial para todo tipo de construcciones en Córdoba, una metrópoli que, al igual que Al-Andalus, pronto comenzaría a declinar. Sobre las cenizas del califato cordobés nacerían después los reinos de taifas, que mantendrían la supremacía cultural y económica, pero no la militar. El acero más temido en el siguiente siglo ya no sería el de las cimitarras de Al-Andalus, sino el de las espadas castellanas.

9

FERNANDO I

El cambio de milenio mueve el eje de la península. Tras la muerte de Almanzor, en el año 1002, Al-Andalus sufre un rápido proceso de deterioro político que acaba con su superioridad militar. El norte cristiano de la península se sacude los terrores del año 1000, que había llegado lleno de oscuros presagios, y encuentra un líder carismático en Sancho III de Pamplona, una figura clave en su tiempo. Fue un reformador, un hombre de mente abierta y un hábil diplomático. Potenció el Camino de Santiago y abrió las puertas de la península a las nuevas corrientes intelectuales, políticas y religiosas que venían de Europa, entre ellas el monacato cluniacense, que sería la vanguardia religiosa y social europea durante los siglos XI y XII. Muchos expertos consideran aún hoy a Sancho III el Mayor como una especie de europeísta *avant la lettre*, el primero de la historia de España.

Bajo el mandato de Sancho III el Mayor, que tenía su residencia habitual en la hoy localidad riojana de Nájera, el Reino de Pamplona alcanzó su mayor extensión territorial. Llegaba desde Astorga, casi en Galicia, a Ribagorza, en Aragón. Trató incluso de hacerse con la Gascuña francesa tras la muerte del duque Sancho Guillermo; no por las armas, sino en los despachos. El rey navarro intentó también someter a vasallaje a todo el resto de reyes cristianos de la península. Hay quien sostiene que lo logró y que se proclamó emperador. El famoso abad Oliva, considerado actualmente el padre espiritual de Cataluña, llama a Sancho en una carta «Rex Ibericum». Sea o no cierto, sí lo es que arrebató a León tanto el liderazgo de los reinos cristianos peninsulares como la tutela del condado de Castilla.

Como Fernán González medio siglo antes, Sancho III el Mayor convirtió las bodas en una de sus mejores armas diplomáticas. Él se casó con Muniadona, o Mayor, una hija del conde de Castilla Sancho García, que era nieto de Fernán González. Aquella boda cambió y aceleró la historia de Castilla que, de una forma sangrienta e inesperada, pasó a manos del rey de Pamplona.

En 1028, el conde García Sánchez, hermano de Muniadona, viajó a León para casarse con Sancha, la hija del rey Alfonso V, con la que lo habían comprometido de niño. Lo acompañaba en el viaje su cuñado el de Pamplona, Sancho III el Mayor, que había hecho casi de tutor del joven conde desde que de niño quedara huérfano. La boda nunca se celebra y acaba en sangre. El conde castellano García Sánchez muere asesinado, quizás a manos de Íñigo y Rodrigo, dos miembros de la familia alavesa de los Vela, que estaba enfrentada con la dinastía de Fernán González desde varias generaciones atrás. El conde agoniza, según la leyenda, en brazos de su prometida leonesa, en las puertas de la iglesia de San Juan Bautista, la que luego sería la basílica de San Isidoro; los Vela huyen antes de que nadie en la corte leonesa reaccione. ¿Era una conjura amparada por algunos cortesanos de León para debilitar el díscolo condado de Castilla? Pues si así fuera, les salió mal: el gobierno del condado pasa a Muniadona y lo ejerce su marido, Sancho III el Mayor, que invade Castilla para hacer valer sus derechos ante el rey de León. El rey de Pamplona toma además las tierras comprendidas entre los ríos Pisuerga y Cea; según la leyenda, incluso captura a los Vela y los manda ejecutar.

Sancho III y Muniadona tuvieron cuatro hijos y una hija. Los dos primeros, García Sánchez y Fernando, ambos después reyes de diferentes Estados, son los que importan en este relato. Y un poco la hija, Jimena. Al morir en 1035 Sancho III el

Mayor, el primogénito heredó el reino pamplonés, y Fernando, el condado de Castilla.

Fernando iba para estadista, como lo había sido su padre. Si a su padre le apodaron «El Mayor», a él le pusieron los cronistas los apelativos de «El Magno» y «El Grande». Nada más heredar Castilla, Fernando adopta el título de rey, lo que debió de incomodar bastante a sus vecinos: a su hermano mayor, García Sánchez III, rey de Pamplona, y también al rey de León, su joven cuñado Vermudo III. ¿Cuñado de Vermudo III? Pues sí, y por partida doble. Primero porque Vermudo se había casado con Jimena, hermana de Fernando e hija de Sancho III el Mayor, un campeón de las bodas geoestratégicas, como ya dijimos. Y segundo, y más importante, porque Fernando, probablemente aconsejado por su muy sagaz y casamentero padre, se había casado nada más y nada menos que con Sancha, aquella hija de Alfonso V y hermana de Vermudo que había sido la prometida de García Sánchez, el conde de Castilla asesinado en León por los Vela. Con la desconsolada Sancha por esposa, a Fernando no se le debió de olvidar nunca la alevosa muerte de su tío y antecesor en el cargo.

En 1032, Vermudo III había intentado recuperar los territorios entre el Cea y el Pisuerga que su suegro Sancho III el Mayor de Pamplona había conquistado a León cuatro años antes. No sólo no lo logró, sino que el de Pamplona lo arrinconó en Galicia, tras tomar también Astorga y León. Muerto Sancho el Mayor, Vermudo III invadió Castilla hasta que los ejércitos de Fernando I lo pararon en seco. Fue en septiembre de 1037, en la batalla de Tamarón, lugar que unos historiadores sitúan en Burgos y otros en Palencia.

En Tamarón, a Fernando le ayudaban tropas de su hermano García Sánchez III de Pamplona. Vencieron los castellanos, tal vez porque en la filas leonesas había disensiones, con algunos nobles descontentos con su rey y dispuestos a pasarse al otro bando; y quizás también por un error grave del igualmente pasional Vermudo III, al que apodaban «El

Mozo» y que tenía entonces sólo diecinueve años. El inexperto y osado Vermudo III el Mozo se adelantó a sus hombres a lomos de su caballo, que se llamaba Pelagiolo o Pelayuelo y era muy famoso en todo el reino. El joven rey leonés se adentró en las filas enemigas, cargó con saña contra los castellanos buscando a su enemigo y cuñado Fernando I... hasta que fue derribado del caballo y alanceado por siete rivales en el suelo hasta morir. Una reciente autopsia a su cadáver reveló que Vermudo III recibió 42 heridas de lanza, la mayoría en el bajo vientre.

Vermudo no tenía hijos, así que el Reino de León lo heredó su hermana Sancha, la esposa de Fernando. Las mujeres en aquellos tiempos no solían gobernar, por lo que Sancha cedió los derechos a su marido. De ese modo, Fernando I se convirtió en el primer rey de Castilla y León, mencionados los dos reinos por primera vez en ese orden. Los viejos sueños de su antepasado Fernán González, si es que fueron alguna vez ciertos, estaban más que cumplidos. Castilla no sólo dejaba de ser colonia para convertirse, ahora sí, en un reino independiente, sino que además se había anexionado a la antigua metrópoli, León.

Tras hacerse con el trono de León, Fernando I ocupó muchos años en pacificar el reino y en someter a algunos magnates que no lo aceptaban como soberano y que incluso lo trataban como a un usurpador o un asesino.

Resueltos sus conflictos en el oeste, a Fernando I aún le quedaban tareas pendientes en el este. Su padre, al morir, había dejado al primogénito, García Sánchez III, no sólo el Reino de Pamplona, sino también Álava y numerosas zonas castellanas fronterizas con las navarras que hasta entonces eran gobernadas por la familia heredera de Fernán González: Montes de Oca, la Bureba, Trasmiera... Fernando I, ya rey de Castilla y León, ya consagrado como estadista y gobernando un territorio mucho más extenso que el de su hermano mayor, le reclamó aquellas comarcas. Las disputas y desconfianzas entre ellos registraron algunos episodios de novela de capa y espada. En una ocasión, Fernando, que visitaba a su hermano, enfermo en Nájera, tuvo que salir a toda prisa porque sospechó que lo iban a apresar los navarros. Tiempo después fue García quien visitó en tierras de León a un Fernando también enfermo, y éste lo mandó prender y encerrar en el castillo de Cea, de donde el navarro logró huir con ayuda de algunos cómplices. No había mucha confianza en la familia.

Al final, dirimieron sus diferencias por las armas. La batalla se libró en Atapuerca, el 1 de septiembre de 1054. Atapuerca está a poco más de tres leguas al este de Burgos, muy cerca de la que era la capital de Castilla. La frontera de los reinos la había dejado allí, en Atapuerca, el padre de ambos monarcas, Sancho III el Mayor de Navarra. Según algunas crónicas, Fernando I envió a su hermano a dos embajadores de postín para que lo convencieran de que no diera batalla, a dos abades que luego serían santos: Íñigo de Oña y Domingo de Silos. Cuentan que el primero de ellos profetizó incluso a García que moriría si combatía a su hermano; y el rey navarro, al que las crónicas pintan como un hombre iracundo, los echó de su tienda casi a patadas.

Sus tropas habían ocupado el valle, pero las de los castellanos tomaron durante la noche los altozanos cercanos y cayeron de madrugada sobre ellas. El rey navarro fue herido de muerte por un noble castellano y falleció allí mismo, dicen que recibiendo auxilios espirituales de Íñigo de Oña, que le sujetó la cabeza entre sus rodillas hasta su último suspiro. Y allí mismo, en los campos bajo los que más de novecientos años después se encontrarían los restos de seres humanos más antiguos de Europa, se nombró rey de Pamplona a Sancho Garcés IV, hijo del rey derrotado y sobrino del vencedor en la batalla. Lo primero que hizo el nuevo rey navarro fue rendir vasallaje al ganador, Fernando I, y entregarle algunas de las comarcas que reclamaba Castilla, que se extendió así por gran parte de lo que hoy es La Rioja. El padre del Cid, Diego Laínez de Vivar, que era uno de los mandos militares castellanos, se encargó después de tomar algunos castillos de las nuevas tierras de Fernando I. Hay quien sostiene que incluso el Cid participó en la batalla de Atapuerca, pero no parece posible: en ese momento era apenas un niño de seis o siete años.

En Tamarón y Atapuerca, dos batallas bastante cercanas en el tiempo y en el espacio y ganadas ambas por el mismo rey, Fernando I, se había sacudido Castilla dos viejos complejos, dos estigmas, dos dependencias lacerantes para el orgullo de los castellanos: la antigua y larguísima con León y la reciente y corta con Navarra.

Resueltos sus problemas en el oeste y en el este, Fernando I dedicó los últimos años de su vida al sur. Sometió varios reinos de taifas, les cobró parias (tributos de protección) a los más ricos de ellos —algunos tan lejanos a su frontera como era el de Sevilla—, llegó en sus correrías hasta las murallas de Valencia y arrebató a los musulmanes tres importantes plazas en lo que más tarde, con sus nietos, sería el Reino de Portugal: Lamego, Viseo y Coímbra. Como se ve, se expandió por todas las direcciones del mapa.

Murió cuando llevaba veintisiete años y medio en el trono y tenía cincuenta y cinco de edad, un anciano para aquella época. Lo enterraron en el panteón de los reyes de la basílica de San Isidoro de León, que él mismo había mandado construir en piedra labrada. Antes era un monasterio levantado en materiales pobres consagrado a san Juan Bautista, a cuyas puertas había muerto asesinado su antecesor y tío García Sánchez. San Juan cambió de nombre, precisamente, cuando acogió los restos de san Isidoro, traídos desde la taifa de Sevilla por orden del propio rey. En vida, Fernando, muy probablemente nacido en Castilla o en Navarra, barajó ser enterrado en los monasterios de Arlanza o de Oña, ambos burgaleses, pero su mujer, la leonesa Sancha, lo convenció de que fuera en León.

Castellano y navarro por su origen, pero más bien leonés

al final de su vida. Quizás por esto hoy no tiene Fernando I ni en Castilla ni en León la consideración de primera figura, de estrella de la historia. Sus rasgos personales nos han llegado, además, un tanto desdibujados. La *Crónica Silense*, escrita unos cincuenta años después de su muerte, dice de él que era «en todo tranquilo y sosegado, con un natural benigno y piedad sólida», y cuenta además su muerte como la de un santo: rodeado de obispos, abades y otros clérigos, el rey se despoja de su manto regio y de su corona, viste un humilde sayal, se echa en el suelo, hace penitencia pública, recibe ceniza sobre su cabeza y fallece, dos días después de la Navidad de 1065. ¿Ese piadoso anciano moribundo es el mismo personaje que se ha visto envuelto en guerras casi civiles en las que sus tropas han matado a su hermano mayor y al marido de su hermana?

Dos años antes de morir, Fernando cometió un error político similar al de su padre. En lugar de seguir el derecho visigodo y leonés, que disponía que las posesiones reales no se dividieran entre distintos herederos, se basó en las normas navarras y troceó sus territorios entre sus hijos. A Sancho, el primogénito, le dejó el Reino de Castilla y las parias (tributos) de la taifa de Zaragoza. A Alfonso, dicen que su preferido, el Reino de León y las parias de Toledo. A García, el tercer varón, el Reino de Galicia y las parias de las taifas de Badajoz y Sevilla. A Urraca, el señorío de Zamora. A Elvira, el de Toro.

Era un lío, una excusa perfecta para que los hermanos se metieran en una espiral de enfrentamientos, intrigas y traiciones. Y para que viniera el Cid a pedir cuentas al ganador final de la contienda —o quizás no—. Y para que llegaran los juglares a contarlo en versos contundentes y falsarios, de los que luego contribuyeron a la tergiversación de la historia real, al nacimiento de una nación inventada. Pero antes de continuar con Castilla, volvamos otra vez hacia el sur musulmán, hasta ese Al-Andalus roto en mil y una taifas.

10

LOS REINOS DE TAIFAS

La hegemonía militar y política del califato cordobés duró sólo tres generaciones, apenas setenta años en los que se dieron los tres pasos de auge, consolidación y caída de cualquier imperio. Hubo un primer califa creador, Abderramán III. Un segundo califa conservador de ese legado, Al-Hakam II. Y un tercero destructor, Hisham II, que dilapidó la herencia de su padre y de su abuelo. Planteamiento, nudo y desenlace en menos de un siglo que acaba, cómo no, en una larga guerra civil, en la *fitna* cordobesa. En el siglo XI, el mapa de Al-Andalus se fragmentó como un espejo que se cae al suelo, destrozado en tantos pedazos que resulta agotador enumerarlos.

El califato queda roto en hasta treinta y nueve reinos taifas: Sevilla, Ceuta, Zaragoza, Lérida, Badajoz, Toledo, Denia, Albarracín, Valencia, Murcia, Almería, Córdoba, Carmona, Mallorca, Morón, Granada... La Península Ibérica se transforma en una suerte de Italia medieval, llena de minúsculos reinos independientes. Generales bereberes, jeques árabes, caudillos de los mercenarios eslavos e incluso algún clan muladí (visigodos convertidos al islam) fundan efímeras dinastías que disputan entre sí, mientras los reinos cristianos al fin vencen, porque el islam se divide. El declive fue tan rápido que el mismo conde de Barcelona que sufrió las crueles aceifas de Almanzor en el año 1000, Ramón Borrell, pudo en el año 1010 saquear Córdoba, como aliado de uno de los numerosos candidatos al trono de los Omeya. En pocos años, los mismos reinos cristianos que pagaban tributo al califato pasan a ser acreedores de las taifas musulmanas, a las que cobran las parias por su protección.

Sin embargo, el fin de la hegemonía militar y política de Al-Andalus no implica su final como potencia cultural. Es más, es durante este tiempo cuando la poesía, la filosofía, la ciencia, el ocio y la vida cotidiana en el islam hispano alcanzan su máximo esplendor. Manda el acero de las espadas cristianas, en gran medida por la división musulmana, pero también porque la sociedad andalusí era muchísimo más compleja, rica, dependiente del comercio y también especializada en el trabajo que los reinos del norte, donde la propia guerra era el motor de la economía, el monocultivo sobre el que gira toda la sociedad. Los caballeros cristianos ganaban las batallas, pero aún vivían en una sociedad eminentemente rural o en pequeñas e insalubres villas con las calles cubiertas de barro, sin agua corriente ni alcantarillado, y dormían junto al calor de las bestias en toscas edificaciones con suelo de paja. Frente a ellos, el lujo sensual de ciudades como Córdoba, Sevilla o Granada; la vida del harén. Eran los bárbaros que, otra vez, tomaban Roma: una cultura mucho más desarrollada, pero incapaz de defenderse por sí misma, que dependía de ejércitos mercenarios que, o bien ahogaban a la economía y provocaban una revuelta por la enésima subida de impuestos, o bien se vendían a otro postor.

Aquel Al-Andalus también era una rareza dentro del islam. Era una sociedad mucho más permisiva que la de los integristas del norte de África, donde las duras condiciones del desierto imponían asimismo una concepción mucho más rigurosa del Corán. Los reinos de taifas competían entre sí por los mejores poetas, por los mejores músicos, y cada señor intentaba rodearse de la corte más relumbrante para sacar así lustre a su dinastía, a emulación de los lujos de la Córdoba califal. Poco a poco, las taifas grandes se comieron a las chicas, y así, de norte a sur, el mapa quedó configurado de la siguiente manera alrededor del año 1080.

En Zaragoza reinaban los hudíes, una dinastía no muy bien avenida que en numerosas ocasiones peleaba entre sí, en una ocasión con el Cid como espadón a sueldo de uno de los hermanos en batalla. En Toledo, la antigua capital visigoda, la taifa se extendía sobre las actuales Castilla-La Mancha y Madrid hasta la Sierra de Guadarrama, y en ella reinaba la dinastía bereber de los Banu Di-l-Nun. Toledo competía con la taifa de Sevilla, gobernada por la dinastía abadí, de origen árabe, por la siempre deseada reunificación de Al-Andalus, una pelea con la ciudad de Córdoba como trofeo, que pasó varias veces de unas a otras manos y que los cristianos aprovecharon para debilitar ambos reinos por medio de inteligentes alianzas. La taifa sevillana fue una de las últimas en nacer como tal, pero también fue la más expansiva. En su momento de máximo esplendor, bajo el reinado de Al-Mutamid, llegó a extenderse desde Murcia hasta el actual Algarve portugués y, hacia el sur, hasta el estrecho de Gibraltar.

Al oeste de Toledo, sobre la actual Extremadura y gran parte de la costa atlántica de Portugal, reinaba una dinastía bereber, los aftasíes, que como casi todos los apellidos en estos años tampoco se libró de la habitual guerra civil entre hermanos. Y para completar el puzle, por si hubiera pocas piezas, aún se mantenían en esta fecha muchas otras pequeñas taifas más o menos independientes: la de Albarracín (bereber), la de Alpuente (muladí), la de Valencia (primero en manos de reyezuelos eslavos y más tarde de la dinastía arabé amirí: los herederos de Almanzor), la de Denia (eslava), la de Mallorca (bereber), la de Granada (bereber), la de Málaga (bereber) y la de Almería (primero eslava, más tarde árabe). En resumen, un rompecabezas que los reyes cristianos, especialmente Fernando I y su hijo, Alfonso VI, aprovecharon con destreza para primero someter a los mil y un reinos al pago de parias y después para expandir sus territorios.

El fin de las taifas lo desencadena, precisamente, una conquista castellana: la toma de Toledo. En 1085 Alfonso VI pacta la entrega de la ciudad de forma pacífica a cambio de respetar las propiedades de los musulmanes y de los judíos. El rey cristiano se autoproclama emperador de las tres religiones, dejando clara su vocación de seguir avanzando hacia el sur. Ante la amenaza cristiana, las taifas de Sevilla, Badajoz, Granada y Almería deciden pedir ayuda a los almorávides: al imperio que se extendía tras el estrecho, al norte de África. No debió de ser una decisión fácil. Los almorávides, un pueblo inculto y supersticioso, representaban en ese momento la visión más integrista del islam. Los reyes taifas se ven obligados a elegir qué bárbaros prefieren, si los cristianos del norte o los almorávides del sur. Escogieron a sus hermanos de fe, a los bárbaros del sur.

Los almorávides entraron en 1086 en la península con un poderoso ejército que no sólo hizo pasar tremendos apuros a los cristianos, sino que acabó con las taifas, unificadas de nuevo como una provincia más de su imperio. «Prefiero ser camellero en África que porquero en Castilla», cuentan que dijo Al-Mutamid, el rey de Sevilla. Sus deseos fueron cumplidos. Al-Mutamid, al igual que la inmensa mayoría de los reyezuelos de las taifas, fue depuesto y desterrado a África. Murió poco después, encarcelado en un poblacho cerca de la ciudad de Marrakech. No se sabe si llegó a trabajar de camellero.

11

EL CAMINO DE SANTIAGO

Cuesta encontrar en la historia de España un falso mito más repetido y evidente que el de la tumba de Santiago el Mayor, ese apóstol que se sabe que murió en Jerusalén y que dicen que está enterrado en Galicia. Alrededor de tan obvio disparate se ha construido, durante siglos, toda una serie de artificiales evidencias destinadas a probar una leyenda que sólo se sostiene, y con dificultad, desde el punto de vista místico; desde la óptica de los milagros. Hace ya tiempo que no queda historiador que aún defienda que los huesos que descansan en la catedral de Santiago de Compostela son los del apóstol Santiago. «Pese a todos los esfuerzos de la erudición de ayer y de hoy, no es posible alegar en favor de la presencia de Santiago en España y de su traslado a ella una sola noticia remota, clara y autorizada», escribió en 1971 Claudio Sánchez-Albornoz. «Todo hombre moderno, dotado de espíritu crítico, no puede admitir, por católico que sea, que el cuerpo de Santiago el Mayor repose en Compostela», sentenció Miguel de Unamuno ya en 1922. Sin embargo, como tantas otras mentiras en esta historia, la falsa tumba del apóstol es de una trascendencia muy real, de una importancia mayúscula. No se entiende ni Castilla ni la península sin el Camino de Santiago, sin la ruta de peregrinación y los tremendos cambios sociales, económicos y políticos que provoca la fe ciega en la reliquia. Pero antes de analizar sus consecuencias, vayamos primero a la leyenda.

Primer tercio del siglo IX. Según algunos testimonios franceses, interesados en meter en la película a Carlomagno, en el año 813. Probablemente algo después, entre 820 y 830. Son los primeros años del reino astur, cuando la capital cambia de Covadonga a Oviedo. Castilla ni siquiera existía aún como condado. Un ermitaño cristiano de nombre Paio (o Pelayo) dice ver unas extrañas luces, algo así como unas estrellas fugaces, sobre un monte deshabitado. El tal Paio convence a otro tal Teodomiro, obispo de Iria Flavia, el principal municipio de la zona, para que lo acompañe de expedición al misterioso monte iluminado. Allí encuentran una tumba con tres cadáveres, uno de ellos degollado, con la cabeza bajo el brazo. Gracias a la divina señal estelar y a las avanzadas técnicas forenses de la época (siglo IX, insistimos), dan por probado que los muertos son el apóstol san Jacobo —también conocido como san Iago, san Yago, san Diego o san Jaime; o lo que es lo mismo: Santiago— junto a dos de sus discípulos.

Ante tal descubrimiento, piden al rey Alfonso II el Casto que financie una pequeña iglesia sobre la magna reliquia. Poco ruego necesitaba el monarca asturiano para hacerlo. Por aquellos mismos años, en la catedral de Oviedo se estaba desarrollando el culto a otras reliquias, las de la Cámara Santa, algunas tan espectaculares como la presunta arca donde se guardaron los restos de Jesús y de la Virgen en Jerusalén, y el santo sudario de lino que habría cubierto la cabeza de Jesús tras morir. El rey fue generoso y financió la construcción de la iglesia que le pedían los gallegos, que acabaría convertida en la catedral de Santiago de Compostela, uno de los mayores centros de peregrinación de la cristiandad. En el favor de los peregrinos, pronto se puso el sepulcro de Santiago muy por delante de la Cámara Santa de la catedral del Salvador de Oviedo. Aunque aún hoy algunos ovetenses dicen, con cierto aire de suficiencia, que quien va a Santiago y no al Salvador visita al siervo y desdeña al señor.

Volviendo al monte iluminado. ¿Qué hace pensar a los dos gallegos, si es que directamente no se lo inventaron, que ese cadáver degollado, un tipo de muerte bastante habitual en aquellos tiempos, corresponde al apóstol fallecido ochocientos años antes y a unos cuatro mil kilómetros de distancia? Otra leyenda. Desde el siglo VI circulaba por Europa el mito de que Santiago había viajado por la Hispania romana trayendo el Evangelio. El origen es una frase en un texto bizantino de dudosa credibilidad histórica, que más tarde recoge otro autor inglés en el año 650: «Jacobo, que se interpreta Suplantador, hijo de Zebedeo, hermano de Juan, predicó en España y lugares de Occidente; murió por la espada bajo Herodes y fue sepultado en Acaya Marmárica el 25 de julio». Sin embargo, la noticia de la evangelización hispana de Santiago no llega al lugar de su teórico origen, a la propia península, hasta un siglo después de la traducción bizantina, hasta el VII, aunque sin dársele demasiada importancia.

Tras la invasión musulmana, con los cristianos de la península mucho más necesitados de milagros, la leyenda de los viajes hispanos se hace tan popular que Santiago asciende a la categoría de patrón de Hispania. El título se lo otorga, a finales del siglo VIII, Beato de Liébana, un culto monje del monasterio de San Martín de Turieno, en el extremo occidental de la actual Cantabria. Pocos años después de ser nombrado patrón, ¡oh, casualidad!, aparece su tumba justo en el pequeño rincón de la península que controlaban los cristianos.

Para entonces, los detalles de la evangelización hispana de Santiago ya eran mucho más profusos que esa escueta frase bizantina de la que nace todo el invento. Según una de las versiones, Santiago había desembarcado de su viaje a través del Mediterráneo por Galicia (para acortar, se entiende), después de cruzar las columnas de Hércules y bordear la costa atlántica, llevando la palabra del dios verdadero de norte a sur de la península. Estudios actuales demuestran que no, que el cristianismo llegó en el siglo II a través de las provincias romanas de

África y, además, lo hizo en la dirección inversa: de sur a norte. Galicia, de hecho, fue de las últimas zonas cristianizadas.

Pero la mayor contradicción con el descubrimiento de Paio y el obispo Teodomiro está en la propia Biblia. Según se narra en el quinto libro del Nuevo Testamento, el titulado como *Hechos de los apóstoles* —uno de los de mayor consistencia histórica—, Santiago murió en Jerusalén en el año 44. Fue decapitado por orden de Herodes; es uno de los primeros mártires cristianos. Para salvar este pequeño inconveniente, alguien inventa un mito posterior al del descubrimiento de la tumba: que el cadáver fue trasladado tras su muerte. Que Santiago —antes, durante o después de esos viajes por Hispania de los que no se tiene noticia hasta pasado medio milenio de su muerte— hizo varios discípulos en sus viajes. Que dos de esos discípulos estaban con él cuando fue degollado en Jerusalén. Que robaron el cadáver y se lo llevaron, ¡dónde mejor!, de vuelta hasta Galicia. Que lo enterraron en secreto. Que no se sabe muy bien cómo, los dos enterradores también acabaron con sus huesos en la tumba. Que nadie reparó en la reliquia durante ochocientos años de nada.

La leyenda milagrosa, por si no fuese ya un relato lo suficientemente inverosímil, explica también que los discípulos y el santo muerto hicieron el viaje de vuelta en un «barco de piedra», que navegó desde la costa del actual Israel hasta la gallega ría de Arousa guiado por los ángeles. Ese barco de piedra flotante, un mito de origen céltico, engarza con el Acaya Marmárica del que habla el texto bizantino, que en realidad significa que Santiago fue enterrado en Marmárica (una región africana entre Libia y Egipto, que también aparece en la Biblia como el lugar del sepulcro del apóstol), pero que interesadamente se traduce como «arca marmárica»: el arca de piedra. Otra versión moderna, medio metro más plausible, dice que esa pétrea embarcación era en realidad un barco que transportaba piedra; aunque no está muy claro qué necesidad había en la ría de Arousa de piedras de Oriente Medio.

Este barco de piedra y Santiago también están en el origen de otra reliquia cristiana, el pilar de Zaragoza: una pequeña columna sobre la que cuentan que se apareció la Virgen, que aún vivía, para animar al apóstol durante su supuesta gira hispana a la altura de Caesar Augusta (hoy Zaragoza). Y en Muxía, en la gallega Costa da Morte, también visitó la misma Virgen al santo, esta vez a bordo de uno de esos sorprendentes barcos de piedra flotante. Aún se puede visitar allí la supuesta quilla de esa peculiar embarcación, una enorme losa de piedra que cuentan que se mueve si el que se sube encima es un ser puro, libre de todo pecado. De momento, que se sepa, no ha vuelto a flotar.

Sobre tan pétreas evidencias se levanta uno de los principales centros de peregrinación de toda la Edad Media en Europa: una tradición que todavía lleva a decenas de miles de personas cada año hasta Santiago de Compostela. El 15 por 100 del PIB de la ciudad depende hoy del turismo que, en gran medida, genera el Camino. Con todo, ese porcentaje es ínfimo si se compara con la riqueza que supuso esta reliquia para la antigua Compostela, una ciudad que, literalmente, se levanta sobre la tumba de Santiago, primero gracias a los generosos donativos que el obispo Teodomiro consigue para su parroquia por su descubrimiento, incluidos los de Alfonso II, y después por el dinero que dejan los peregrinos, que, poco a poco, empiezan a llegar desde toda Europa. Aunque un camino no es sólo su final: también es su recorrido. Para la Castilla medieval, por donde transcurre un amplio trayecto de la ruta de peregrinación desde Europa, el Camino de Santiago es casi la única vía de comunicación con el resto de la cristiandad, el principal dinamizador de su economía, su religión y su cultura, especialmente entre los siglos XI a XIII; la ruta por donde llegan el arte, las nuevas ideas, las reformas religiosas, los aliados bélicos y por supuesto el comercio, el dinero. Alrededor de la economía que trae la peregrinación se desarrolla también en Castilla la burguesía: mercaderes, cambistas, artesanos...

Burgos es, de hecho, una ciudad casi tan hija del Camino como la propia Santiago de Compostela.

Pero lo que alimenta el Camino no es el dinero, sino la fe. Por eso es irónico que uno de sus grandes impulsores sea, de forma inesperada, un infiel: nada menos que Almanzor, que destruyó la ciudad levantada sobre la tumba del apóstol a mediados del mes de agosto del año 997. El dictador musulmán arrasó Santiago de Compostela y se llevó a Córdoba las campanas de la iglesia a lomos de esclavos cristianos. Dicen algunas crónicas que sus caballos entraron en el templo y usaron la pila bautismal como abrevadero. Aunque, según la leyenda, respetó la tumba del apóstol y también a un monje que la guardaba. El principal testimonio sale de un historiador musulmán del siglo XIII, Ibd Idhari, que a su vez resume la narración de otro cronista del siglo X, Ibn Hayran:

«Almanzor, habiendo llegado por estos años al punto más alto de su poderío, socorrido por Dios, como lo estaba, en sus guerras contra los príncipes cristianos, marchó contra la ciudad de Santiago, situada en Galicia, y que era el santuario cristiano más importante, tanto de España como de las regiones colindantes de la Gran Tierra. La iglesia de esta ciudad era para ellos lo que la Kaaba para nosotros; la invocaban en sus juramentos y a ella se dirigían en sus peregrinaciones desde los países más alejados, desde Roma y desde más allá.

La tumba que visitan, según ellos pretenden, es la de Santiago, el cual era entre los doce apóstoles el más íntimo de Jesús, y al que llamaba su hermano porque siempre se encontraba junto a él; ciertos cristianos dicen que era hijo de José el carpintero.

[...] Después de haberlo enteramente arrasado fueron a acampar delante de la orgullosa ciudad de Santiago el miércoles 2 saban [11 de agosto]; todos los habitantes habían huido y los musulmanes se apoderaron de todo cuanto encontraron y demolieron las construcciones, las murallas y la iglesia, de modo que no quedó ni huella de las mismas. Sin embargo, la guardia colocada por Almanzor hizo respetar la tumba del santo e impidieron que sufriera ningún daño, pero todos los hermosos palacios tan sólidamente construidos fueron reducidos a polvo, hasta el punto de que nadie podía sospechar que hubieran existido la víspera.

[...] En Santiago, Almanzor no encontró a nadie más que a un monje sentado junto a la tumba, al que preguntó por qué estaba allí: "Para honrar a Santiago", respondió el monje. El vencedor dio órdenes de que lo dejaran tranquilo.»

No se sabe si Almanzor fue tan generoso y aquel monje tan valiente. Tal vez fue el miedo supersticioso del caudillo cordobés, o simplemente una concesión a las tropas cristianas que lo acompañaban en aquella aceifa —junto a Almanzor, contra Santiago de Compostela, cabalgaron varios nobles gallegos—. Otra versión de esta historia dice que los huesos se salvaron de un modo bastante menos heroico: porque ese mismo monje, probablemente el obispo Pedro Mezonzo, escondió las reliquias en un valle apartado hasta que el ejército invasor abandonó Galicia. De una manera o de otra, la iglesia y toda la ciudad fue reducida a cenizas, pero de ellas la peregrinación renació aún con más fuerza.

La humillación que Almanzor inflige sobre toda la cristiandad, de forma consciente y calculada —por eso se lleva a varios cronistas «empotrados» en la expedición, para que cuenten cómo arrasa aquel sitio sagrado que es «como la Kaaba», pero en cristiano—, provoca como reacción el respaldo del resto de Europa. Ya es una cuestión de fe. Santiago, un patrón de España al que entonces dedicaban menos iglesias que al local san Isidoro de Sevilla, se convierte en el anti-Mahoma. Al igual que hacían los moros con El Profeta, al que invocaban con alaridos (una palabra de origen árabe), los cristianos responden «¡Santiago y cierra España!», donde cerrar no sólo significa «guardar», sino también, según el *Diccionario de la Real Academia*, 'trabar batalla, embestir, acometer'. Es un grito de guerra. El mito de Santiago Matamoros llena de moral a las tropas y, según las cuestionables crónicas de la época, se aparece en varias ocasiones, a lomos de un corcel blanco, para ayudar a los cristianos contra el sarraceno infiel.

Las noticias de la profanación por Almanzor de Santiago de Compostela, el defensor de la cristiandad, con seguridad llegaron a Francia, y es allí, en el monasterio de Cluny, donde el Camino encuentra su gran aliado. La orden de Cluny ya es en ese momento la orden monástica más pujante de la cristiandad. Nace de una reforma benedictina revolucionaria para su tiempo: una organización que no permite ni al poder laico ni incluso al propio Papa disponer de sus bienes, que hace del monasterio una organización casi completamente independiente. A su vez, la abadía de Cluny se despliega con muchos otros cenobios por toda Europa que responden a una estructura centralizada, que obedecen a Cluny: al abad de los abades, una persona que sólo responde ante Dios y, en teoría, ante el propio Papa. Pero Cluny no es un rival de la Santa Sede, es más bien un aliado: su principal fuerza contra las cada vez más numerosas herejías y también contra el poder terrenal de los reyes y nobles laicos.

Si Santiago de Compostela es, salvando las distancias, el mayor destino turístico de Europa en aquellos siglos, Cluny es a su vez el principal touroperador de la época. La orden utiliza sus monasterios para promocionar la peregrinación a Santiago. Era una red inmensa: en el siglo XII llegaron a contarse dos mil prioratos por toda Europa con más de diez mil monjes, sometidos a la disciplina del abad de Cluny. A cambio, los reyes de Castilla, León y Navarra proporcionan a la orden generosos donativos. En el año 1080, Alfonso VI, en aquel momento casado con la francesa Constanza de Borgoña, nombra abad del monasterio real de San Benito, en Sahagún, en medio del Camino, al cluniacense Bernardo de Sedirác, que se ocupa de aplicar la reforma gregoriana y de sustituir en las iglesias castellanas la liturgia hispánica por el rito romano. El monasterio de Sahagún, el cenobio más importante de la época en la península, el Cluny de León, recibe también del rey

Alfonso VI un generoso fuero que otorga a los monjes, entre otras cosas, el monopolio del horno para cocer el pan. Tales privilegios acaban provocando una serie de revueltas de los vecinos de Sahagún contra el monasterio que obligan a modificar el fuero. Es una de las primeras victorias de lo civil sobre lo religioso, del concejo sobre el monasterio; aunque fue una victoria pasajera. A la larga, ganaría una vez más la Iglesia frente a los burgueses, que incluso llegaron a ser excomulgados por las sucesivas revueltas de la villa frente al monasterio.

En el siguiente siglo, en el XII, la peregrinación llega a su momento de máxima expansión con una bula del Papa Calixto II que concede el perdón de todos los pecados, la indulgencia plenaria, a todo aquel peregrino que visite la tumba de Santiago los años jubilares: aquellos en los que el día de Santiago, 25 de julio, cae en domingo. Para Compostela, es un chollo frente a Roma, su gran rival en materia de peregrinaciones (Jerusalén era un destino suicida): mientras que en Roma el jubileo sólo llega cada veinticinco años, una vez en la vida media de una persona de la época, en Compostela hay jubileo más o menos cada seis calendarios. El Camino se llena de peregrinos y con ellos también llega la primera gran obra pública de los reinos cristianos: los puentes, los hospitales y los caminos; la infraestructura del negocio.

Uno de estos primeros peregrinos es un francés, Aimerico de Picaud, que llega a Santiago de Compostela en el año 1143 y escribe la primera guía del Camino, recopilada en el *Códice Calixtino*, un manuscrito donde también se recogen todas las leyendas ya resumidas sobre el hallazgo de la tumba y otros milagros y que hoy se conserva en Compostela. Picaud, en su viaje, no deja muy bien parados a los cristianos hispanos de la época, unos pueblos incultos y atrasados bajo los ojos de este religioso francés. Los navarros y vascos «torpemente visten y torpemente comen y beben». «Si los vieres comer, los considerarías perros o cerdos. Si los oyeres hablar, te acordarías de los perros que ladran, pues tienen una lengua de todo punto bárbara». «Navarro o vasco matan, si pueden, por una moneda a un galo». Los castellanos tampoco quedan mejor parados, aunque Picaud los denomina ya en el siglo XII como españoles, en contraposición con los vascos y navarros: «Pasado Montes de Oca, a saber, hacia Burgos, siguen las tierras de los españoles, esto es, Castilla y Campos; esta tierra está llena de riquezas, con oro y plata, feliz, con tejidos y yeguas fortísimas, fértil en pan, vino, carne, pescados, leche y miel; sin embargo, está desolada de árboles y llena de hombres malos y viciosos». Picaud sólo salva a los gallegos: «Las gentes gallegas concuerdan mejor que las demás gentes españolas con las nuestras francesas, por las costumbres cultas; pero se las tiene por iracundas y litigosas en gran manera».

Picaud, es evidente, no quedó muy satisfecho del viaje, tampoco de la gastronomía local: «Si en alguna parte de España y Galicia comiereis el pez que el vulgo llama barbo, o el que los de Poitou llaman alosa, y los italianos clipia, o anguila, o tenca, sin duda moriréis próximamente, o enfermaréis. [...] Todos los pescados y las carnes vacunas de toda España y de Galicia comunican extrañas enfermedades». También se queja Picaud de los cobradores de portazgos, que se aprovechan para timar al peregrino: «Salen al camino a los peregrinos con dos o tres dardos para cobrar por la fuerza los injustos tributos, y si alguno de los transeúntes no quiere dar las monedas a petición de ellos, los hieren con los dardos, y con esto les quitan el censo, afrentándolos, y hasta las calzas los registran».

Como se ve, el Camino de Santiago en este siglo no era como los actuales paseos en bici. Pero a pesar de la mala prensa y de tantas dificultades, la fe en Santiago, animada por Cluny, consigue llenar la ruta durante varios siglos, que dejan innumerables beneficios económicos y culturales a Castilla y a los demás reinos cristianos por donde pasa. El declive llega en el XIV, con la peste negra. Después, el cisma protestante prácticamente acaba con la peregrinación: «No se sabe si allí yace Santiago o bien un perro o un caballo muerto», escribe

Lutero, que plantea una duda interesante: si resulta altamente improbable que los huesos encontrados en Galicia pertenezcan al apóstol, entonces, ¿de quién son?

Hay varias hipótesis. Una, muy extendida y que respaldaba, entre otros, Unamuno: que se trata del cadáver de Prisciliano. Al menos este ilustre degollado sí era gallego, oriundo de Iria Flavia para más señas: un importante obispo hispano, el primer cristiano condenado a muerte por herejía. Su legado, el priscilianismo, fue una doctrina cristiana de tanta trascendencia que incluso dos siglos después de muerto su fundador los concilios debatían sobre si era o no herejía. Prisciliano fue decapitado en Tréveris (hoy Alemania) en el año 385 y, según esta teoría, sus discípulos recuperaron después el cadáver para llevarlo de vuelta a su natal Iria Flavia. Es posible que sea cierto: Tréveris no pillaba tan lejos como Jerusalén.

Otra opción es que el muerto dado por santo puede, simplemente, ser cualquiera. La tumba que encontraron Paio y el obispo Teodomiro no era un mausoleo perdido, sino parte de un cementerio de origen céltico y que fue usado por todos los que por allí pasaron: los romanos, los suevos o los visigodos. Una investigación arqueológica, ordenada en 1878 por el cardenal Miguel Payá Rico, encontró, bajo el altar mayor de la catedral, una cripta rectangular, aparentemente un sepulcro romano. Para disgusto del cardenal, la cripta estaba vacía, aunque aseguran que después hallaron los huesos del famoso decapitado y sus dos supuestos discípulos escondidos en una urna detrás del altar mayor, donde se supone que los ocultó a toda prisa otro arzobispo compostelano en 1589, cuando el pirata Francis Drake asaltó las costas gallegas. Las dudas sobre la autenticidad de esos huesos no desalentaron al cardenal Payá Rico, que consiguió que el Papa León XIII decretase una bula en 1884 dando por auténticas las reliquias.

Pese a todo, la peregrinación no volvió a renacer con fuerza hasta finales del siglo xx, cuando otro milagro llegó a Galicia: el modelo autonómico español. Fue la Xunta de Galicia quien relanzó el Camino. En 1970 apenas hay registrados 68 peregrinos. En 1971, año jacobeo, fueron 451. En 1982, otro año de indulgencia plena, ya fueron 1.868 y durante la década de los noventa el número de peregrinos se dispara hasta alcanzar en el jacobeo de 1999 los 154.613. El Camino, además de una tradición religiosa, es también un incentivo turístico que, como vende la Xunta en su web promocional, «hoy se ha convertido, gracias a sus elementos culturales y paisajísticos, en una ruta de contacto entre diferentes gentes y culturas». Ya no es sólo una peregrinación religiosa; y lo de menos, a estas alturas del cuento, es la verdadera identidad de esos huesos que tanta huella han dejado en la historia.

12

EL ROMÁNICO

El Camino de Santiago no sólo trajo al norte cristiano de la península a peregrinos, mercaderes, dinero, cambistas, salteadores de caminos, frailes mendicantes, vendedores de reliquias y de bulas, sanadores, prostitutas, protoautores de guías turísticas, ideas nuevas, la lírica provenzal, la reforma cluniacense o un impulso vital a las villas y ciudades de su recorrido. Trajo también, en el siglo XI, el románico. Fue el primer arte internacional de la historia, en una Europa ya fragmentada en diferentes naciones, culturas y lenguas; y fue además el primero concebido casi por completo como una manifestación religiosa, como un acto de fe y de evangelización. Y de propaganda, de *marketing* interior y exterior: lo necesitaban mucho aquellas civilizaciones fronterizas y enemigas de otros credos, de otras concepciones del mundo. El arte, en uno y otro lado de la frontera, pasaba así a ser también una herramienta en el conflicto, un arma de la propia guerra.

El románico había surgido en las regiones de la Europa cristiana más desarrolladas económicamente: Lombardía, Borgoña, Normandía... La prosperidad material, el aumento demográfico y la espiritualidad desatada con los terrores del milenio provocaron en esas zonas toda una fiebre constructora de edificios religiosos, de iglesias y catedrales, de monasterios y cenobios. Había además que albergar a un número mayor de fieles, la población ha crecido. Se aprovecha la construcción de los nuevos templos para instruirlos y adoctrinarlos. Como la inmensa mayoría de ellos no sabe leer, las iglesias románicas se conciben como un curso intensivo de religión. Las piedras se expresan como un libro abierto.

Las primeras construcciones lombardas aún usaban materiales pobres, pero pronto las paredes hechas de cantos y de barro son sustituidas por fuertes muros de piedra escuadrada, aunque no tallada. La cubierta de madera, demasiado expuesta a incendios, también se cambia por otra de sillares de piedra, algo más pequeños que los de los muros. Dado que la nueva cubierta va a pesar mucho más, se modifica también la estructura general de la iglesia y se refuerza con contrafuertes o con columnas. La planta es en cruz latina, con una nave más larga y otra transversal, el transepto, trazada a una proporción de tres cuartos sobre la primera, como la tradición dice que fue la cruz de Cristo. Los brazos laterales acaban en ábsides semicirculares, y en el ábside central, por detrás del altar mayor, se genera un pasillo también semicircular para que los devotos puedan acercarse a venerar las imágenes sagradas y especialmente las reliquias, que en aquellos tiempos ya vimos que se están convirtiendo en unos productos comerciales muy valiosos que se multiplican como por arte de ensalmo.

Las iglesias se orientan hacia el este, por donde sale el sol, la luz de Cristo, y cada zona, cada elemento, es una metáfora religiosa. La bóveda es el cielo. El claustro, la Jerusalén celestial. Las ventanas, los doctores de la Iglesia; y los cristales, sus doctas enseñanzas. Las columnas son los obispos y abades, las vigas son los príncipes y los nobles, las tejas son los soldados, las tropas protectoras, y el pavimento es el conjunto del pueblo, losa a losa, fiel a fiel. El espacio interior se organiza y jerarquiza como si fuera el cuerpo de Cristo: la nave está ocupada por los fieles, y tras el crucero donde coinciden la nave principal y el transepto —a menudo resaltado por una cúpula— se halla el ábside, el centro de la liturgia, el sacerdote, justo en el lugar donde Cristo apoyaba la cabeza en la cruz.

Los pórticos se llenan de esculturas y las columnas de capiteles que representan escenas religiosas o profanas casi siempre edificantes, pero no sólo fervorosas, también humorísticas u obscenas o admonitorias o aterradoras. Hay ángeles, pero también demonios; corderos, pero también lobos. Caballeros y siervos. Santos rezando o parejas copulando. Vírgenes fervorosas y dueñas exhibicionistas.

En cada zona el románico asimila elementos de procedencia diferente: latina, oriental, bizantina, siria, persa, árabe, celta, germánica, normanda... En la península, el arte románico es muy rico por muy variado, con influencias no sólo lombardas o francesas, también visigodas e islámicas. Estas últimas dan en parte el mudéjar, con construcciones en mampostería y ladrillo en vez de piedra. Además, el románico había tenido aquí un prólogo que le imprime carácter, el arte prerrománico del primitivo reino astur, y unos frutos tempranos en el Pirineo catalán, oscense y navarro, con joyas como los monasterios de San Pedro de Roda, Ripoll, San Juan de la Peña y Leire; las iglesias del valle del Boí, Santa María de Eunate o San Miguel de Estella; la catedral de Jaca o el castillo de Loarre.

A Castilla, la Castilla variable que anda uniéndose y separándose de León, el románico llega en el XI y se extiende en cientos de iglesias y ermitas durante dos siglos. La basílica de San Isidoro, en la ciudad de León, es uno de sus más tempranos y espectaculares exponentes. Como ya adelantamos, hacia 1056 el rey Fernando I, que acababa de unir por primera vez los dos reinos, y la reina Sancha mandan tirar el viejo monasterio de San Juan Bautista, hecho de materiales pobres, levantar en el lugar un templo en piedra labrada y reconstruir el panteón real en el que descansaban algunos de sus ilustres antepasados. El resultado es espectacular, y no sólo arquitectónico, pues incluye también valiosas esculturas en los nuevos capiteles y pinturas murales en el panteón. Para dignificarlo aún más, se traen desde la musulmana Sevilla los restos de san Isidoro, y se da a toda la nueva basílica el nombre del obispo hispalense.

Bastante más al oeste, en Galicia, surgió otra joya del románico peninsular, para muchos la mejor de todas no sólo por su valor artístico, sino por el simbólico: la catedral de Santiago. Como tantas obras arquitectónicas en aquellos tiempos medievales, se emplearon siglos en construirla, y mezcla en su fábrica diferentes estilos bajo distintos maestros de obras que atendían a distintas modas. Pero, sobre todo, es románica, en sus cómos, en sus detalles técnicos, y en sus porqués: responde más que ningún otro edificio de la época a los fines ideológicos perseguidos por ese arte que es al tiempo una manifestación religiosa en sí mismo y un símbolo y un alarde frente a otros credos. En esto, la catedral de Santiago cuenta con tres refuerzos argumentales supremos. Uno: se levanta sobre la tumba donde presuntamente yace un apóstol, es decir, un líder religioso de primer nivel porque estuvo en contacto directo con Cristo, con Dios. Dos: el apóstol se convierte en un icono y un estandarte en la guerra contra los miembros de otra religión. Y tres: la tumba del apóstol y la propia catedral son el punto final de una peregrinación religiosa que presuntamente transforma a las personas, convierte a los pecadores penitentes en hombres nuevos, y que con certeza provoca cambios profundos en los pueblos y en las naciones, cambios políticos, económicos y sociales.

Como templo concebido para albergar masas ingentes de peregrinos, de fieles que llegan para hacer penitencia por sus pecados, Santiago los recibe con una detallada descripción en piedra del Juicio Final, el pórtico de la Gloria. Es la obra cumbre de la escultura románica, y una de las pocas de cuyo autor conocemos el nombre: Mateo. Dejó su firma en la misma fachada, en una inscripción, e incluso puede que un autorretrato en piedra, el Santo dos Croques. Estuvo Mateo muy bien pagado, según un documento del 23 de febrero de 1168 que emite el rey de entonces, Fernando II: «Como pensión te doy y concedo a ti, maestro Mateo, que posees la primacía y el magisterio de la obra del citado apóstol, cada año la percepción de dos marcos a la semana, sobre mi mitad de moneda de Santiago, y que lo que falte una semana sea suplido la otra, de manera que esta percepción te represente 100 morabotinos anuales. Esta pensión, este don, te doy durante toda tu vida, para que siempre la tengas...».

Una vez dentro del templo, los hombres nuevos purificados por el viaje iniciático se encuentran con la plasmación de otras dos ofertas claves del arte románico: un crucero enorme, donde cabe todo el pueblo de Dios, y una girola amplia para acercarse a la tumba del apóstol, al icono y la reliquia por antonomasia del mundo cristiano.

A partir de mediados del siglo XI, tras la muerte de Almanzor y la fragmentación de Al-Andalus en docenas de taifas, los territorios cristianos encuentran en el cobro de parias un modo de vida, una nueva economía. Esa riqueza, y otras como la que generan los primeros burgos y villas y la del comercio nacido al calor del Camino de Santiago, dan un gran impulso a la extensión del arte románico en las tierras de Castilla. Cientos de iglesias parroquiales y de pequeñas ermitas son levantadas esos años en el nuevo estilo arquitectónico. Muchas de ellas, en poblaciones nuevas o en otras que acaban de ser refundadas con la repoblación de las tierras ocupadas por los cristianos en su camino hacia el sur. En el numeroso, valioso y variado conjunto, destacan algunas joyas muy singulares, como la catedral de Zamora y la catedral vieja de Salamanca; la colegiata de Toro; las murallas de Ávila; las iglesias de Santo Domingo y de San Juan de Duero, en Soria; la de la Antigua, en Valladolid; la de San Martín de Frómista, en Palencia, justo al borde del Camino; la concentración de pequeños templos de la montaña palentina, más la sorprendente extensión erótica en la cercana Cervatos, hoy cántabra, y los monasterios burgaleses de Silos y de Arlanza.

La catedral de Zamora es valiosa, entre otros motivos, por dos que la singularizan. Por su cimborrio, la construcción en forma de torre que da realce al crucero y que se ha convertido en el símbolo de la ciudad, con su tambor de dieciséis ventanas y su decoración exterior de escamas, hasta entonces sólo vista en algunas iglesias turcas y en Poiters, de donde quizás se inspiró el maestro de obras. Y por la extrema celeridad con que se hizo el edificio, en sólo veintitrés años, de 1151 a 1174, lo que supone que probablemente hubo un solo maestro de obras y le da a la catedral una unidad de estilo poco usual en aquella época. Del maestro de la catedral de Zamora no se conoce el nombre, pero se cree que era de origen francés y que influyó en sus colegas de otras grandes edificaciones de la zona, como la colegiata de Toro, la catedral vieja de Salamanca y la seo de Plasencia, todas ellas también con cimborrios de los llamados bizantinoleoneses.

En la colegiata de Toro, cuyas obras fueron mucho más lentas, hubo al menos dos maestros y se usaron dos distintos materiales: piedra caliza, más clara, en una primera, y después piedra arenisca, de tonalidades rojizas. El cimborrio, que en Zamora veía cómo competía con él la alta torre del Salvador, de cuarenta y cinco metros, se destaca más en el cuerpo de la colegiata de Toro. Este templo cuenta además con otras dos singularidades: el pórtico de la Majestad, que aún conserva la policromía original con que fue levantado, y una estatua del siglo XII que representa a la Virgen embarazada, cosa infrecuente siempre, y mucho más en esos años.

A la catedral de Santa María, en Salamanca, la catedral vieja, se la llama así porque muy cerca hay otra, la nueva, la de la Asunción de la Virgen, levantada en estilos gótico tardío y barroco. Cuando se pusieron a construir la segunda, los salmantinos estuvieron a punto de derribar la primera. Por suerte no lo hicieron. La vieja es ecléctica, mezcla estilos. Comenzó a hacerse a finales del periodo del románico y se concluyó cuando ya estaba más que maduro el gótico. Cuando en 1102 tomaron la ciudad las tropas cristianas, con Raimundo de Borgoña, yerno de Alfonso VI, al frente, lo primero que hacen es repoblarla con francos, gallegos, castellanos de las tierras bajas y de la Sierra de la Demanda, portugueses y mozárabes; restaurar la diócesis, nombrar un obispo —Jerónimo de Perigord— y arrancar las obras de la catedral. Se nota que fue construida en una zona de frontera: aún hoy tiene un cierto aire de fortaleza, aunque han desaparecido las almenas que hubo en la torre Mocha y en la cubierta de la nave. El cimborrio, que por dentro parece una naranja abierta con ocho gajos, por fuera está también, como en Zamora, decorado con piedras en forma de escamas. Los salmantinos lo llaman la torre del Gallo, porque lo corona una veleta con la forma de este animal.

El mismo Raimundo de Borgoña que repobló Salamanca inició la construcción de las murallas de Ávila, a finales del siglo XI, probablemente sobre parte de los restos de un antiguo muro romano. Las murallas son inmensas —dicen los abulenses que las mayores del mundo que se conservan tras la Muralla China—, y se muestran hoy en buen estado pese a sus novecientos años de vida. Tienen 2.516 metros de perímetro, 2.500 almenas, 88 torreones y 9 puertas. Los muros, 12 metros de altura media y 3 de grosor. La piedra es granito gris y negro, en parte procedente de construcciones anteriores, como la necrópolis romana. La tradición atribuye la dirección de las obras a dos «maestres de jometría, oficiales de fabricar e piedras tallar»: el romano Casandro Colonio y el francés Florín de Pituenga; y hay quien añade a un tercero, el navarro Alvar García.

La iglesia de Santo Domingo, en Soria, en realidad no se ha llamado así hasta hace poco más de un siglo. Antes era Santo Tomé. Fue fundada a comienzos del siglo XII, ampliada a finales de esa misma centuria por los reyes Alfonso VIII y su esposa Leonor de Plantagenet y vuelta a ampliar en el XVI en estilo renacentista. La segunda de esas fases, plenamente románica, es la más valiosa. Sobre todo, la fachada, que se hizo a imitación de la de Nuestra Señora de Poitiers, en Aquitania, de donde procedía la reina Leonor, y probablemente por maestros y canteros llegados desde allí. Y en la fachada, en especial la portada, toda una exhibición de escultura muy trabajada, perfecta en sus detalles, y que se conserva extraordinariamente bien porque hasta hace poco estaba protegida de las inclemencias meteorológicas por un tejadillo. «Su distribución decorativa es la más rica, la más homogénea y armoniosa de la península, y no reconoce como más bella ni a la de Ripoll», afirma Juan Antonio Gaya Nuño, soriano, sí, pero uno de los críticos de arte más prestigiosos de nuestra historia. El pantocrátor del frontón de Santo Domingo, uno de los cinco únicos en el mundo en que Cristo no está sentado sobre la Virgen, sino sobre el Padre, y los capiteles y las cuatro arquivoltas labradas son casi una completa historia de la religión, un libro de piedra para instruir a los analfabetos fieles.

El principal mérito del otro lugar soriano, San Juan de Duero, es su calidad y su rareza: el infrecuente interior que nos encontraremos en la iglesia y, sobre todo, lo insólito del claustro. En la iglesia, a cada lado del presbiterio, hay dos templetes de piedra, dos especies de baldaquinos, de modo que se podía ocultar el sacerdote en el momento de la consagración, como se hacía en el rito griego. Quizás se deba a que todo el recinto era parte de un monasterio fundado en la primera mitad del siglo XII por la orden militar de los hospitalarios de san Juan de Jerusalén, luego conocida como orden de Malta, que procedía de Tierra Santa.

La originalidad del claustro se la dan la irregularidad de sus lados, que forman un cuadrilátero imperfecto con las esquinas achaflanadas, y sobre todo la variedad de sus arquerías. Cambian a la mitad de cada lado, y en una zona hay arcos de medio punto, los más frecuentes en el románico; en otra, arcos túmidos, una variedad del arco de herradura apuntando una ojiva; en una tercera, arcos entrecruzados secantes, y en una cuarta, arcos entrecruzados tangentes. También los basamentos de cada zona de arcos son diferentes. El conjunto, ahora sin techumbre, no es un pastiche pese a la mezcla, sino un recinto irrepetible y evocador. Al poeta Gustavo Adolfo Bécquer le inspiró una de sus leyendas más célebres, *El monte de las ánimas*.

Si original es el claustro de San Juan de Duero, no lo es menos la iglesia de Santa María de la Antigua, en el centro de Valladolid. Al menos, su esbelta torre y su galería porticada, los principales elementos románicos, porque casi todo el resto es gótico, muy influido por la catedral de Burgos, o una reconstrucción completa que imita gótico y se hizo hace menos de un siglo. La iglesia original probablemente la funda Pedro Ansúrez, el repoblador de la ciudad, a finales del siglo XI; la torre quizás se completa un siglo después. El edificio siempre tuvo mala salud, amenazó ruina y desplome varias veces. La cimentación era deficiente, tal vez porque debajo pasaba uno de los ramales del río Esgueva, y el eje del templo está ligeramente desviado respecto a la torre y el pórtico románicos. Aun así, la torre de cuatro pisos y el chapitel apiramidado de teja que la remata, levemente irregular en su punta, componen uno de las más bellos *skylines* de Castilla.

Frómista es hoy una pequeña localidad palentina que en la Edad Media conoció momentos de esplendor, al calor del Camino de Santiago y de la expansión de su judería. En la segunda mitad del XI, Muniadona o Mayor, esposa de Sancho III el Mayor de Navarra y madre del primer rey de Castilla, Fernando I, mandó construir allí la que acabaría siendo una de las principales maravillas del románico en toda la península: el monasterio y la iglesia de San Martín de Tours, un santo francés de origen húngaro que vivió en el siglo IV y tuvo durante siglos un gran predicamento en toda Europa. Es patrón de cientos de poblaciones, de Utrecht a Orense, de Buenos Aires a Torresandino, y protagoniza un famoso cuadro del Greco, *San Martín y el mendigo*. San Martín de Frómista es grandiosa, grandilocuente incluso, pero de formas perfectas, de volúmenes proporcionados. Algunos de sus elementos son raros en su género: dos torres cilíndricas a los lados de la fachada principal, tres ábsides circulares atrás y un cimborrio no circular, como los que hemos visto antes, sino octogonal.

La hoy provincia de Palencia quizás tenga la mayor concentración de restos románicos de Europa, es decir, del mundo. En su rincón del extremo nororiental, unos sesenta kilómetros al norte de Frómista, ya no es una concentración, es una bendita plaga. En las comarcas de Aguilar de Campoo y Cervera de Pisuerga hay más de cincuenta iglesias, ermitas, monasterios y colegiatas; grandes, medianas o pequeñas. Todas interesantes. La abadía de Santa María la Real y la iglesia de Santa Cecilia, en Aguilar; las iglesias de Cillamayor, Revilla de Santullán y Villanueva de la Torre; la ermita de San Pelayo, en Perazancas; el claustro y la sala capitular del monasterio de San Andrés del Arroyo; el pantocrátor y los doce apóstoles de la iglesia de Moarves de Ojeda... La lista es interminable.

A Cervatos, ya en Cantabria pero cerca de Aguilar, conviene ir avisado de lo que a uno lo espera: un pequeño *kamasutra* en piedra con escenas de sexo explícito en docenas de canecillos bajo el tejado y en algunos capiteles en las ventanas de la iglesia de San Pedro. Un *kamasutra* festivo, vitalista, no censurador ni moral. Caricaturas y chistes, no sermones. Señores muy dotados mostrándose a señoras que replican levantándose las sayas y abriéndose de piernas. Cópulas gimnásticas, sexo oral. Probablemente la mejor colección de escultura erótica de la península, y además, casi con policromía natural, porque la piedra tiene vetas de tonos rojizos en algunas zonas.

La explosión sexual en piedra de Cervatos no la encontraremos en la gran joya de la escultura románica, Santo Domingo de Silos. El monasterio burgalés no se fundó con ese nombre. Se llamaba San Sebastián. Era de origen visigótico, medio desapareció con las primeras ocupaciones musulmanas a la zona, resurgió en tiempos de Fernán González, volvió a la ruina con las razias de Almanzor. En 1041 llega al cenobio un líder nuevo fichado fuera por el rey de Castilla, Fernando I. Se llamaba Domingo Manso, había sido prior de San Millán de la

Cogolla, entonces en territorio del Reino de Navarra, y se había peleado con el rey, el colérico García Sánchez III, hermano mayor de Fernando I. El rey castellano encargó a Domingo que refundara el monasterio con la ambición de convertirlo en uno de los punteros de Castilla y le dio medios materiales para hacerlo. Y el abad cumplió el encargo y logró los objetivos con creces: puso a los monjes a elaborar códices en el *scriptorium*, reformó las dependencias monacales y la iglesia prerrománica y comenzó a levantar uno de los claustros más famosos que vieran los siglos. Domingo murió en 1073, y tres años después ya era proclamado santo y el cenobio empezó a captar tanto peregrinos como San Millán. Su sucesor, Fortunio, lo homenajeó dándole su nombre al monasterio, que pasa así a llamarse Santo Domingo de Silos.

El caso completo podría estudiarse hoy en las escuelas de negocios: directivo despedido de una gran empresa es fichado por el propietario de una pequeña y arruinada compañía del sector y logra convertir ésta en la líder, con cambio de marca incluido. Y la guinda: el directivo despedido asiste de testigo en primera fila al fracaso y a la muerte de su antiguo jefe a manos de su nuevo empleador, como ya vimos que ocurrió en la batalla de Atapuerca.

El claustro, en el que el propio Domingo fue enterrado, es una joya arquitectónica y tiene en sus 64 capiteles quizás la mejor colección de escultura románica del mundo. Es de temática muy variada, predominan las escenas de la vida de Cristo, pero también hay muchas figuras de animales, algunos de ellos quiméricos (sirenas, centauros, dragones, grifos, arpías), y de vegetales esculpidos al detalle, con filigrana. Los expertos creen que los capiteles son obra de dos talleres diferentes, dirigidos por sendos maestros. Se ignora sus nombres. El segundo maestro no sólo fue un genio de la escultura románica, fue también un innovador: juntó las fustas de cada par de columnas para generar un capitel mayor y dio más volumen, profundidad y movilidad a las figuras. Creó escuela, marcó una tendencia que siguieron después otros canteros castellanos, navarros y aragoneses.

Silos pasó por muchos otros altibajos en su historia. La iglesia románica se perdió; en el siglo XIX estuvo a punto de desaparecer el monasterio al completo, tras la desamortización; en 1970 sufrió un incendio devastador en las celdas de los monjes... pero hoy tiene una vida pujante y recibe multitud de peregrinos culturales que quieren ver el claustro y escuchar canto gregoriano. Pero la historia le fue mucho peor a un monasterio cercano, en la misma zona de Burgos.

El monasterio de San Pedro de Arlanza, vinculado en su fundación a Fernán González, poderosísimo en la Edad Media, es hoy un conjunto de tristes ruinas en parte restauradas y siempre polvorientas. El lugar donde se urdieron algunos de los mitos fundacionales de Castilla, donde un monje anónimo creó el *Poema de Fernán González* que convierte al conde en un héroe legendario, es ahora pura desolación. De la parte románica, conserva una torre, algunas pilastras y restos de los ábsides de la iglesia y... muchos espacios vacíos: los de multitud de piezas valiosas que fueron trasladadas a otros lugares para protegerlas mejor o directamente expoliadas tras la desamortización, en el siglo XIX.

A la colegiata de la cercana Covarrubias se llevaron los sepulcros de Fernán González y de su mujer Sancha, de más valor simbólico que artístico. A la catedral de Burgos, un sepulcro de gran belleza, dicen que de otra leyenda castellana Mudarra, el hijo de un noble cristiano y de una hermana de Almanzor que vengó a sus hermanastros, los siete infantes de Lara, que habían sido decapitados por su tío don Rodrigo Velázquez de Lara como escarmiento por una supuesta afrenta que éstos habían hecho a su novia, Lambra de Bureba. En el Museo Nacional de Arte de Cataluña, en el Metropolitan de Nueva York y en el Foog de la Universidad de Harvard están los frescos de la sala palatina, del siglo XIII. En la Biblioteca Británica, las *Glosas Silenses*, que probablemente se escribieron aquí aunque se guardaron durante siglos en el cercano monasterio de Silos. Miles de piedras sillares de las ruinas de Arlanza se usaron para encauzar el río Arlanzón a su paso por Burgos. Miles de pergaminos y de documentos se dispersaron en diferentes bibliotecas públicas o privadas. El valioso becerro del convento, el libro en que se copiaron durante el siglo XII los privilegios del monasterio y muchos detalles de su actividad, pasó con la desamortización a las manos de un vecino, y después a las de un chamarilero y más tarde a la Biblioteca Zabálburu de Madrid y por último, durante la guerra civil española de 1936-1939, desapareció.

Arlanza fue en sus orígenes un símbolo de la nación inventada, de la que recrearon por necesidades políticas o económicas una serie de cronistas y de poetas a finales del siglo XII y durante todo el siglo XIII. Ahora es un símbolo de la nación expoliada, a la que le han quitado casi todas sus señas de identidad, las reales y las ficticias, y buena parte de su patrimonio cultural y artístico.

13

SANCHO II

El error de Fernando I de repartir sus reinos entre sus tres hijos y sus dos hijas abrió uno de los periodos más turbulentos de la Edad Media en la península. En una Curia Regia, una especie de antecedente de las Cortes, Fernando había determinado en 1063 dividir sus posesiones entre sus cinco hijos, y dejar el Reino de Castilla y las parias de Zaragoza a Sancho, el Reino de León y las parias de Toledo a Alfonso, el Reino de Galicia y las parias de Badajoz y Sevilla a García, el señorío de Zamora a Urraca y el señorío de Toro a Elvira.

Sancho, el primogénito, que con el derecho visigodo y leonés en la mano tendría que haber heredado todos los reinos, estaba firmemente decidido a recuperarlos por las armas tan pronto como su padre muriera. Esperó un poco más, aguardó a que falleciera también la madre, Sancha, en 1067, para declarar de inmediato la guerra a sus hermanos. Parece que no quería Sancho dar más sobresaltos a la madre, que recordemos que llevaba toda una vida de muertes violentas cercanas. Era aquella misma Sancha que vio cómo mataban probablemente los Vela a su novio el conde castellano García Sánchez y que vio también después cómo su hermano Vermudo III moría en la batalla de Tamarón frente a su marido, Fernando I, y cómo éste, su querido esposo, acababa también en otra batalla, la de Atapuerca, con la vida de García Sánchez III de Navarra, hermano del propio Fernando y cuñado de Sancha.

Sancho, que al parecer era muy belicoso y poco amigo de parar quieto, pasó la espera de la muerte de su madre entrenándose en las cosas de la guerra en algunos conflictos menores, de los que hoy llamaríamos de mediana intensidad. Por un lado, apoyó al rey musulmán de Zaragoza contra el aragonés Ramiro I en unas campañas militares en las que este último fue muerto en Graus. Después, sitió la ciudad de Zaragoza para que el rey de la taifa le renovara su vasallaje. Por último, desencadenó la Guerra de los Tres Sanchos, en la que Castilla se enfrentó a otros dos reinos cristianos. Sancho de Castilla reclamaba a su primo Sancho Garcés IV de Navarra algunos territorios fronterizos que el abuelo de ambos, Sancho III el Mayor, había repartido con polémica y que el padre de uno y tío del otro, Fernando I, no había logrado aún, pese a su victoria en la batalla de Atapuerca. El navarro pidió ayuda a otro primo suyo, el rey Sancho Ramírez de Aragón, el tercer Sancho de la contienda, hijo y sucesor de Ramiro I y también nieto de Sancho III el Mayor. La guerra acabó en tablas, pero el castellano logró ampliar algo sus fronteras en zonas de La Bureba, Montes de Oca y Pancorbo.

Muerta en 1067 la madre, Sancho se centró ya definitivamente en hacerse con toda la herencia de su padre quitándosela a sus hermanos. A Alfonso lo derrotó dos veces en la frontera de los reinos de Castilla y León, en lo que hoy es Palencia: primero en la batalla de Llantada, a finales de 1067, y poco más de cuatro años después en la de Golpejera. Entre una y otra batalla, Sancho y Alfonso, juntos, le hicieron la guerra y le quitaron el Reino de Galicia a su hermano pequeño, García, que fue apresado en Santarem y desterrado a Sevilla.

Tras Golpejera, Sancho se hizo con el trono de León y depuso y encarceló a su hermano Alfonso, al que llevó cargado de cadenas hasta el castillo de Burgos. Intercedió Urraca, la hermana mayor, y Sancho cedió y excarceló a su hermano y lo confinó en el monasterio de Sahagún. Pero Alfonso logró escapar y se refugió en la corte de su vasallo el rey de Toledo. Lo acompañaban algunos nobles leoneses descontentos con Sancho, entre ellos Pedro Ansúrez, que más tarde sería el repoblador y refundador de Valladolid.

Las continuas victorias militares de Sancho, que lo habían convertido en breve plazo en rey de Castilla, de León y de Galicia, no se debían sólo a su habilidad y empuje. Tenía al lado al que iba a ser uno de los guerreros más célebres de la Edad Media, Rodrigo Díaz de Vivar, años más tarde conocido como el Cid. Nada más subir al trono de Castilla, Sancho lo había nombrado alférez real, que era algo así como general en jefe de sus tropas.

La huida de Alfonso encorajinó a Sancho, que envió a su ejército contra su hermana Urraca, a tomar Zamora, la única herencia de su padre que le quedaba por conquistar, pues Elvira ya le había entregado también la ciudad de Toro. Pero en Zamora acabó para siempre no sólo la buena racha militar y política de Sancho II el Fuerte, sino también su vida. En octubre de 1072, al rey lo «mataron sobre Zamora», como se lee en su sepulcro, en el monasterio de San Salvador de Oña.

Hasta ahí la historia, ahora la leyenda. La leyenda dice que el monarca fue asesinado por un noble zamorano, llamado Vellido Dolfos. La leyenda añade incluso muchos detalles: que Vellido Dolfos se presentó en el campamento real como si fuera un desertor de Zamora, que convenció al rey para que lo acompañara a una puerta en la muralla por donde podía entrar en la ciudad, que aprovechó un descuido de la guardia para quitar a Sancho su venablo dorado y clavárselo por la espalda hasta darle muerte y que de inmediato se había dado Vellido Dolfos a la fuga para refugiarse en Zamora. La leyenda remata, además, con una perla: el Cid, que lo vio huir y no sabía aún que había matado al rey, se olió alguna tostada y salió en su persecución, pero el magnicida se escabulló entrando a la ciudad por un portillo casi oculto en la muralla.

La leyenda del cerco de Zamora y de la muerte de Sancho II se nutrió de numerosas obras literarias. La primera pudo ser un cantar de gesta perdido, el *Cantar de Sancho II*, que, una vez más, habría conseguido que los cronistas, es decir los historiadores de épocas posteriores, tomaran por ciertos los hechos relatados en una obra de ficción y los introdujeran en la corriente histórica. La leyenda toma forma definitiva con los romances anónimos de los siglos XIV y XV, es decir, de trescientos o cuatrocientos años después de los hechos que glosa. Uno de ellos es éste, muy popular:

¡Rey don Sancho, rey don Sancho!,
no digas que no te aviso,
que de dentro de Zamora
un alevoso ha salido;
llámase Vellido Dolfos,
hijo de Dolfos Vellido,
cuatro traiciones ha hecho,
y con ésta serán cinco;
si gran traidor fue el padre,
mayor traidor es el hijo.
Gritos dan en el real:
—¡A don Sancho han mal herido,
muerto le ha Vellido Dolfos,
gran traición ha cometido!
Desque le tuviera muerto,
metiose por un postigo;
por las calle de Zamora
va dando voces y gritos:
—Tiempo era, doña Urraca,
de cumplir lo prometido.

Los dos últimos versos, ese «Tiempo era, doña Urraca, de cumplir lo prometido» que dice a voces y gritos Vellido Dolfos por las calles de Zamora, apuntan a otra clave de la leyenda. ¿Quién ha prometido a quién matar al rey? ¿Vellido Dolfos a doña Urraca? ¿O doña Urraca a su hermano Alfonso, que ocupará el trono si muere Sancho? ¿Había una conspiración detrás del asesinato del monarca, todo un golpe de Estado?

La estrecha relación entre Urraca y Alfonso ha generado muchas especulaciones ya desde los cronistas y juglares de su época. La *Crónica Silense*, que se escribió al poco de morir ambos, asegura que desde la infancia Alfonso era el hermano preferido de Urraca, y que después hizo con él de madre (le llevaba siete años) y de consejera. Algunos juglares comenzaron a apuntar que ese amor fraternal llegó hasta «lo ilícito», es decir, al incesto. Esta hipótesis la divulgan después como certeza no sólo algunos historiadores árabes, sino incluso otros cristianos. Uno de estos, el franciscano Juan Gil de Zamora, que fue un estrecho colaborador de Alfonso X el Sabio, asegura que Urraca rindió la plaza a Alfonso porque se había «casado» con él. Oficialmente, Urraca permaneció soltera y célibe toda su vida, ni se casó ni se le conocieron amantes. Debía de ser todo un carácter. En el epitafio de Sancho en el monasterio de Oña se la nombra como «mujer de ánimo feroz», aunque no olvidemos que Oña estaba en Castilla (y antes, en Navarra), por lo que en los conflictos entre los hermanos el cenobio estaba claramente del lado de Sancho. Se nota en el epitafio, que escribió un monje del monasterio. Decía que Sancho se asemejaba a Paris en hermosura y a Héctor en valentía, y de Urraca eso de que era mujer de ánimo feroz que arrancó la vida a Sancho y no lloró su muerte.

Jiménez de Rada, sin embargo, pintará casi dos siglos después a Urraca como una mujer juiciosa y entregada a obras piadosas, aunque ya sabemos por los orígenes de los mitos fundacionales castellanos que Jiménez de Rada no daba puntada sin hilo y no era muy fiable. En la *Crónica Silense* se dice de ella que aunque «por fuera llevaba galas mundanas, observaba interiormente el monacato, unida a Cristo como su único esposo». La *Silense* se halló en Silos, de ahí su nombre, y Silos es Castilla, pero algunos estudiosos creen que la escribió un leonesista relacionado con la basílica de San Isidoro de León y con el monasterio de Sahagún. La crónica está dedicada casi por completo a elogiar el linaje y las hazañas de Alfonso VI. En la *Primera Crónica General* de Alfonso X, que como estamos viendo no es muy fiable porque es el gran pilón donde desaguan muchas fuentes falsarias anteriores que recrean la historia de Castilla, se dice que Urraca fue «duenna endereençada de costumbres et de bondad».

La leyenda del cerco de Zamora enlaza con otra aún más sugerente y también metida de matute en la corriente histórica por obras literarias de ficción: la jura de Santa Gadea. Según ella, el Cid, mano derecha del rey asesinado, paradigma del buen vasallo, modelo máximo del pueblo castellano, interrogó a Alfonso sobre su posible implicación en la muerte de su hermano Sancho, le tomó declaración bajo juramento. Otro romance que después veremos, uno de los más celebrados poemas de toda la historia de la literatura española, elucubra con mucho detalle sobre ese presunto episodio en el que un vasallo se atreve a encausar a su rey, a someterlo casi a un juicio popular, a interrogarlo con muy duras palabras: «Villanos te maten, Alfonso [...] si no dijeres verdad de lo que te es preguntado. Si fuiste o consentiste, en la muerte de tu hermano».

Aquellas viejas historias se siguen hoy reescribiendo y reenfocando. En las murallas de la ciudad de Zamora hay un postigo, un pequeño portillo, que según la tradición popular fue el que salvó a Vellido Dolfos de la persecución del Cid. Durante siglos, se le ha llamado el Portillo de la Traición. Hace muy poco, en junio de 2009, el pleno del Ayuntamiento de Zamora acordó cambiar el nombre al lugar y llamarlo Portillo de la Lealtad, y remitir el acuerdo municipal a la Academia de la Historia para pedirle la rehabilitación histórica de Vellido Dolfos, «que no fue un traidor, como reza la tradición castellana, sino una persona que fue elegida para atentar contra el rey por parte de quienes se oponían a su usurpación y su tiranía».

14
EL CID

No deja de ser irónico que el héroe castellano por excelencia, el paladín cristiano más legendario de la reconquista, deba su sobrenombre a una palabra del dialecto árabe andalusí: *Sidi*, que significa «mi señor». No consiguió ese respetuoso apodo cortando cabezas moras, todo lo contrario. La mayoría de los historiadores acepta esta hipótesis como el origen del popular apelativo, aunque discuten sobre si Rodrigo Díaz de Vivar se lo ganó durante algunos de sus recibimientos triunfales en la taifa de Zaragoza, tras una victoria contra el cristiano conde de Barcelona o el no menos católico rey de Aragón; o si el *Sidi* mereció ese título durante sus años como señor de Valencia, como príncipe cristiano de una ciudad regida bajo la ley del Corán. Lo que es seguro es que el *Sidi*, el Cid, existió realmente, y no como un personaje menor en la historia de Castilla. Sin embargo, su verdadera biografía está mucho más llena de claroscuros que esa radiante imagen del héroe recto, que antepone la fe y el honor del reino a su destino, creada primero por el *Cantar de Mio Cid* y otros cantares de gesta y más tarde por el romancero. El *Cantar*, tan importante para la literatura castellana como lo fue el propio Díaz de Vivar para la historia de la península, está escrito más de un siglo después de la muerte del Campeador. En él probablemente cristalizan muchas leyendas orales que nacieron tras una vida más interesante incluso que su propio mito.

Lo que hoy sabemos del Cid se lo debemos no sólo al *Cantar*, que tiene más valor literario que histórico, sino a otras dos obras narrativas escritas en latín. El *Carmen Campidoctoris* —un poema sobre el Cid que glosa varias de sus batallas— y especialmente la *Historia Roderici*, una biografía de Rodrigo Díaz de Vivar escrita por un autor anónimo de la zona de La Rioja, tal vez por algún monje de San Millán de la Cogolla. Durante años, muchos historiadores han especulado con la posibilidad de que esta crónica fuese obra de un coetáneo del Cid, tal vez de alguien que participó en su mesnada y lo acompañó en sus numerosas batallas. Sin embargo, estudios más recientes descartan esta posibilidad y fechan la *Roderici* en el tercer tercio del siglo XII, casi ochenta años después de muerto. De hecho, los primeros testimonios escritos sobre el Campeador están en lengua árabe. Aunque desde el bando musulman, al *Sidi* lo calificaban como *tagiya* («tirano»), *la`in* («maldito») o *kalb ala`du* («perro enemigo»). Nunca le perdonaron la conquista de Valencia ni cómo la consiguió.

Pese a estas inevitables brumas, sabemos bastante sobre la vida del Cid. Entre otras cosas, porque su interesante figura ha estado bajo el foco de numerosos historiadores, hasta el punto de que existe un adjetivo propio, común entre los estudiosos, para referirse a estos trabajos sobre su mito y su vida: la palabra «cidiano». Y así, expurgando las leyendas cidianas y otros muchos documentos que han sobrevivido a los siglos, hoy es posible reconstruir gran parte de su historia.

Rodrigo Díaz de Vivar nació alrededor de 1048, probablemente en Vivar, con seguridad en algún municipio cercano a Burgos. Contra la imagen legendaria, que lo retrata como un héroe hecho a sí mismo que asciende en la pirámide social gracias a su talento con las armas, el Cid se crió en el seno de una familia aristocrática, con un patrimonio notable y una estrecha relación con la familia real. Su padre fue Diego Laínez, un importante caballero de la época que acompañó a Fernando I en varias de sus batallas, entre ellas la de Atapuerca. Su madre, de nombre desconocido y apellido Rodríguez, era hija de Rodrigo Álvarez, primer conde de Asturias. El *Roderici* lo presenta como un «varón ilustrísimo», un calificativo reservado para la aristocracia. Y por si hubiese alguna duda sobre la destacada posición social del Campeador, se conserva también la carta de arras que entregó a doña Jimena al casarse con ella, donde aparece detallada la cesión de bienes a su esposa en 39 lugares. Y eso era sólo la mitad de su patrimonio, que estaba repartido por los valles de los ríos burgaleses de Ubierna, Brullés, Urbel y Hormazuelas.

Desde su infancia, en la corte de Burgos, el pequeño Rodrigo Díaz tuvo contacto con los hijos del rey Fernando I. Con el que luego sería Alfonso VI, el mismo rey que lo desterró por dos veces, y especialmente con el primogénito del rey, el infante Sancho, que luego se convertiría en el rey Sancho II el Fuerte. Junto a él, ganó su primera gran batalla conocida, en 1063, en la actual provincia de Huesca. Tenía poco más de quince años cuando acompañó al infante en una campaña en ayuda del reino musulmán de Zaragoza. La taifa —vasalla de Castilla, a la que pagaba tributos— estaba en peligro por el ataque del rey cristiano de Aragón, Ramiro I, que quería apoderarse de Barbastro y de Graus para expandir su territorio. En la primavera de 1063, los aragoneses sitiaron Graus y al rescate acudieron los musulmanes del rey de Zaragoza, Al-Muqtadir, y las tropas castellanas dirigidas por Sancho, al que acompañaba el joven Rodrigo. El sitio acabó con una tremenda derrota aragonesa, que no sólo perdió la batalla, sino la vida de su rey, Ramiro I, muerto a las puertas de Graus.

Pocos años después, en 1065, murió Fernando I, y el Cid pronto fue ordenado caballero al servicio del nuevo rey de Castilla, Sancho II, que lo nombró su alférez real: el máximo cargo militar del reino, el jefe de sus ejércitos cuando apenas tenía diecinueve años. No le faltaron ocasiones de mostrar su valía con las armas. Probablemente participó en la Guerra de los Tres Sanchos, en la que el nuevo rey castellano se enfrentó a Sancho Garcés IV de Navarra y a Sancho Ramírez de Aragón en un conflicto en el que Castilla recuperó de Navarra algunas zonas de La Bureba, Montes de Oca y Pancorbo. Y donde sí tuvo un papel seguro fue en la gran guerra pendiente: la de la herencia de Fernando I entre sus cinco hijos. Fue en estos años, hasta la muerte de Sancho, cuando el Cid se ganó su otro sobrenombre famoso: el de Campeador.

El 7 de noviembre de 1067 murió la madre del rey, la reina Sancha. Era lo único que mantenía la paz en el norte de la península entre los herederos de Fernando I, que, como ya hemos contado, dividió su reino entre sus hijos en una nefasta decisión que costó años de guerra y sangre. Sancho II, el primer hijo varón, era el rey de Castilla. Alfonso VI, el favorito de Fernando y tal vez la causa de su fatal error de dividir las coronas, era el rey de León. García, el tercer varón, era el rey de Galicia. Mientras que las hijas, Urraca y Elvira, heredaron respectivamente los señoríos de Zamora y Toro.

El Cid estaba del lado del rey de Castilla, el hermano ganador al menos durante los primeros años. Dirigió las tropas de Sancho II en la batalla de Llantada, en 1067; una victoria castellana de la que Alfonso VI pudo huir, lo que permitió una frágil reconciliación posterior entre ambos hermanos. La tregua duró apenas cuatro años. En 1071, Alfonso y Sancho se aliaron contra el tercero, García, y el Cid participó en la campaña que acabó con el reino gallego repartido entre Castilla y León. Con García fuera del mapa, volvió la guerra pendiente. El 12 de enero de 1072 Sancho II junto al Cid derrota a Alfonso VI en la batalla de Golpejera, en Villarmentero de Campos (Palencia), a pocos kilómetros de Carrión de los Condes. Alfonso es hecho prisionero y Sancho unifica otra vez los reinos de Castilla y de León bajo su cetro. La mediación de la hermana mayor, Urraca, permite que Alfonso sea trasladado al monasterio de Sahagún, de donde se fuga para refugiarse en la taifa de su antiguo vasallo de Toledo. Su hermano García, por cierto, se escondía en la taifa de Sevilla, otro ejemplo más de lo poco que se parece la historia de Castilla a la simple caricatura de una cruzada de moros y cristianos.

Con la conquista de León, a Sancho II —que también había recuperado Toro— ya sólo le quedaba una última pieza para unificar la herencia de su padre: Zamora, donde gobernaba Urraca. Allí mandó su ejército desde León, y allí encontró la muerte después de siete meses de sitio. El 6 de octubre de 1072 el rey fue asesinado, tal vez por ese tal Vellido Dolfos hijo de Dolfos Vellido que cantaron los juglares mucho tiempo después. Y es a partir de este punto, uno de los momentos legendarios de la historia de Castilla, donde más diverge la leyenda cidiana de la realidad histórica.

Según el mito, tras la muerte de Sancho II el Cid tomó juramento a Alfonso VI, el nuevo rey de Castilla y León, en la iglesia de Santa Gadea, un acto de honor donde le exigía su palabra de que no había tenido nada que ver con la muerte de su hermano.

La iglesia burgalesa todavía existe, pero la mayoría de los historiadores creen hoy que lo que nunca existió fue la jura. Opinan que sólo se produjo en la imaginación de los muchos poetas que durante siglos se dedicaron a engrandecer la figura del Cid, el más importante señor de la guerra peninsular de toda la Edad Media, con falsos episodios que enfatizaran su lado humano, ético, leal, caballeroso. Lástima que tal cosa sólo ocurriese en la imaginación de los juglares.

La tradición literaria pinta la jura de Santa Gadea como un acto clave de la historia de Castilla, casi como un hito en la historia de la humanidad, un relato universal. Estaríamos ante toda una revolución simbólica: el vasallo leal, cabal, humilde y honrado se rebela contra el rey opresor, fratricida, usurpador del trono, y le pide cuentas en público aun a sabiendas de que su gesto le va a traer la ruina y la desgracia personal.

El Cid del romancero es, además, un orador brillante, un fiscal o un abogado de la acusación demoledor. La presión de su interrogatorio al rey va creciendo verso a verso, va haciéndose cada vez más contundente. Véase en este celebérrimo poema:

En santa Águeda de Burgos,
do juran los hijosdalgo,
le toman jura a Alfonso
por la muerte de su hermano;
tomábasela el buen Cid,
ese buen Cid castellano,
sobre un cerrojo de hierro
y una ballesta de palo
y con unos evangelios
y un crucifijo en la mano.
Las palabras son tan fuertes
que al buen rey ponen espanto.
—Villanos te maten, Alfonso;
villanos, que no hidalgos;
de las Asturias de Oviedo,
que no sean castellanos;
mátente con aguijadas,
no con lanzas ni con dardos;
con cuchillos cachicuernos,
no con puñales dorados;
abarcas traigan calzadas,
que no zapatos con lazo;
capas traigan aguaderas,
no de contray ni frisado;
con camisones de estopa,
no de holanda ni labrados;
caballeros vengan en burras,
que no en mulas ni en caballos;
frenos traigan de cordel,
que no cueros fogueados.
Mátente por las aradas,
que no en villas ni en poblado,
y sáquente el corazón
por el siniestro costado,
si no dijeres verdad
de lo que te es preguntando:
si fuiste o consentiste

en la muerte de tu hermano.
Las juras eran tan fuertes
que el rey no las ha otorgado.
Allí habló un caballero
que del rey es más privado:
—Haced la jura, buen rey,
no tengáis de eso cuidado,
que nunca fue rey traidor
ni Papa descomulgado.
Jurado había el rey
que en tal nunca se ha hallado;
pero allí hablara el rey
malamente y enojado:
—Muy mal me conjuras, Cid;
Cid, muy mal me has conjurado;
mas hoy me tomas la jura,
mañana me besarás la mano.
—Por besar mano de rey
no me tengo por honrado,
porque la besó mi padre
me tengo por afrentado.
—Vete de mis tierras, Cid,
mal caballero probado,
y no vengas más a ellas
desde este día en un año.
—Pláceme, dijo el buen Cid;
pláceme, dijo, de grado,
por ser la primera cosa
que mandas en tu reinado.
Tú me destierras por uno,
yo me destierro por cuatro.
Ya se parte el buen Cid,
sin al rey besar la mano,
con trescientos caballeros,
todos eran hijosdalgo;
todos son hombres mancebos,
que ninguno había cano;

todos llevan lanza en puño
y el hierro acicalado,
y llevan sendas adargas
con borlas de colorado.
Mas no le faltó al buen Cid
adonde asentar su campo.

La parte final del romance desmerece un poco, quizás fue añadida por otro autor, pero el primer parlamento del Cid, ese *crescendo* en el que le desea al rey Alfonso que lo maten de la peor manera posible, en el peor lugar posible y la peor gente posible si no dice la verdad sobre la muerte del rey Sancho, es uno de los pasajes más estremecedores de la lírica castellana.

Según la leyenda, esa heroicidad le costó el inmediato destierro. La realidad no fue tan épica. Aun en el caso de que tal jura ocurriera realmente —todo apunta a que no—, no fue la causa del destierro del Cid, que tras la muerte de Sancho pasó nueve cómodos años en la corte de Alfonso VI, y no precisamente como un don nadie.

El Campeador dejó de ser la mano derecha del nuevo rey: fue sustituido como alférez real por García Ordóñez, un importante noble leonés del que conviene recordar el nombre pues va a salir mucho en esta historia. Pero Alfonso VI intermedió para su matrimonio con Jimena Díaz, una destacada noble leonesa, pariente lejana del propio rey, y que según algunos historiadores contaba con otros dos reyes entre sus tatarabuelos: Ramiro III y Vermudo II. El Cid también fue delegado del rey en el cobro de algunas parias, en las taifas vasallas. E incluso le encargó el monarca que fuera su representante en varios asuntos administrativos, como un pleito de 1073 entre los infanzones del Valle de Orbaneja y el monasterio de Cardeña por unos pastos, lo que demuestra, por otra parte, que el Cid no sólo sabía manejar la espada, sino también leer y escribir, algo muy poco habitual en estos años, incluso entre los nobles.

Probablemente fueron otros dos episodios menos heroicos que el legendario juramento de Santa Gadea los que distanciaron al Cid de Alfonso VI hasta costarle el destierro. El primero, una batalla en tierras musulmanas, en Sevilla, donde el Campeador había viajado para cobrar las parias al rey musulmán por la protección. El rey de Granada atacó al de Sevilla justo en esas mismas fechas, en 1079, y en el ejército invasor cabalgaba precisamente García Ordóñez, el noble que lo había sustituido como alférez real. El Cid combatió del lado de Sevilla y derrotó al de Granada y a su extraño aliado en un enfrentamiento donde García Ordóñez quedó preso, una terrible humillación. El Cid ganó otra batalla, pero también un poderoso enemigo que tal vez después susurró en el oído del rey hasta ponerlo en su contra.

El segundo episodio, el que definitivamente le costó el destierro, llegó a finales de 1080, cuando sus tropas repelieron un ataque musulmán en Soria. En la persecución, el Cid y sus hombres acabaron entrando en el territorio de la taifa de Toledo, donde aprovecharon la excursión para saquear varias localidades sin conocimiento ni permiso del rey. Toledo era vasallo de Castilla, y pagaba parias por su protección, así que Alfonso VI castigó con el destierro a ese atrevido caballero que iba por libre. Es en este momento, con esta decisión, cuando de verdad cambia la historia del personaje. El Cid deja su cómoda vida de noble castellano para afrontar un nuevo camino que, al final, lo conduce a la leyenda. Tenía treinta y tres años.

El Cid abandona Burgos en busca de un protector que permita a él y a su mesnada, su ejército privado, vivir de sus espadas. Necesita un nuevo señor y no le valen los cristianos de Navarra o Aragón porque no quiere entrar en conflicto con Alfonso VI, al que prefiere no enfadar, entre otros motivos, porque ha respetado sus posesiones en Castilla, a pesar del destierro. Viaja primero hasta Barcelona, donde ofrece sus servicios al conde cristiano de la ciudad, que lo rechaza. Y después, sin más opciones cristianas en la península, remonta el Ebro hasta la antigua ciudad romana de Caesar Augusta, un nombre latino que los ríos del latín vulgar, del árabe y del castellano desgastarían hasta transformarlo en Zaragoza. La taifa sí lo acepta. Allí aún reina Al-Muqtadir, el mismo rey musulmán con el que el Cid ganó su primera batalla en Graus dieciocho años antes, que contrata sus servicios. Poco tiempo después, Al-Muqtadir muere y lo sucede Al-Mutamán. A su servicio, el Cid se emplearía con tremenda eficacia durante más de cinco años, en los que derrotó por igual a musulmanes y a cristianos; a las taifas de Lérida, Tortosa y Denia, al condado de Barcelona o al Reino de Aragón.

La situación cambia con la llegada de una nueva amenaza musulmana para el Reino de Castilla: los almorávides. En 1085, Alfonso VI toma Toledo, la antigua capital visigoda. La conquista cristiana de esta simbólica ciudad consigue lo imposible: que las taifas musulmanas se pongan de acuerdo y pidan ayuda al emir almorávide, Yusuf ibn Tasufin, cabeza de un imperio en su momento de máxima expansión que dominaba toda la zona occidental del Sáhara y el Magreb. Los almorávides, comandados por el propio Yusuf, cruzan el estrecho en 1086 y derrotan a Alfonso VI en Sagrajas, una batalla donde el ejército castellano sufrió unas terribles bajas. Por suerte para Castilla, Yusuf tuvo en ese momento que regresar a África para resolver un asunto interno: la muerte de su heredero.

Durante esta inesperada tregua termina el primer destierro para el Campeador. Rodrigo Díaz de Vivar vuelve a Toledo al frente de su mesnada para defender el reino frente a los almorávides. El debilitado Alfonso VI no sólo lo perdona, sino que recompensa su apoyo con siete castillos y con un diploma que le permite apropiarse, en el nombre del rey, de todos los castillos y tierras que pudiera arrebatar a los musulmanes. Alfonso le encomienda la defensa de sus intereses en el Levante, pero la buena relación entre ambos dura poco. Una vez en Valencia, el Cid se pone al servicio de la taifa musulmana, vasalla de Castilla. Del cobro de las parias se ocupa el Campeador, que impone en su propio beneficio un lucrativo sistema de tributos que, según los cálculos de algunos historiadores, suponía tanto dinero como todo lo que cobraba Castilla de todas las demás taifas andalusíes juntas. El Cid emplea ese oro en mantener un poderoso ejército, en teoría al servicio del rey castellano cuando Alfonso lo pida. En la práctica, las tropas obedecen al Cid y sólo al Cid.

El destierro definitivo de Rodrigo Díaz de Vivar llegaría poco después, en 1089, cuando Alfonso VI le ordena que lleve su mesnada hacia al sur y se encuentre con sus tropas para defender juntos el castillo de Aledo, en Murcia, una fortaleza de posición estratégica clave que estaba siendo sitiada por el ejército almorávide. No se sabe si por problemas logísticos o porque, de forma intencionada, puso poco empeño en cumplir la orden real, el Cid acaba acudiendo tarde a la cita con el rey, con el que ni siquiera llega a encontrarse. Alfonso VI se toma el desplante como una traición y lo castiga con un nuevo destierro, mucho más duro que el anterior, que esta vez incluye la confiscación de todas sus posesiones.

El segundo destierro será el definitivo. El Cid no sólo rompe con Castilla, a la que jamás regresaría con vida, sino que también rompe con todo lazo de vasallaje con cualquier otro rey. Ya sólo peleará por su propia fortuna, como un señor de la guerra independiente que nada más responde ante su propia espada.

El Cid se hace fuerte en el Levante, donde impone a las taifas de la zona el pago de las parias que, hasta entonces, cobraba en nombre de Castilla. Derrota a los cristianos del condado de Barcelona y pronto consolida un protectorado desde Tortosa a Orihuela con la fuerza del ejército más poderoso de todo el oriente de la península, la única fuerza militar de la época capaz incluso de resistir frente al avance almorávide.

El choque con su antiguo señor, Alfonso VI, parecía inevitable, y llega finalmente en 1092, después de un fallido intento de reconciliación. El rey de Castilla moviliza en el empeño una poderosa alianza: suma en la campaña contra el Cid al rey de Aragón, al conde de Barcelona y a las flotas de Pisa y de Génova. El rey fracasa. Sus aliados cristianos de Barcelona y Aragón, escarmentados después de numerosas derrotas ante el Cid, apenas colaboran de forma testimonial en la guerra, y Alfonso VI no consigue tomar Valencia. Mientras tanto, el Campeador, que se encontraba en Zaragoza, responde atacando los territorios de La Rioja, donde derrota otra vez a su viejo enemigo, García Ordóñez (que para entonces había sido nombrado conde de Nájera), hasta doblar la mano del rey. Alfonso VI claudica en su empeño de someter al Cid, retira su destierro y le ofrece la posibilidad de regresar a Castilla; un nuevo perdón que Rodrigo Díaz de Vivar rechaza, pero que se convierte de facto en un pacto de convivencia amistosa, donde el rey acepta a su antiguo caballero como un señor independiente, como un hombre libre.

Tras la victoria sobre Castilla, el Cid cambia de estrategia. Ya no se conforma con someter el Levante como un protectorado que paga por su defensa militar, sino que se lanza a la conquista de Valencia para crear un principado hereditario. Deja de ser el jefe de un ejército que cobra tributo a los reyezuelos locales para asumir todo el poder en la zona de forma directa, sin intermediarios. Durante su campaña en La Rioja, alejado de Valencia, los partidarios de los almorávides se han hecho con la ciudad y han asesinado al reyezuelo musulmán, aliado del castellano. El Cid regresa a Valencia y rinde la plaza en 1094, después de un durísimo asedio —polémico entre los historiadores de hoy día, pues algunos ven en él a un Cid cruel, a un antihéroe— en el que también combatió contra un ejército almorávide que intentó socorrer a los sitiados. Una vez en el poder, derrota otra vez a los almorávides en la batalla de Quart, en la que de nuevo se impone el Cid por medio de una audaz estrategia envolvente, a pesar de encontrarse en inferioridad numérica frente a las tropas africanas.

Después de espantar la amenaza almorávide, al menos por un tiempo, el Cid se centra en los asuntos internos y en 1095 pone en marcha una durísima represión contra sus enemigos en la ciudad y en las poblaciones vecinas con las técnicas habituales de la época: ejecuciones sumarias, torturas, incendios, saqueos, destierros... Expulsa de Valencia a todos los musulmanes partidarios de los almorávides y los sustituye, en apenas dos días, por mozárabes (cristianos que vivían en Al-Andalus), a los que traspasa sus posesiones. Después de las purgas, se autoproclama príncipe de la ciudad, aunque antes declara formalmente la plena vigencia de la legalidad del Corán. El Cid, el *Sidi*, se convierte así en soberano cristiano de un principado musulmán, una difícil posición que no sólo supo mantener hasta su muerte, el 10 de julio de 1099, sino que incluso consolidó.

Durante sus últimos años, fue el único señor cristiano capaz de hacer frente a las poderosas tropas almorávides, que derrotaron a Alfonso VI en tres grandes batallas. Incluso logró aumentar su territorio, conquistando Sagunto y Almenara. Sólo le venció la edad: falleció por causas naturales poco después de cumplir cincuenta años, demasiados para la época, especialmente para un hombre de armas, herido gravemente en varias batallas. Aunque la herida más dolorosa que probablemente sufrió el Cid fue la muerte de su hijo, Diego Rodríguez, su único heredero varón; un episodio en el que tuvo un papel muy relevante su archienemigo jurado: García Ordóñez, el noble leonés que lo sustituyó como alférez real tras la muerte de Sancho II en Zamora, el mismo al que había hecho prisionero en Sevilla, aquel al que también venció años después en La Rioja.

El hijo del Cid murió en 1097, en la batalla de Consuegra. Aquella gran derrota de Alfonso VI a manos de los almorávides fueron, en realidad, dos batallas: un enfrentamiento en campo abierto en los alrededores de la localidad, cerca de Toledo, y un cerco de ocho días a la fortaleza. Ninguna de las dos fue bien para los cristianos. El rey contaba con sus principales generales, Pedro Ansúrez, Álvar Fáñez y García Ordóñez, el viejo enemigo del Cid, y con un refuerzo de lujo: había pedido ayuda al Campeador, y éste le había enviado a parte de sus mejores tropas con su único hijo varón al frente, Diego Rodríguez, de apenas veinte años, pero ya experto guerrero. Cuando el rey ordena replegarse porque los almorávides iban ganando en campo abierto, el flanco izquierdo de las tropas cristianas, con Pedro Ansúrez y Álvar Fáñez, lo hace ordenadamente y sin sufrir grandes bajas, pero en el flanco derecho García Ordóñez se retira rápido y abandona a su suerte a Diego Rodríguez, el hijo del Cid, que cae muerto con algunos de los suyos. El rey Alfonso y los supervivientes acabaron refugiados en el castillo, casi inexpugnable, y pasaron ocho días angustiosos cercados por las tropas musulmanas, que finalmente levantaron el sitio al temer que llegaran refuerzos cristianos.

Cada año, en agosto, la localidad de Consuegra rememora la batalla con una representación teatral durante tres días en la que participan cientos de vecinos y cuyo momento cumbre es la ceremonia fúnebre por la muerte del hijo del Cid, el joven héroe que perdió la vida probablemente porque así lo quiso García Ordóñez, enemigo declarado de su padre.

A la muerte del Cid sin ningún hijo varón, en 1099, fue su esposa Jimena quien heredó el principado, pero sólo pudo mantener el trono unos pocos años más. En 1102, ante una nueva amenaza de las tropas africanas, Jimena pide ayuda a Alfonso VI. El rey castellano viaja hasta Valencia y allí decide, de acuerdo con Jimena, abandonar la plaza, una frontera difícil de mantener. Los castellanos incendian la ciudad antes de dejarla atrás, y en su salida se llevan también el cadáver del Cid hasta Burgos para evitar que sea profanado y lo entierran en el monasterio de San Pedro de Cardeña. Algunos historiadores creen que de este traslado proviene una de las leyendas cidianas más famosas: que fue capaz de ganar una batalla después de muerto.

Probablemente, tras desenterrar su cuerpo, un embalsamador recompuso su rostro y ojos. Y, para dar mayor ceremonia al ritual, es probable también que el cadáver hiciese el viaje desde Valencia hasta Burgos vestido con su armadura y a lomos de su caballo, Babieca. Según esta hipótesis, cualquier pequeña escaramuza en el camino —pues no consta ninguna batalla digna de tal nombre— habría bastado después para asentar ese cimiento histórico sobre el que suelen levantarse las leyendas.

El mito posterior realza los claros y tamiza los oscuros del personaje. Y así convierte a un mercenario de indudable talento militar —el gran militar de esta historia, sólo están a su altura Almanzor y Fernando III— en un héroe sobre el que Castilla, siglos después, construye gran parte de su identidad nacional. Fernán González fue el héroe de la independencia castellana, el padre de la patria. El Cid, algo más de cien años después, fue el de la afirmación de la identidad.

Probablemente, el Campeador nunca persiguió a ese tal Vellido Dolfos hasta el portillo de la Traición (o de la Lealtad, según se mire). Es muy dudoso que hiciese jurar a Alfonso VI en Santa Gadea, o que ganase batalla alguna después de muerto. También está descartado que sus hijas fuesen azotadas y abandonadas desnudas en un robledal por los infantes de Carrión, que de joven participase en una invasión de Francia o que matase en un duelo al padre de Jimena para conseguir su mano. No se sabe si tuvo entre sus antepasados a un tal Laín Calvo, pero lo que parece seguro es que ese Laín no fue uno de esos dos míticos jueces de Castilla que a mediados del siglo IX presuntamente ejercían como si fueran independientes del reino astur. No están perfectamente documentados todos los motivos que provocaron sus dos destierros de la corte castellana, pero parece que en ellos pesó más el gusto del Cid por el oro musulmán que su honor de caballero; esa épica virtud que ensalzó la numerosa literatura cidiana, que tantas imaginarias batallas le hizo ganar a don Rodrigo después de muerto. Tampoco está probado que sus espadas se llamasen Tizona y Colada, y aun existen más dudas sobre esa supuesta Tizona que ha estado durante años expuesta en el Museo del Ejército de Madrid. El Gobierno de José María Aznar declaró esta espada Bien de Interés Cultural en el BOE del 18 de enero de 2003; y en 2007 la Junta de Castilla y León pagó por ella 1,6 millones de euros a un coleccionista privado, aunque varios informes técnicos aseguran que es una falsificación: una espada forjada al menos tres siglos después de muerto el Campeador.

A pesar de todas las mentiras y de las exageraciones míticas, la importancia del Cid en la historia de Castilla sigue siendo indudable. Fue el primer caballero cristiano en conquistar Valencia, y si su heredero varón no hubiese muerto, traicionado en Consuegra, la historia podría haber sido otra. Tal vez el hijo del Cid, Diego Rodríguez, sí hubiese sido capaz de mantener ese territorio —que no fue recuperado por los ejércitos cristianos hasta casi siglo y medio después, por Jaime I el Conquistador—, por lo que el Reino de Aragón no habría podido expandirse mucho más al sur del Ebro (algo similar a lo que le sucedió a Navarra, cuya expansión territorial quedó cercenada al encontrarse sin frontera con el islam, atrapada entre Castilla y Aragón); y quizá hoy en el País Valenciano se hablaría castellano, como en Murcia, en lugar de catalán.

Aunque la casa de Rodrigo Díaz de Vivar desaparece como tal con la muerte de su único hijo varón, su familia sí sobrevive. Tiempo después, se acuñó la expresión ser «de la pata del Cid» como una burla a aquellos que, sin serlo, se consideran de noble estirpe. Sin embargo, la descendencia del Campeador está en España más viva que nunca: los actuales Borbones son, literalmente, de la mismísima pata del Cid. Las dos hijas del Campeador, que no se llamaban como las denomina el *Cantar*, Elvira y Sol, se casaron con importantes nobles cristianos: Cristina Rodríguez, con el infante Ramiro Sánchez de Pamplona, y María Rodríguez, con el conde de Barcelona Ramón Berenguer III. A través de Cristina, un nieto del Cid acaba siendo rey de Navarra: García Ramírez. La tradición de las casas reales de concertar matrimonios entre iguales hace el resto y así, desde la Corona de Navarra, acaban mezclándose, pocas generaciones después, los descendientes del Cid con los del propio rey que lo desterró dos veces: Alfonso VI. En la trascendente batalla de Las Navas de Tolosa, en 1212, los principales protagonistas cristianos, el rey de Castilla Alfonso VIII y su primo carnal, el rey de Navarra Sancho VII el Fuerte, tienen ambos la sangre del Cid: ambos eran tataranietos del Campeador. Y esa sangre permanece en los tronos cristianos más de dos siglos después hasta los Reyes Católicos: tanto Isabel como Fernando también lo cuentan entre sus antecesores: la reina de Castilla y el rey de Aragón eran familia lejana, ambos del linaje de los Trastámara. Desde entonces, a través de todos los reyes de los Austrias y también de los Borbones —cuyo primer rey en España, Felipe V, era bisnieto del penúltimo Austria, Felipe IV— se puede seguir el rastro con facilidad hasta el mismísimo Juan Carlos I.

Pero la aportación más importante del Cid a la historia castellana no fueron ni sus muy diluidos genes ni tampoco las conquistas o batallas. Su principal herencia es su leyenda, su épica; esas medias verdades sobre las que toda nación inventa su identidad para buscar un sentido a su navegación en el caos de la historia.

15
ALFONSO VI

Tras el asesinato de Sancho II en el cerco de Zamora, sus dos hermanos exiliados en taifas musulmanas, Alfonso, en Toledo, y García, en Sevilla, se apresuraron a volver para recuperar sus antiguos tronos; el rey difunto llevaba más de tres años casado con una noble inglesa, Alberta, pero no tenía descendencia. Alfonso se hizo de inmediato con el de Castilla y con el de León. García, con el de Galicia, pero le duró poco, apenas un año. El sagaz Alfonso invitó al descuidado García a una fraternal reunión en León, lo apresó, le quitó el trono y lo encerró de por vida, ¡diecisiete años!, en el castillo leonés de Luna. La cita-trampa había sido concertada por la inquietante Urraca, la hermana mayor. Esto de invitar a casa a uno de la familia para luego encarcelarlo se estaba convirtiendo en tradición, pues ya vimos que también la practicaban Fernando I, padre de Alfonso, de García y de Urraca, y García Sánchez III de Navarra, tío de los tres.

Alfonso VI, ya con todas las coronas que repartió su padre en su poder, se dedica a aumentar sus territorios tanto en tierras cristianas como en la frontera con los musulmanes. Su primera gran oportunidad la tuvo en Navarra. Allí aún reinaba su primo Sancho Garcés IV, al que ya nos hemos encontrado antes, cuando llegó al trono tras morir su padre en la batalla de Atapuerca contra Fernando I y cuando se vio involucrado en la Guerra de los Tres Sanchos.

Un día de junio de 1076, Sancho Garcés IV de Navarra participaba, con gente de la corte, en una cacería cerca de la localidad de Funes y fue a dar a Peñalén, un espolón rocoso que se asoma a un precipicio de cien metros de altura sobre la confluencia de los ríos Aragón y Arga. ¡En qué hora! Manos traicioneras lo empujaron al vacío y a la muerte. No se sabe si fueron las de algunos de los nobles que lo acompañaban o directamente las de Ramón, hermano del rey, que estaba conjurado con otra hermana, Ermesinda, para quitarle el trono. Bien se ve que esto de matarse entre hermanos no era privativo de castellanos ni de leoneses.

La muerte del rey navarro originó la invasión inmediata de sus tierras por parte de los dos monarcas vecinos, Alfonso VI de Castilla, León y Galicia y Sancho Ramírez de Aragón. Ambos eran parientes del asesinado, pero probablemente invaden el territorio navarro no tanto para hacer justicia con los regicidas cuanto para arramplar con la herencia. Al final, el rey de Aragón lo fue también de Navarra, y Alfonso VI se anexionó para Castilla territorios de las actuales La Rioja, Álava, Vizcaya y Guipúzcoa y la parte más oriental de La Bureba que no habían conseguido antes Fernando I y Sancho II. Los hermanos traidores fueron sacados de Navarra. Ramón pasó a vivir en la corte del rey moro de Zaragoza, y Ermesinda se instaló en Castilla, donde tiempo después se casó con un noble y acabaron ambos de peregrinos en Jerusalén, quizás para expiar ella el fraticidio.

Pero la gran expansión del reino la hará Alfonso VI en el sur, en tierras musulmanas. Primero es sólo económica. A las parias que recibía de las taifas de Toledo y Zaragoza, une en 1074 las de Granada, tras una expedición militar contra ese territorio, y más tarde las de Sevilla. En sus correrías hacia el sur, en territorios de débiles reyes de taifas musulmanas, un día de 1083 Alfonso llega hasta las costas de Tarifa, al estrecho por el que habían entrado los musulmanes en la península casi cuatrocientos años antes, y entra con su caballo en el agua desde la playa. «Esta tierra es el último límite de España, y yo ya la he pisado», asegura algún cronista que dijo el rey.

Ya vimos que, durante el reinado de su hermano Sancho, Alfonso vivió exiliado en la taifa de Toledo, en la corte del rey

Al-Mamún, que pagaba parias a Castilla. Muchos años después, en 1084, un nieto de éste, Al-Qádir, pidió ayuda a Alfonso ante una conjura interna, y Alfonso aprovechó la ocasión para sitiar Toledo con un cerco blando, poco agresivo, pactar la entrega de la ciudad, entrar en ella el 25 de mayo de 1085 y mandar a Al-Qádir a Valencia como rey de aquella taifa también tributaria de Castilla.

Por esas mismas fechas, y probablemente antes que Toledo, las tropas de Alfonso habían conquistado Magerit, hoy Madrid. La fortaleza había sido fundada dos siglos atrás por el emir de Córdoba Muhammad I, en un promontorio junto al río, donde hoy está el Palacio Real. En torno a ella había surgido una pequeña población. Magerit no era entonces una ciudad, ni mucho menos, sólo una fortaleza. Lo elevado del terreno donde se encontraba el castillo y sus altas y fuertes murallas convertían a éste en casi inexpugnable, y el cerco se presumía largo, demasiado largo para las urgencias de Alfonso por llegar a Toledo. Alguien tuvo una idea: un grupo de ágiles guerreros escalaría las murallas durante la noche, mataría a los centinelas y abriría las puertas de la amurallada ciudad a las tropas castellanoleonesas. Así se hizo, y así pasó Madrid definitivamente a manos cristianas. Pedro Ansúrez, el fundador de Valladolid, será su primer tenente, el jefe militar. Cuentan que, viendo escalar a sus guerreros, el rey pronunció aquello de «míralos, parecen gatos», bautizando así a los madrileños, a los que aún hoy se les llama gatos hasta en el *Diccionario de la Real Academia Española*.

Toledo era entonces mucho mayor que Madrid, y su conquista tenía una importancia simbólica muy superior. Era la primera gran ciudad que los cristianos arrebataban a los musulmanes en casi cuatro siglos. Tenía un pasado romano de cierto esplendor, con acueducto, teatro, anfiteatro, termas... Había sido la capital del reino visigodo desde Leovigildo a don Rodrigo, que era tanto como decir la ciudad más importante de toda la península durante al menos siglo y medio. No sólo estaba en ella el poder político, también el religioso, por su importante sede episcopal. Se entiende así que, al poco de tomarla, Alfonso comenzara a proclamarse *Imperator toletanus* en muchos documentos.

En esos años finales del siglo XI, Toledo era una ciudad mestiza de razas y de religiones. Según algunos cálculos, tenía entonces unos veinticinco mil habitantes. La mayoría era musulmana, tanto de origen árabe como bereber o eslavo, pero había entre un 15 por 100 y un 25 por 100 de mozárabes, es decir, de cristianos que vivían bajo gobiernos musulmanes, y un 15 por 100 de judíos. Este cóctel demográfico, su situación geográfica en el centro peninsular y la permeabilidad y tolerancia entre cristianos y musulmanes en los años de las taifas habían convertido también Toledo, según algunos autores, en el cruce de caminos de los espías, de los servicios de inteligencia de los diferentes Estados que existían en la península. Allí se pescaban muchas informaciones relevantes sobre los rivales.

Alfonso VI, que durante su exilio tras las guerras con su hermano Sancho había vivido en ese magma, en esa mezcla política, religiosa, cultural y vital, decide mantener esos equilibrios internos y no imponer una cristianización a la fuerza. Los musulmanes son desalojados del centro urbano y trasladados a los arrabales, pero el rey ordena que se respete la vida de todos y su derecho a seguir profesando su religión. Hasta la mezquita es inicialmente respetada como lugar de culto islámico, si bien después el nuevo obispo de la ciudad, el cluniacense Bernardo de Sauvetat, revoca esta última decisión del rey. La ciudad registró cierto auge cultural, social y político y a Alfonso comenzó a llamársele *Imperator*, *Rex Ibericus* y, sobre todo «el rey de las tres religiones», la cristiana, la musulmana y la judía. El castellano o leonés Alfonso, no se sabe con certeza dónde nació, fue probablemente nuestro primer impulsor histórico de una coexistencia o incluso de una convivencia entre los tres credos y las tres culturas diferentes, casi el inventor de la alianza de civilizaciones, nueve siglos antes de que lanzara tal idea el vallisoletanoleonés Rodríguez Zapatero.

Asustados por la caída de Toledo, los musulmanes desalojan en los meses ulteriores un amplio territorio desde el Sistema Central al Tajo e incluso al sur del río, desde Guadalajara a Talavera, en gran parte de las que habían sido las tierras de la taifa toledana. Las guarniciones abandonan las fortalezas, muchas veces sin enfrentamiento bélico previo, y parte de la población civil musulmana emprende el éxodo hacia el sur. El reino de Alfonso se había extendido en pocos años a todo el centro de la península. La antigua zona fronteriza comprendida entre el Duero y el Sistema Central es ya un territorio seguro, nada inestable, y es repoblado en los años posteriores por los cristianos. Villas y ciudades como Sepúlveda, Coca, Olmedo, Arévalo, Medina del Campo, Segovia, Salamanca o Ávila son refundadas por miles de colonos venidos del norte y reciben sus propios fueros, los estatutos que regulan su vida, otorgados generalmente por el propio rey.

Tras sus éxitos en el Tajo, Alfonso salta a otras cuencas y comienza a hostigar y a exigir parias a taifas como las de Zaragoza, Murcia o Sevilla. El dominio sobre todo Al-Andalus del rey castellanoleonés parece cercano, pero en esos momentos aparece un nuevo jugador en el tablero peninsular, un jugador muy fuerte que va a frenar de modo brusco la expansión cristiana. Son los almorávides, esa especie de monjes soldados de origen bereber que habían surgido en el Sáhara y estaban levantando todo un imperio en lo que hoy es Marruecos, Mauritania y Argelia, con el emir Yusuf ibn Tasufin al frente. Vivían de criar ganado; del comercio, entre ellos, el de oro, y de explotar o de robar las caravanas que recorrían de norte a sur esa zona de África. Predicaban una práctica muy estricta del islam e incluso la guerra santa, que ya les habían declarado y desencadenado a sus vecinos del sur, los pueblos negros del alto Níger o el alto Senegal. Uno de sus campamentos, montado al pie del Atlas para dominar la zona central del actual

Marruecos, se convirtió en la ciudad de Marrakech, «tierra de Dios» en la lengua bereber.

Los almorávides no cruzan el estrecho de Gibraltar por iniciativa propia, sino porque los llaman en su ayuda algunos de los reyes de las taifas que se han asustado por la rápida expansión de las tropas de Alfonso VI en el centro y el sur peninsular. Al-Mutamid, el rey de Sevilla, fue el que tomó la iniciativa. Otros reyes taifas le advierten antes del peligro de que esos monjes soldados aprovechen la ocasión para extender su imperio africano y, después de frenar a los cristianos, se hagan con el poder en las propias taifas musulmanas. El rey sevillano habría respondido, como ya se contó, con una frase legendaria: «Prefiero ser camellero en África que porquero en Castilla». Quizás también cruzaron porque Alfonso los retó: un manual de correspondencia publicado en Egipto en el siglo XIV incluyó unas cartas según las cuales el rey leonés emplazó al musulmán extremista africano a cruzar el mar y entablar batalla, le reprochó su cobardía si no lo hacía y le ofreció incluso pasar él a África y combatir allí. Fueran las cartas ciertas o falsas, la verdad es que, en su guerra santa, los almorávides propinaron tres amargas palizas a Alfonso VI, el rey que auspiciaba la coexistencia entre las tres culturas, incluso la convivencia, la alianza de civilizaciones. La primera fue el 23 de octubre de 1086 en la batalla de Sagrajas o Zalaca, cerca de Badajoz. El ejército musulmán lo componían unos siete mil quinientos hombres: los almorávides, que habían desembarcado a finales de julio en Algeciras —cuando Alfonso y su ejército estaba sitiando Zaragoza—, reforzados con tropas de las taifas de Sevilla, Granada y Badajoz. En el lado cristiano hay sólo unos dos mil quinientos hombres, pero el rey confía en que su caballería pesada paliará la desigualdad numérica.

Sagrajas estaba, según la mayoría de los autores, a unos cinco kilómetros de Badajoz, casi a orillas del Guadiana, aunque algunos lo sitúan unos kilómetros más al norte, junto al río Zapatón, en las inmediaciones de la fortaleza de Azagala. Sea donde fuere, cada uno de los dos ejércitos acampó unos días antes en la zona. Hay quien dice que el jueves 22 Alfonso propuso al otro bando que la batalla fuera el sábado 24, para respetar así el viernes, día sagrado de los musulmanes, y el domingo, el de los cristianos. O no hubo tal o no hubo pacto, porque la batalla fue el viernes 23, desde la madrugada. Antes de que comenzara el choque, el emir almorávide Yusuf ibn Tasufin decidió cambiar el emplazamiento de sus reales, cosa que le salvaría la vida.

Al alba del viernes 23, las vanguardias de caballería de Alfonso VI, con Álvar Fáñez al frente, atacaron de modo frontal contra las tiendas que creían ocupadas aún por Yusuf, y en las que en realidad estaban los sevillanos de Al-Mutamid, el rey de Sevilla que no quería ser porquero en Castilla. El ataque causó una gran mortandad a los musulmanes, que al intentar huir se encontraron con que el río, fuera el Guadiana o el Zapatón, les suponía un obstáculo. Yusuf, más alejado, se mantenía impasible, según algunos expertos porque consideraba tan enemigos a los cristianos como a sus aliados de las taifas y quería que ambos contendientes salieran quebrados de la batalla. Sólo cuando las huestes de Alfonso VI se habían alejado mucho de sus bases, comenzó Yusuf sus ataques. Lo hizo acometiendo tanto a los flancos como a la retaguardia cristiana y utilizando, quizás por primera vez en Europa, un arma nueva: el sonido atronador de multitud de gigantescos tambores con los que sus tropas aterrorizaban a los rivales.

No fue ésa la única novedad de técnica bélica de la batalla. Hubo otras dos. Yusuf disponía de una guardia personal de soldados negros, probablemente esclavos tomados en sus campañas en el África subsahariana, que se movía de modo compacto, muy ordenado. Y los soldados negros llevaban grandes escudos de piel de hipopótamo, nunca vistos antes en la península.

Los almorávides, con Yusuf en persona al frente, aplastaron a los cristianos. Un guerrero negro de la guardia del emir hirió en una pierna al rey Alfonso. A la caída de la tarde, tras haber perdido la mitad de sus hombres, Alfonso VI se retira hacia Coria casi en desbandada. El campo de Sagrajas queda sembrado de cadáveres. Las cabezas cristianas fueron después exhibidas por los musulmanes de ciudad en ciudad, por Al-Andalus y por el Magreb.

Alfonso perdió muchos hombres en Sagrajas, y no perdió también mucho territorio por un golpe de fortuna: Yusuf ibn Tasufin recibió poco después la noticia de que su hijo había muerto, en sus dominios de África, y decidió volverse a ellos en vez de continuar hacia el norte a rematar al rey castellanoleonés.

La segunda gran derrota de Alfonso VI a manos de los almorávides fue once años después, en 1097, en Consuegra. Como ya hemos contado, allí murió el hijo del Cid por la cobardía, o la traición, del leonés García Ordóñez. El rey tuvo suerte: a punto estuvo de perder él mismo la vida y sólo sobrevivió tras ocho terribles días encerrado en el castillo de Consuegra, donde se refugió tras perder la batalla en campo abierto.

La tercera derrota de Alfonso VI ante el imperio almorávide, en la batalla de Uclés, fue aún peor, pues tuvo unas consecuencias políticas más graves y, con certeza, cambió el rumbo de la historia. Alí, hijo de Yusuf (su madre era una esclava cristiana) y su sucesor como emir, decidió en 1108 retomar las hostilidades y envió desde Granada un numeroso ejército hacia territorio cristiano, con su hermano Tamín al frente. En Jaén, el ejército crece con tropas que venían desde Córdoba, y entre La Roda y Chinchilla engorda aún más al juntársele otras huestes llegadas desde Valencia y Murcia.

Tras más de tres semanas de marcha, saqueando cuanto encuentran a su paso, las numerosas tropas musulmanas llegan a Uclés, en la hoy provincia de Cuenca, el miércoles 27 de mayo, matan cuanto pueden, derriban casas, arrancan árboles, destruyen la iglesia y las cruces y toman numerosos prisioneros. Sólo los que tienen tiempo de refugiarse en la alcazaba se libran de ese primer ataque.

Cuando la noticia del ataque a Uclés llega a Toledo, el rey Alfonso no estaba allí, se encontraba en Sahagún, donde acababa de casarse por quinta vez y convalecía de una herida de guerra. Quien sí se hallaba en la ciudad imperial era su único hijo varón, Sancho Alfónsez, que contaba unos catorce años de edad y que ya estaba designado por su padre para sucederlo pese a que lo había tenido en una relación fuera del matrimonio y además con una princesa mora. Sancho reaccionó a las nuevas de Uclés de modo quizás temerario y probablemente sin el conocimiento ni el permiso de su padre: se puso al frente de las tropas que pudo reunir, mandó emisarios a otras plazas para pedir refuerzos y marchó hacia la fortaleza cercada por los almorávides. En el camino se le unieron milicias de Alcalá y de Calatañazor, y otras que venían desde Extremadura con Álvar Fáñez de jefe. El infante era, según los cronistas, «adhuc párvulo», que es tanto como decir que montaba a caballo, pero no podía defenderse solo, necesitaba ayuda. Se la daba su ayo, el famoso García Ordóñez, conde de Nájera, apodado Boquituerto y Crispín, a quien ya vimos negándosela al hijo del Cid en la batalla de Consuegra, años atrás.

El almoravide Tamín piensa inicialmente en retirarse sin esperar a que lleguen los toledanos, pero recibe información de un desertor del ejército cristiano sobre la debilidad de las tropas que venían a su encuentro y decide con sus generales plantar batalla.

La caballería pesada de los cristianos desató las hostilidades atacando en la madrugada del viernes 29 de mayo la vanguardia musulmana, que ocupaban los cordobeses. Éstos retrocedieron para apoyarse en la retaguardia, donde estaban Tamín y los granadinos, al tiempo que las alas almorávides, formadas con tropas valencianas y murcianas, envolvían los flancos cristianos con su caballería ligera, entrenada asaltando caravanas. Era un táctica muy frecuente en los musulmanes, sobre todo entre los almorávides, ya la vimos ejecutada en parte en Sagrajas. La llamaban la *tornafuye*: consistía en simular una retirada para atraerse a campo propio a los enemigos y atacarlos de repente por las alas con otras tropas de refresco muy rápidas, montadas a la jineta en corceles veloces y resistentes. Algunos expertos militares sostienen que el Cid, que la había sufrido, acabó practicándola él mismo, y que por eso fue el único jefe cristiano de la época al que nunca lograron vencer los almorávides.

El desorden fue tal en Uclés tras el *tornafuye* almorávide que el ejército cristiano comenzó a romperse. Los esfuerzos de algunos de los generales se centraron, en ese momento, en salvar al infante Sancho, que acababa de sufrir un serio percance. Lo contó siglo y medio después, muy dramatizado, el Toledano, el obispo Jiménez de Rada: «Como un enemigo hiriese gravemente el caballo que montaba el infante Sancho, dijo éste al conde: "Padre, padre, el caballo que monto ha sido herido". A lo que el conde respondió: "Aguarda, que también a ti te herirán luego". Y al punto cayó el caballo, y al caer con él el hijo del rey, descabalgó el conde y colocó entre su cuerpo y el escudo al infante, mientras la muerte se cebaba por todas partes. El conde, como era muy buen caballero, defendió al infante por una parte cubriéndolo con el escudo y por la otra con la espada, matando a cuantos moros podía; pero al fin le cortaron el pie y al no poder tenerse, se dejó caer sobre el niño porque muriese él antes que el niño».

El conde era el de Nájera, García Ordóñez, ayo del príncipe. En realidad parece que Sancho y el conde no murieron en ese momento en Uclés de una forma tan heróica como inventa Jiménez de Rada, sino unas horas después, cuando trataban de refugiarse en la cercana Belinchón. En aquella batalla perdieron la vida el infante, siete condes y unos tres mil soldados cristianos, según las crónicas. Los almorávides no tomaron prisioneros, remataron a los heridos, les cortaron la cabeza e hicieron con ellas un montículo desde el que los almuédanos llamaron a la oración. El Bedija, el río de la zona, se tiñó de rojo de la sangre derramada. Hay quien sostiene que el nombre del río viene de *wadi yihad*, el río de la guerra santa.

Además de un desastre militar, Uclés fue una catástrofe política. Todos los planes sucesorios de Alfonso VI se fueron al traste y se abrió un periodo de inestabilidad y de cruentas guerras civiles.

Alfonso fue un hombre muy mujeriego, hoy hubiera sido pasto continuo de las revistas del corazón. En el siglo XIX, una novela por entregas sobre sus relaciones sentimentales, *Los amores de Alfonso VI*, de Manuel Fernández y González, fue un gran éxito de ventas. El rey tuvo muchas amantes, una novia oficial y cinco esposas, las seis últimas extranjeras, pero con todas ellas sólo concibió un hijo varón, el desgraciado Sancho.

La novia con la que no llegó a casarse, porque ella murió, era Ágata de Normandía, hija del rey Guillermo I de Inglaterra. El pacto con el rey inglés lo hizo Alfonso cuando aún estaba casado con su primera esposa, Inés de Aquitania, de la que no se sabe con certeza si enviudó o si la repudió porque no le daba descendencia. Tenía él treinta y tres años, y ella, catorce.

Su segunda esposa fue Constanza de Borgoña, hija del duque Roberto I el Viejo, con la que tuvo una hija, la futura reina Urraca I, y que influyó mucho en el rey, sobre todo en la expansión de la reforma cluniacense. Cluny, el espíritu de los cluniacenses, impregnó su reinado. No sólo la política, también la ciencia, el arte, la economía. El monasterio de Sahagún, impulsado por Alfonso y lugar donde fue enterrado, fue un reflejo de Cluny en España. Entre los monjes reformistas que Constanza se trajo a España figuraba Adelmo o Adelelmo, el futuro san Lesmes, que fundó en Burgos el Hospital de Peregrinos de San Juan y es hoy el patrón de la ciudad.

La tercera, Berta de Toscana, también murió sin darle descendencia.

La cuarta, aunque no está claro si llegaron a casarse o si sólo fue su concubina, era una princesa musulmana, Zaida, viuda del gobernador de Córdoba, con la que el rey había tenido a su único hijo varón, Sancho Alfónsez. Zaida fue más tarde bautizada como Isabel, y probablemente tuvo después dos hijas más con el rey.

La quinta y última esposa de Alfonso VI, la que acababa de desposar en vísperas de la batalla de Uclés, era Beatriz de Este.

Tuvo además el rey una nutrida colección de amantes ocasionales y una sólida y larga relación extramatrimonial con una dama leonesa, berciana, Jimena Muñoz o Muñiz, relación que comenzó tras su divorcio de Inés de Aquitania y de la que nacieron dos hijas. Con la mayor de ellas, Teresa, cometió el rey uno de sus errores políticos más abultados, según muchos historiadores: concedió a su hija, como dote nupcial con un noble borgoñón, el condado de Portugal, lo que tras los líos sucesorios desatados con la muerte del infante Sancho y con la del propio rey provocó el nacimiento de un nuevo Estado en la península, el Reino de Portugal. Alfonso Enriques, hijo de Teresa y nieto de Alfonso VI, fue su primer rey.

Los cronistas adjudicaron a Alfonso VI el apelativo de El Bravo. Se lo ganó en la guerra, sobre todo en sus primeras etapas. En la literatura sale mal parado por sus enfrentamientos con el Cid, ese buen vasallo que según los poetas no tenía buen señor.

Los historiadores le reprochan dos errores que provocaron después muchos problemas: trocear de nuevo los reinos, como su padre Fernando I, al dar, a su hija Teresa el condado de Portugal, y no haber sido capaz de proteger a su único hijo varón, cuya prematura muerte no sólo generó graves problemas sucesorios, sino que supuso además un parón en el avance militar de los reinos cristianos hacia el sur. Pero los historiadores, pese al daño que hizo a la figura de Alfonso la contrafigura legendaria y falsa del Cid, también alaban al rey en muchas facetas. Como hombre europeísta, abierto a otras culturas y civilizaciones hasta en sus matrimonios. Como impulsor decidido del Camino de Santiago y de la repoblación de las tierras que iba incorporando por el sur de sus fronteras, y por los fueros autonomistas que dio a las villas y ciudades, que fueron clave en el desarrollo económico y político de los reinos. Y como gobernante en cierto modo integrador de las tres culturas y las tres religiones: probablemente el único gobernante cristiano medieval de la península que intentó implantar en sus territorios un modelo de Estado no basado en la aniquilación de los enemigos de religión, sino en la coexistencia o la convivencia.

16

LOS ALMORÁVIDES

La caricatura de la llamada reconquista como una eterna cruzada de casi ocho siglos, como una simple guerra de fe entre moros y cristianos, es tan discutible como quizás popular. Durante mucho tiempo, ha sido una simplificación muy útil que ha servido para levantar sobre ese mito la idea de una España eterna e imperial: la racial y orgullosa heredera de la Hispania romana y visigoda, que salta sobre los siglos de la invasión musulmana como el que se despierta de una larga pesadilla y retoma la vida que dejó ayer al acostarse. Hay una cosa cierta: los largos siglos de la reconquista consistieron, muy resumidos, en una guerra casi constante donde la religion jugó un papel fundamental. Y también es verdad que los reinos cristianos, a medida que avanzan hacia el sur, hacen suya esa útil reivindicación de la Hispania perdida, impulsados por el papado y por el ideal de las cruzadas. Pero no fue una guerra sólo ideológica o de religión, sino también de simple subsistencia política y económica. Por eso es hoy tan extemporánea esa reivindicación de Al-Andalus para el islam que proclaman los integristas de Al Qaeda como la queja de que ningún musulmán ha pedido disculpas por la invasión de 711 que hizo el ex presidente español José María Aznar.

Esta visión caricaturesca de la llamada reconquista, como si fuese un largo tebeo del Capitán Trueno, es completamente falsa; un mito que sirve después para encajar, sobre la fe, una unidad de destino entre Hispania y España, y que presenta varios puntos muy discutibles.

El primero, que tan invasores de la península fueron los suevos y los visigodos como los árabes y los bereberes que cruzan el estrecho en el año 711. Que tanto los unos como los otros dejan en la España actual su huella. Que, de hecho, es mayor la herencia cultural musulmana que la goda, aunque sólo fuera por una simple cuestión temporal: estuvieron presentes en la península durante más siglos, y hasta hace menos tiempo.

El segundo, que —como argumentaron los profesores Abilio Barbero y Marcelo Vigil— los poco romanizados pueblos astures, cántabros y vascones de los que después surgen los reinos cristianos fueron tan rebeldes contra la dominación musulmana como antes lo habían sido contra el reino visigodo. Es un dato importante que hace dudar de ese mito que presenta la cornisa cantábrica como un refugio donde se esconde la aristocracia visigoda para planear una venganza que, casi ocho siglos después, al fin consigue. Si esos pueblos se habían rebelado contra los godos apenas unos años antes, ¿por qué razón iban a encumbrar como sus caudillos a sus nobles en fuga, como ese legendario Pelayo? Sin duda don Pelayo existió, pero no está tan claro que fuese un noble godo refugiado en las montañas —como aparece en las primeras crónicas escritas un siglo y medio después— o un jefe local cuyos herederos después quisieron ennoblecer para engrandecerse de ese modo a sí mismos. Además, lo que hizo gran parte de la aristocracia visigoda fue aceptar el dominio de los nuevos invasores para intentar mantener su posición social. Todos estos datos ponen en duda esa supuesta continuidad entre el reino visigodo y los posteriores reinos cristianos que más tarde se autoproclaman como sus herederos en un nuevo intento de legitimación histórica, de invención de una identidad nacional, como muchos otros que ya hemos contado en este libro.

El tercero, que de los casi ocho siglos de reconquista y cruzada, los dos primeros prácticamente consistieron en la repoblación de una zona ignorada por los propios invasores musulmanes, un área no completamente despoblada, pero sí abandonada por los bereberes cuando fueron expulsados por los árabes; que había una guerra, continuas razias, pero que no fue una guerra de conquista hasta mucho tiempo más tarde.

El cuarto, que los reinos cristianos no parecían tener tan clara, de forma constante durante estos siete siglos, esa misión histórica de recuperar la unidad religiosa de la península como después ellos mismos presumen; que es una motivación inventada *a posteriori* y, por lo tanto, falsa. Son innumerables las batallas en las que cristianos se alían con musulmanes contra otros cristianos, o viceversa, como ese asalto de Almanzor contra Santiago de Compostela con nobles leoneses en su ejército, o los mil y un cambios de bando del espadón del Cid. También abundan las ocasiones en las que los reyes cristianos prefieren cobrar parias, protección, a los reinos musulmanes, sin demasiada prisa por «reconquistar» nada.

Y, por último, el quinto: que los moros contra los que pelearon los cristianos no fueron, en realidad, los mismos moros durante los siete siglos de reconquista; que Al-Andalus sufrió otras dos grandes invasiones de diferentes tribus del norte de África. Que los musulmanes de la península también fueron reconquistados dos veces desde su frontera sur.

En el año 711, los ejércitos musulmanes de Tarik y Muza entraron en la península como respuesta a la petición de ayuda de los partidarios de Agila II, pretendiente al trono de Toledo contra Rodrigo, el legítimo rey godo. Las tropas árabes y bereberes aprovechan la excusa para cruzar el estrecho, cumplen con el encargo; pero tras descubrir lo fértiles que son estas tierras, deciden quedarse y acaban también derrotando, en agradecimiento, a aquel que los llamó.

Como en tantas ocasiones, la historia se repite. O, al menos, se parece. En 1086, casi cuatro siglos después de la llegada de Tarik y Muza, entra desde África una segunda invasión. De nuevo otro ejército musulmán cruza el estrecho como respuesta a una petición de auxilio del bando que iba perdiendo en una guerra peninsular, el bando de las taifas musulmanas. Al igual que pasó la primera vez, el ejército al rescate, una vez dentro, se queda aquí, que el Sáhara de las dunas y los escorpiones es siempre un mundo mucho más duro que el de las ricas riberas andaluzas.

Como ya hemos explicado, en 1085 Alfonso VI conquista Toledo, y los reyes de las demás taifas, asustados por el empuje castellanoleonés, deciden pedir ayuda a los hermanos de fe del otro lado del estrecho: a los almorávides. Allí, en el norte de África, se encuentra un imperio en expansión, una dinastía bereber que domina el oeste del Sáhara, que en su apogeo controlaría, además de Al-Andalus, gran parte de los actuales Estados de Marruecos, Mauritania y Mali, hasta el río Níger. Los almorávides son también una reacción religiosa; hoy los llamaríamos, con razón, integristas musulmanes. Su fundador fue un predicador, Abdallah ibn Yasin, que alrededor del año 1040 consiguió ganarse el apoyo de varias tribus bereberes. Ibn Yasin introdujo una regulación muy estricta basada en los preceptos religiosos del Corán: prohibió el vino y también la música, y estableció que la quinta parte de los botines de guerra fuera para los líderes religiosos. Este último punto era un detalle importante: el botín de guerra era, de hecho, la principal industria almorávide, un imperio que nació asaltando las caravanas de oro que, desde Ghana y Sudán, abastecían el norte de África y el propio Al-Andalus.

El emir almorávide Yusuf Ibn Tasufin desembarca con su ejército en Algeciras en 1086 en respuesta a la llamada andalusí. Como ya hemos contado, derrota a Alfonso VI en Sagrajas, pero se ve obligado a volver a África poco después porque su heredero ha muerto. Regresa otra vez en 1088 para intentar, sin éxito, retomar Toledo, en una campaña donde las demás taifas no ponen demasiado empeño en ayudar. Y de nuevo cruza el estrecho en el año 1090, pero esta vez ya no es sólo para combatir a los cristianos, sino también para imponer su dominio sobre las taifas.

A los ojos de la refinada sociedad andalusí, los almorávides son unos incultos fanáticos, unos malolientes guerreros nómadas, violentos y supersticiosos. El cariño era mutuo: los líderes almorávides, a su vez, desprecian a los reyes andalusíes, a una hedonista sociedad que condenan como pecaminosa y decadente, incapaz de defenderse por sí misma porque ha abandonado el camino que marca el islam.

Para los intolerantes almorávides, en aquel cultivado Al-Andalus había herejías más que de sobra como para justificar una guerra entre hermanos de fe —algo que también condena el Corán—. Los reyes de taifas habían dejado de rendir pleitesía al califa de Bagdad, al líder espiritual del islam, que Ibn Tasufin sí respetaba, como aparece en las monedas acuñadas por los almorávides. Existía una tolerancia nada disimulada al vino (Abderramán III se planteó durante los mejores tiempos del califato arrancar todos los viñedos y al final desistió, por miedo a que la ley seca fuese aún peor y que del vino se pasase a otros alcoholes destilados mucho más dañinos). Los gobernantes de las taifas también permitían el culto a otras religiones, a los judíos y cristianos, que mantenían públicamente su fe, sus sinagogas y sus iglesias, en las más tolerantes ciudades andalusíes.

Bajo la óptica almorávide, las taifas también incumplían otro precepto importante de la ley del Corán, que prohíbe a un musulmán ser súbdito de un infiel, algo que no cuadraba bien con el pago de parias y el vasallaje a los reinos cristianos, tan habitual en la península durante todo el siglo XI. Y los almorávides también se escandalizaban ante esa afición de los gobernantes de Al-Andalus, especialmente el sevillano Al Mutamid, de intentar adivinar el futuro por medio de la astrología, una práctica condenada por la ortodoxia islamista, que considera que los adivinos mienten «incluso cuando dicen la verdad».

Las tropas almorávides pronto unifican la mayor parte de Al-Andalus como una provincia bajo su mando: toman Granada (1090), Sevilla (1091) y Badajoz (1094), y destierran a sus reyes al norte de África. En 1097 derrotan por segunda vez a

Alfonso VI, en la batalla de Consuegra. En el 1102 retoman Valencia —donde ya había muerto el Cid, el único líder cristiano capaz de plantarles cara en ese momento—, y en 1108 vuelven a vencer a los ejércitos del rey cristiano en Uclés.

Durante varias décadas, el empuje almorávide, que trae además nuevas técnicas militares, desequilibra otra vez el mapa militar de la península, ahora la fuerza dominante está de nuevo en el sur. Los cristianos mantienen, con muchísimo esfuerzo, la ciudad de Toledo, que durante gran parte de estos años fue casi una avanzadilla aislada de una frontera que retrocede por los continuos ataques musulmanes sobre la línea del Tajo. Los reinos cristianos no sólo sufren en lo militar, también en lo económico. El empuje almorávide acaba con su principal fuente de ingresos, las parias: el cobro de tributos a los musulmanes.

También sufren con el cambio los judíos y los numerosos cristianos que aún vivían en Al-Andalus, víctimas del fanatismo religioso de los nuevos invasores. Arden varias iglesias y sinagogas, como la de Granada en 1099, y también son apresados sus líderes religiosos. En 1125, el rey aragonés Alfonso I el Batallador lanza una campaña militar por la costa hasta Granada. En el camino, convence a varios campesinos cristianos para que se trasladen al valle del Ebro, una de las pocas fronteras en la península donde los cristianos avanzan durante esos años, quizás porque era la que más lejos quedaba del dominio almorávide. Como represalia, el emir almorávide deporta a varios campesinos cristianos de Al-Andalus hasta el norte de África.

La invasión almorávide provoca así un doble e indeseable objetivo. No sólo se radicalizan los gobernantes de Al-Andalus, sino que también, como reacción, se enciende aún más el odio contra el islam en los reinos cristianos. Si es que alguna vez hubo una posibilidad real, aunque fuese remota, de que Alfonso VI o sus herederos se convirtiesen en los reyes de las tres religiones, esta oportunidad desaparece con la llegada a la península del integrismo almorávide y sus tremendas consecuencias; es una espiral de odio que azuza la guerra santa a ambos lados de la frontera: la *yihad* contra la cruzada.

Hay un suceso que simboliza muy bien esa posibilidad perdida: la muerte en la batalla de Uclés de Sancho Alfónsez, el único hijo varón de Alfonso VI. El heredero del rey cristiano era hijo de una musulmana, la princesa Zaida, una refugiada que llegó a Toledo en abril de 1091 huyendo de la invasión almorávide. Zaida acababa de quedar viuda: su esposo, el gobernador de Córdoba, era hijo del rey de Sevilla Al-Mutamid y había perdido la vida durante la toma de la ciudad por parte de las tropas africanas. La joven viuda, de excepcional belleza según las crónicas, enamoró al rey castellano, mucho mayor que ella; Alfonso VI tenía entonces cincuenta y un años, estaba casado con la que ya era su segunda esposa, la francesa Constanza de Borgoña, y tomó a Zaida como su concubina. Más tarde Zaida se convirtió al cristianismo como Isabel, probablemente porque para entonces ya era la madre del único hijo varón del rey: el infante Sancho Alfónsez. Posteriores crónicas, escritas más de un siglo después por el arzobispo de Toledo Rodrigo Jiménez de Rada, presentan a Zaida como esposa legítima de Alfonso VI, aunque existen serias dudas sobre si los amantes llegaron a casarse o si se trata de la enésima manipulación piadosa de Jiménez de Rada. Reina o concubina, la influencia de la princesa Zaida en el rey cristiano fue notable. No sólo le dio su heredero, sino que también, según algunos historiadores, llenó la corte cristiana de sabios llegados desde Al-Andalus, en su mayoría judíos que escapaban de la persecución religiosa, que asesoraban al autoproclamado «rey de las tres religiones». Hay una versión de la historia que dice que Zaida murió al dar a luz al infante Sancho Alfónsez, aunque es una posibilidad más que dudosa, pues otros afirman que después tuvo otras dos hijas con Alfonso VI. Parece probable que la princesa Zaida también influyera en la educación de su hijo, el heredero. Con la invasión almorávide y la simbólica muerte de ese heredero mestizo, derrotado a manos del islam más intolerante, no sólo Castilla y León entran en una difícil crisis de sucesión, en una larga guerra civil. También se va una oportunidad más para otra España distinta, mestiza de razas y de religiones.

17

DE NOMBRES Y LUGARES

Sancho, Alfonso, Fernando, Rodrigo, Beltrán, Munio, Pedro, Gutierre, Lope, Tello, Suero, Martín, Mendo, Gonzalo, García, Domingo, Ramiro, Nuño, Sancha, Elvira, Jimena, Leonor, Sol, Urraca, Lambra, Teresa, Dulce, Blanca, Berenguela... Todos ellos son nombres propios de persona que se repiten tanto en la Castilla medieval que hoy nos resultan familiares incluso aquellos que han dejado de usarse. Pero la variedad era mucho mayor. El castellano incorporó a su diccionario vocablos del más variado origen lingüístico: ibero, vasco, celta, griego, romano, gótico, árabe; y los castellanos también tomaron como propios muchos nombres de diferentes culturas o tradiciones. Cercanas y lejanas.

La madre de Fernán González se llamaba Muniadona; una de sus suegras, Toda, y una de sus hijas, Fronilde. Aquella Toda, que era reina de Navarra y mujer multicultural y transversal (además de reina navarra y suegra del conde castellano, era abuela del rey leonés Sancho I el Craso y tía del califa cordobés Abderramán III), era a su vez hija de Aznar y de Oneca, y nieta de Fortún, y tuvo entre sus hijos a una Velasquita, a una Orbita, a una Munia y a una Urraca, y entre sus nueras a una Andregoto, hija de Galindo.

Otra Muniadona, a la que además llamaban también Munia a secas y Mayor, se casó con Sancho III el Mayor de Navarra. Esta Muniadona era hija del conde castellano Sancho García, el de los Buenos Fueros, que a su vez era hijo de Ava de Ribagorza y padre de Trígida, que fue abadesa de San Salvador de Oña. En el panteón real de este monasterio tienen sus sepulturas tanto el citado Sancho García el de los Buenos Fueros y su esposa Urraca como Sancho III el Mayor de Navarra y su esposa Muniadona.

En Oña está también enterrado, entre otra gente muy principal, Sancho II el Fuerte de Castilla, el rey que murió en el cerco de Zamora a manos de Vellido Dolfos. Sancho estuvo casado con una noble inglesa, de nombre Alberta. De Vellido Dolfos dice el romancero que era «hijo de Dolfos Vellido», pero parece que se trataba de una licencia literaria para cuadrar el octosílabo y la rima, y que Dolfos no era nombre de persona, si acaso Adolfo.

De joven, Sancho II de Castilla se había enfrentado a Sancho Garcés IV de Navarra y a Sancho Ramírez de Aragón en la llamada Guerra de los Tres Sanchos. ¡Si sería frecuente el nombre que los tres monarcas de los tres reinos se llamaban igual y eran todos tres nietos de otro Sancho, Sancho III el Mayor de Navarra! Sancho Garcés IV de Navarra, por cierto, fue vilmente asesinado en el precipicio de Peñalén, en una conjura de sus hermanos Ramiro y Ermesinda, y dejó viuda y quizás desconsolada a su esposa Placencia de Normandía.

De Normandía era también Ágata, una princesa con la que estuvo prometido Alfonso VI, el hermano y sucesor de Sancho II. Alfonso se casó cinco veces, y todas ellas con mujeres de fuera de la península, por lo que probablemente incrementó el uso en la onomástica castellana de sus cinco nombres (Inés, Constanza, Berta, Zaida y Beatriz), si es que entonces, como ahora, la gente del común acostumbraba a poner a algunas de sus hijas los nombres que llevaban sus reinas.

A propósito de Ermesinda y de Placencia, que nos las dejábamos atrás. Hubo otra Ermesinda, a la que en algunos documentos se la llama Ormisenda y Ermisenda, que fue hija de don Pelayo y de Gaudiosa, hermana de Favila o Fáfila y madre de una hija, Adosinda, y de dos hijos que acabaron mal, Fruela y Vimarano. Fruela era el rey astur, pero tenía unos enormes celos de Vimarano, que era «omne mui fremoso, et buen caballero, et de grand cuenta, et amado de todos», y como temiera el monarca «quel tomarie el regno, matol con sus manos», o sea, que lo asesinó, tras acusarlo de conspirar contra él. Le sirvió de poco la medida. La nobleza se confabuló y dio muerte al asesino en Cangas de Onís, y pasó el rey difunto a la historia como Fruela I el Cruel.

Placencia, que viene del latín *ut placeat* y significa «para placer, para agradar», en la Edad Media no sólo era nombre de persona, sino también de lugar, como en la Placencia de las Armas de la hoy Guipúzcoa o la Plasencia de Cáceres o en la Piacenza italiana o en la Plencia en la actual Vizcaya.

Plencia fue fundada por Lope Díaz II, señor de Vizcaya y uno de los dirigentes cristianos en la crucial batalla de Las Navas de Tolosa, en 1212. Este Lope tuvo un montón de hijos, entre ellos una Mencía, un Manrique, una Berenguela y un Álvaro. En Las Navas, donde el ejército cristiano era una coalición de castellanos, navarros y aragoneses, Lope combatió a las órdenes del rey Alfonso VIII de Castilla, que estaba casado con Leonor de Plantagenet, una princesa inglesa hermana de los reyes Ricardo Corazón de León y Juan Sin Tierra. Alfonso y Leonor tuvieron al menos diez hijos, uno de ellos Mafalda, que nació, mira por dónde, en Plasencia (Cáceres).

Entre los otros hijos de Alfonso VIII y Leonor de Plantagenet hubo dos reyes de Castilla, Enrique I, que estuvo prometido con otra Mafalda, princesa portuguesa, y Berenguela I, esposa de Alfonso IX de León y madre del rey Fernando III el Santo, y tres reinas consortes: Blanca, que se casó con Luis VIII de Francia; Urraca, que lo hizo con Alfonso II de Portugal, y Leonor, primera esposa de Jaime I de Aragón, quien tras anularse el matrimonio por razones de parentesco se casó después con Violante de Hungría.

Jaime I, el Jaime el Conquistador aragonés que expandió su reino hasta Baleares y Valencia, compitiendo en sus fronteras con Castilla, había nacido casi por casualidad, había llegado al mundo casi a remolque. Su padre, Pedro II el Católico, había celebrado un matrimonio de conveniencia con María de Montpellier, y no hacían vida marital, pero algunos nobles aragoneses, preocupados por la sucesión, le metieron en la cama a su propia esposa haciéndole creer que era una de sus amantes, y lograron que ella quedara embarazada. Cuando Pedro lo supo, rechazó al niño y se lo entregó a un noble, Simón de Monfort, para que lo casara algún día con su hija, de nombre Amicia, y lo tuviera recluido en el castillo de Carcasona hasta que tuviera dieciocho años de edad. Jaime no llegó a cumplir tan injusta y peculiar condena paterna, pues Pedro murió cuando tenía cinco años el niño, que al poco pasó a ser rey en minoría de edad y a vivir en el castillo de Monzón, bajo tutela de los templarios.

Fernando III de Castilla, consuegro de Jaime I porque su hijo Alfonso X el Sabio se casó con una hija del rey aragonés llamada Violante, como su madre, fue padre de quince hijos: diez con su primera esposa, Beatriz de Suabia, y cinco con la segunda, Juana de Sanmartín. Uno de ellos, el segundo, llevaba un nombre relativamente frecuente entonces y casi desaparecido hoy, Fadrique, que quizás procedía de Federico, su abuelo materno. Acabó mal el tal Fadrique, muerto en Burgos por orden de su hermano mayor, Alfonso X, que creía que conspiraba contra él.

Muniadona, Toda, Fronilde, Aznar, Oneca, Fortún, Velasquita, Orbita, Munia, Andregoto, Ava, Trígida, Vellido, Ermesinda, Ágata, Constanza, Zaida, Placencia, Favila, Fruela, Adosinda, Vimarano, Gaudiosa, Manrique, Mencía, Violante, Mafalda, Amicia o Fadrique eran, por tanto, nombres de aquella época, no sabemos si frecuentes o no, que hoy están casi desaparecidos. Había muchos más, sólo diremos un puñado de ellos para que se vea la variedad: Abolmondar, Aldonza, Armentero, Ansuro, Arnaldo, Arpidio, Arroncio, Asur, Atilio, Auria, Biato, Cardiel, Cíxila, Cresconio, Ebón, Eldonza, Elo, Enderquina, Ermegildo, Ermengarda, Esidero, Fabone, Godina, Gomel, Goto, Gudesteo, Guntroda, Ildaria, Iszán, Kíntila, Lebrín, Leodegundia, Lifardo, Moriel, Orenis, Orobio, Placia, Presenzo, Rapinato, Sendino, Simondo, Sona, Teoda, Tote, Ute, Vela, Velita, Vítulo, Zalama...

De entre los nombres más frecuentes en la Edad Media, al menos entre las familias reales, hay dos que hoy prácticamente no usa nadie: Sancho y Urraca. El primero, quizás porque para el imaginario colectivo español Sancho ha pasado a ser sinónimo de hombre obeso, simple, materialista y poco limpio, por el Sancho Panza del *Quijote*. ¿Y Urraca? Tal vez, por la mala prensa que tiene el pájaro llamado así, alborotador y ladrón, o quizás por la mala huella que dejaron en la historia nuestras dos Urraca más famosas: la de Toro, la «mujer de ánimo feroz» presunta alentadora del asesinato de su hermano el rey Sancho II para favorecer a su otro hermano, Alfonso VI, y la hija de éste, Urraca I, de tormentoso reinado, lleno de guerras civiles y de sobresaltos.

De los nombres medievales castellanos provienen muchos de nuestros apellidos, los patronímicos, los que recoge el nombre del padre. Las lenguas nórdicas lo hacen con sufijos en «-son» (Martinson, Jönsson, Samuelson), las eslavas con sufijos en «-ovich», «-evich», «-ov» o «-ev», entre otros (Petrovich, Pogorevich, Gorbachov, Nureyev), la irlandesa y la escocesa con el prefijo «O'» (O'Neil, O'Brian). La castellana, con el sufijo en «-ez» o directamente en «-z», y de ahí los muchos Sánchez, Fernández, Rodríguez, Muñoz, Pérez, Gutiérrez, López, Téllez, Martínez, Méndez, González, Domínguez, Ramírez o Núñez de nuestras guías telefónicas. Pero, por razones lingüísticas o sociales que se desconocen, algunos nombres medievales son hoy apellidos, y no nombres de pila. Es el caso de García, el apellido más común en España, o de Alonso.

De los nombres de personas de la vieja Castilla nacen también muchos de los topónimos de la zona: Villafruela, Bahabón (de Fabone), Gumiel (de Gomel), Villasandino (de Sandino), Villahizán (de Iszán), Villodrigo (de Rodrigo), Villadiego (de Diego)...

El prefijo «Villa-» o «Villo-» es tan frecuente en la toponimia castellana que ha dado nombre a miles de lugares, muchos de los cuales no tendrían en puridad derecho a llamarse así puesto que, en aquella época, ya lo dijimos, villas sólo eran aquellas poblaciones con capacidad y autonomía para administrar justicia, para detener, juzgar y ajusticiar a quien hubiera cometido un delito. Compiten con «Villa-» / «Villo-», en número de retoños, otros cuatro prefijos muy frecuentes: «Torre-», «Cast-» o «Castr-», «Fuente-» y «Quintana-». Las tres primeras son obvias. La primera y la segunda indican que en lugar había o hubo una fortaleza, por pequeña que fuera. La tercera, que había agua. ¿Y la cuarta?

Quintana es de origen romano. En los campamentos de las legiones, la «quinta vía» era aquella en que se instalaba el mercado. De ahí pasó, en los tiempos medievales, a denominarse así a la plaza del mercado, aunque no hubiera tropas a la vista, y luego a aquella plaza cerrada que iba adosada a una iglesia o a una casa de labor y, por fin, se llamó quintas o quintanas o quintanillas a las casas de labor en general. De ahí que Quintana del Pidio, en el sur de Burgos, probablemente fuera la casa de labor de un sujeto que se llamaba Arpidio; y Torrequinto, en Sevilla, un lugar donde había una fortaleza y una casa de labor; y Quintana Martín Galíndez, al norte de Burgos, en los territorios de la primitiva Castilla del abad Vitulo, la casa de labor de un tal Martín, hijo de Galindo.

En todas las culturas y civilizaciones, los apellidos, lógicamente, nacen para diferenciar a personas que llevan el mismo nombre. Muchos se forman con el nombre del padre: son los apellidos patronímicos que antes veíamos. Pero cuando se acentúan las migraciones y las personas abandonan el lugar donde nacieron y se mudan a otro, cosa muy frecuente en la Castilla medieval, que se dedicó durante siglos y siglos a repoblar los territorios que iba tomando a Al-Andalus, los apellidos patronímicos ya no funcionan, no sirven: al padre de un sujeto al que se quiere nombrar no lo conoce nadie, porque vive o ha vivido a muchos kilómetros de distancia. Muchos apellidos patronímicos, los formados con el nombre del padre, son sustituidos por otros que se forman de muy diferentes modos. Por rasgos personales del individuo al que se quiere nombrar: Blanco, Bueno, Calvo, Cano, Casado, Moreno, Rubio... Por el oficio que desempeña: Abad, Cantero, Carnicero, Carretero, Escribano, Herrero, Monje, Notario, Pastor, Sastre, Vaquero... O por el lugar de procedencia, lo que origina los Ávila, Álava, Aranda, Avilés, Bascones, Bilbao, Burgos, Castilla, Castellanos, Gallego, León, Lerma, Navarro, Roa, Santander, Zamora o Zamorano, tan frecuentes entre nosotros.

Las guías telefónicas de las ciudades del centro o del sur de España están llenas de apellidos patronímicos formados con nombres castellanos o leoneses y de apellidos formados a partir de los nombres de ciudades o pueblos del norte peninsular: vascos, cántabros, riojanos, aragoneses, navarros, gallegos, leoneses y castellanos. Fue otros de los rastros que dejó la repoblación en la Castilla la Novísima.

18

LA REPOBLACIÓN

La Castilla medieval era «un islote de hombres libres en un mar feudal». Son palabras mayores, no las dijo un cualquiera. Lo proclamó el historiador Claudio Sánchez-Albornoz, un intelectual de altísima reputación que fue catedrático en las universidades de Barcelona, Valencia, Valladolid y Madrid, y rector de esta última y diputado y ministro y vicepresidente de las Cortes y embajador y presidente del Gobierno de la República española en el exilio. «Castilla miraba hacia el mañana mientras León y Galicia miraban al ayer», redondea don Claudio, a quien llaman así, sin apellidos y con el don por delante, muchos de sus colegas historiadores. «Era una sociedad en continuo pie de guerra. [...] Ese largo batallar creó en Castilla una singular contextura vital, una conciencia de su fuerza y un espíritu apartadizo y rebelde», concluye.

Más de medio siglo después, las tesis de don Claudio les parecen exageradas a muchos de sus colegas, pero casi todos coinciden en que algo hubo de esa Castilla popular frente al León feudalizante, en que el afán de libertad y de rebeldía y la participación activa de las capas populares de la población pesaron bastante en la creación de Castilla. No porque los castellanos fueran gente de otra pasta, que no lo eran, sino por las circunstancias en las que les tocó vivir, en guerra casi permanente con sus vecinos del sur y, atención, repoblando después de cada expansión militar unos territorios que para aquella época eran enormes, casi inabarcables.

Tanto o más que la guerra, la repoblación hizo a Castilla. La repoblación interior, en el Camino de Santiago, de este a oeste, que se fomentó eximiendo a numerosos comerciantes francos de impuestos y peajes y levantando ciudades nuevas y hospitales de peregrinos y puentes, y la repoblación de norte a sur, con su llegada de las sucesivas Castillas (la Vieja, la Nueva, la Novísima...) crearon en parte esa patria. Para los repobladores que fueron bajando durante siglos desde el norte peninsular a ocupar primero el Duero, y luego el Tajo, y después las feraces campiñas del Guadiana y del Guadalquivir, las tierras que ocupaban eran tierras de nadie y, por tanto, tierras de libertad. Mientras pudieron, los colonizadores se organizaron en ellas como hombres mucho más libres que los de las sociedades aún muy feudales que dejaban en el norte.

La repoblación fue un fenómeno casi continuo y permanente. Iba ligado a la conquista, había que ocupar las nuevas tierras por motivos económicos, porque la tierra era —con la guerra— la principal fuente de riqueza, y para establecer fronteras más seguras frente a los musulmanes. Pero la repoblación se hizo de modo muy diferente y en etapas bien distintas, y cada una de ellas dejó una organización peculiar del territorio y de la sociedad.

La primera repoblación, la que entre los años 860 y 977 extiende el área de influencia cristiana hasta el río Duero, había tenido sus prólogos décadas atrás, cuando la elevada población que vivía al norte de la Cordillera Cantábrica decide cruzar los montes hacia el sur, a buscarse la vida instalándose en las tierras del alto Ebro, con mayores posibilidades agrícolas y ahora más protegida de los ataques musulmanes, pues se ha llenado de fortalezas y ha mudado su viejo nombre de Bardulias por el nuevo de Castilla. Repoblando al sur de la cordillera estaba el abad Vitulo cuando, como ya vimos hace muchas páginas, emite el 15 de septiembre del año 800 la carta fundacional del monasterio de San Emeterio de Taranco de Mena, en el norte de lo que hoy es la provincia de Burgos, y pone por primera vez por escrito el nombre de Castilla.

A aquellos primeros repobladores se les llamaba «foramontanos». Cinco familias de foramontanos lograron en el año 824 que el conde Munio Núñez (antepasado de Fernán González, por cierto) les diera la primera carta de repoblación hasta hoy conocida. Fue en Brañosera, un lugar en el extremo noreste de lo que hoy es la provincia de Palencia. La carta del conde comienza así, traducida del latín: «Yo Munio Núñez y mi esposa Argilo, que buscamos el cielo y recibiendo la merced entre osos y cacerías solemos fomentar poblados, hemos llevado para poblar a vosotros, Valero, Félix, Zonio, Cristóbal y Cervelo, y a todos vuestros descendientes, y os regalamos para poblarle aquel lugar que se llama Braña Osaria, con sus montes, sus corrientes de agua, sus fuentes...». Es la primera carta de repoblación de la que hay constancia, y por eso Brañosera está considerado como el más antiguo municipio español.

Al margen de estos prólogos, se considera que la primera repoblación comienza en el año 860 cuando, por orden del rey astur Ordoño I, el conde Rodrigo, el primer conde castellano, repuebla Amaya y concluye más de cien años después, en 977, con el comienzo de las campañas de Almanzor, que frenan el proceso o incluso lo hacen retroceder. Los protagonistas son, como los foramontanos, campesinos de los montes cantábricos que se quieren sacudir el yugo de la nobleza asturleonesa a los que se les une población mozárabe huida de Al-Andalus. De modo casi espontáneo, poco organizado, todos ellos abandonan sus territorios de origen, se instalan en las nuevas áreas despejadas de musulmanes camino del gran río y ejercen el derecho de presura: los baldíos pasan a ser del primer cultivador que los roture, y el rey se lo reconoce después en un documento que acredita la propiedad. Las poblaciones que forman se convierten en aldeas de behetría, habitadas por campesinos libres que podían elegir a su señor y que vivían de cultivar vides y cereales, éstos por el sistema de barbecho, por el que durante algunos periodos se deja de sembrar una tierra para que se recupere. Los campesinos no usaban moneda, pues gran parte del poco comercio que había era de intercambio.

En muchas de estas nuevas poblaciones se instala también un minúsculo grupo de monjes en un pequeño monasterio, pero algunos de estos crecen tanto con el tiempo y con los favores de los nobles o de otros establecimientos monásticos cercanos que acaban absorbiendo las comunidades aldeanas, y los labriegos dejan de ser propietarios libres y se convierten en meros colonos arrendatarios o aparceros de sus propias tierras.

El territorio ocupado y cultivado mediante ese primer fenómeno migratorio masivo se organiza en alfoces, en un régimen de carácter militar. Alfoz es una palabra de origen árabe que significa «cantón» o «distrito» y que probablemente llegó a Castilla en boca de aquellos mozárabes que en la segunda mitad del siglo IX emigraron desde Al-Andalus al Duero, en busca de una nueva oportunidad para sus vidas. El alfoz era un territorio dependiente de un castillo, no de una villa o una urbe. El castillo estaba gobernado por un tenente, que era un delegado del conde, y éste a su vez un delegado del rey. El tenente tenía jurisdicción sobre todas las aldeas de su alfoz, mientras que el concejo de cada aldea, el grupo de vecinos, apenas ejercía otras competencias que las económicas internas.

La organización política de la Castilla de los alfoces era, por tanto, muy piramidal: el rey en la cúspide; luego el conde; después el tenente, con mucho poder, y por último los concejos, con muy poco. De ese sistema de mando sólo se escapaban algunas jurisdicciones señoriales: monasterios, obispados, fincas de grandes magnates... y, a partir de determinado momento, algunas urbes que van surgiendo y a las que el rey o el conde conceden un estatus especial. Son urbes que no viven, como las aldeas, de la ganadería y la agricultura, sino de los artesanos, los mercaderes, los primeros burgueses.

En la hoy provincia de Burgos, la mejor documentada, hubo 39 alfoces. Uno de ellos era el de Lara, el lugar de origen de Fernán González. Otro era el de Burgos, en el que se encontraba Vivar, la aldea donde probablemente nació el Cid. Poza, Ubierna, Barbadillo, Pancorbo, Pedroso, Lerma, Muñó, Villadiego, Juarros, Ausín, Huerta, Ibrillos... eran otros alfoces. El más extenso era el de Clunia, en el sur, a lo ancho en el mapa, con más de 60 kilómetros de punta a punta y que se adentraba incluso en las actuales provincias de Palencia y de Soria. Comprendía 64 lugares que hoy siguen poblados y al menos otros 84 que están ahora despoblados. En tiempos de Fernán González, ya existía el alfoz de Clunia, pero en 995 fue invadido por Almanzor, que puso una guarnición permanente en él y suspendió por algún tiempo la organización castellana.

En aquel alfoz, tan extenso, había de todo. Estrellas declinantes, como la propia Clunia, entonces y hoy una aldea mínima que ahora hasta ha perdido su nombre original (se llama Coruña del Conde), pero que hace dos milenios era una populosa ciudad romana desde la que su gobernador, Galba, se rebeló contra el emperador Nerón y marchó sobre Roma para proclamarse a su vez emperador. Estrellas emergentes, como Aranda, entonces apenas un castillo sobre el Duero y hoy una pujante ciudad industrial y comercial. Centros espirituales, como Caleruega, donde a finales del siglo XII iba a nacer Domingo de Guzmán, el fundador de la orden de predicadores, los dominicos, una de las grandes órdenes religiosas cristianas. Lugares de paso que dejaron rastro en la historia, como Tórtoles, donde la reina Juana la Loca iba a celebrar en 1507 una tensa entrevista con su padre, Fernando el Católico, sobre el gobierno de Castilla; o como La Aguilera, en cuyo convento, un día de noviembre de 1517, el cardenal Cisneros comió una trucha o envenenada o en mal estado que acabó con su vida al día siguiente en Roa, cuando, como regente del reino, iba camino de los puertos del norte a recibir a Carlos I en su primera llegada a Castilla. También en el alfoz se encontraba y se encuentra, «iuxta torre quem ferunt dommo Sindino», como dice un documento del 1 de agosto de 948, el pueblo de origen de los autores de este libro: Torresandino.

En la segunda repoblación, la que entre los años 1009 y 1085 alarga León y sobre todo Castilla desde el gran río de la meseta norte hasta las montañas del Sistema Central e incluso más al sur, las cosas están en principio más organizadas. Son los concejos los protagonistas, es la llamada repoblación concejil. Primero llegan el rey y los nobles a asegurar esta tierra fronteriza, que había sido muy castigada a finales del siglo x por las correrías de Almanzor. Los cristianos llamaban «extremadura» castellana a estas zonas extremas de la expansión territorial. Tras asegurarla y pacificarla, se planifica su troceo en unidades menores, en comarcas, en torno a un núcleo central administrativo y defensivo, y se repueblan con gente del común venida del norte del Duero, o incluso con inmigrantes de fuera de la península, sobre todo francos, a la que se les reparten tierras. La cabeza comarcal es una villa murada desde la que se gobierna ese pequeño territorio de frontera dedicado, por lo general, a la ganadería extensiva. Nacen así las comunidades de villa y tierra, cada una con su concejo y muchas con su propio fuero, una especie de estatuto jurídico que les otorga el rey, única autoridad a la que reconocen. El fuero regula su régimen de libertades y toda la vida local, desde cómo eligen a su alcalde a qué tributos pagan o no pagan, desde quién y cómo administra justicia a qué obligaciones tienen de aportar sus milicias a la mesnada real cuando el rey lo pida.

Las milicias concejiles, los pequeños ejércitos de que disponía cada una de las comunidades de villa y tierra, es uno de los digamos inventos más interesantes de la segunda repoblación. Todo vecino en edad y condición de hacer la guerra era militarizable. Cuando el concejo lo necesitaba, dejaba sus tareas de pastor y pasaba a ser peón de a pie o, si tenía caballo, caballero villano, al que se le daba instrucción y una lanza. Las milicias concejiles intervenían a menudo en lances de guerra, en cabalgadas a territorio musulmán en busca de botín, y los caballeros villanos ganaron así dinero y algunos privilegios: entre éstos, por ejemplo, el de no pagar los impuestos (los pechos que sí pagaban los más bajos que ellos en la escala social, los humildes pecheros), lo que los igualaba legalmente a los infanzones, que eran los nobles de menor rango. El caballo y la guerra se habían convertido así, también para los plebeyos, en un instrumento de ascenso social. Al cabo, los caballeros villanos, que ya habían tenido un precedente en el año 937 en el fuero de Castrojeriz, se convirtieron en los personajes más influyentes de las comunidades, y muchos dejaron su viejo oficio de pastores para dedicarse a la guerra y al pillaje y a las tareas de gobierno de las comunidades.

La administración de justicia era otra de las claves del ordenamiento político. Una villa lo es porque tiene la capacidad de hacer justicia, de detener, juzgar y ajusticiar o de imponer otra pena a quien haya cometido un delito. El símbolo máximo de esta capacidad es el rollo o picota, la columna de piedra situada en una plaza o en la entrada a la población donde se ajusticia a los condenados. Y el concejo es el máximo órgano de poder interno, y el que representa a la comunidad a efectos externos. Por ejemplo, en las Cortes, cuando se establecen a partir de finales del siglo XII.

El grado de autogobierno judicial, fiscal, económico y militar de las villas es tan grande que algunos historiadores dejan corto a don Claudio y a sus islotes de hombres libres y mitifican aún más las comunidades de villa y tierra: las llegan a considerar como repúblicas democráticas y populares.

Hubo en total 42 comunidades de villa y tierra de este tipo en el territorio que va desde el Duero hasta la cordillera del Sistema Central. Algunas, como Roa, por ejemplo, que lindaba con el alfoz de Clunia, tenían su villa murada al norte del río. Otras, como Plasencia, Trujillo o Medellín, estaban ya al sur de la gran cordillera. Las había muy grandes, como Ávila —con casi nueve mil kilómetros cuadrados, más que los que hoy tiene la provincia del mismo nombre—, Segovia, Soria, Atienza, Medinaceli, Molina, Cuéllar, Arévalo o Medina, y muy pequeñas, como Magaña, Curiel, Íscar, Fresno de Cantespino, Gormaz, Fuentipinilla o Montejo. Las más extensas se subdividían en seis sexmas o en ocho ochavos, en unidades menores para mejor gobernarlas. Las de menor extensión cayeron con el tiempo sometidas a algún noble o algún prelado, y perdieron en parte o totalmente su autonomía.

Quizás el más famoso fuero fue el de Sepúlveda, por el que se organizaba la vida una comunidad de villa y tierra bastante extensa, dividida en ocho ochavos, donde hoy hay 39 municipios, la mayoría segovianos, pero también de las actuales Madrid y Guadalajara. El fuero primigenio lo otorgó Fernán González en el año 940, cuando conquistó la plaza. Lo confirmó y lo reformó Alfonso VI en 1076, y fue el modelo para muchos otros fueros, incluso en el Reino de Aragón.

Las formas volvieron a cambiar en la tercera repoblación, emprendida a finales del siglo XI después de que Alfonso VI tomara la ciudad de Toledo y amplios territorios de la cuenca del Tajo. En la zona que hoy son tierras de Castilla-La Mancha y de Extremadura, había muchas más ciudades, y sus habitantes eran sobre todo musulmanes, muchos de los cuales huyen hacia el sur. Se traen colonos del norte, sí, como en las anteriores repoblaciones, pero el peso principal de la ocupación de las nuevas y más fértiles tierras cristianas no se da tanto a las clases populares cuanto a los nobles y a los miembros de las órdenes militares nacionales (Calatrava, Alcántara y Santiago; y en el vecino Reino de Aragón, Montesa), que acababan de crearse entre otras cosas para ese fin y para que sus caballeros-monjes sembraran de castillos-monasterios la nueva frontera.

En la cuarta repoblación, la de Andalucía y Murcia, que se inicia tras las conquistas de Fernando III en la primera mitad del siglo XIII y llega hasta el final del reino nazarí, dos siglos y medio después, más de lo mismo: los magnates que han intervenido en la guerra, la Iglesia y las órdenes militares logran concesiones de terreno ingentes, enormes «donadíos», que son el origen de los latifundios que aún hoy subsisten en el sur peninsular y de cientos de títulos nobiliarios. A las clases populares traídas del norte apenas se les ceden pequeños «heredamientos», sólo algunas pequeñas parcelas de regadío o de secano en concejos reales de Sevilla y Murcia, así como casas abandonadas por los musulmanes que, ante el avance cristiano, emigran a zonas del cada vez más menguante Al-Andalus.

El caso de Sevilla es muy conocido; dejó muchos rastros documentales. Los oficiales de la administración real recibieron «donadíos menores». Los infantes, los grandes magnates, los obispados y las órdenes militares, «donadíos mayores», ingentes extensiones de tierra. Sólo un ejemplo: Alfonso de Molina, hermano de Fernando III, recibió tras la toma de Sevilla la aldea de Corcubina, con 30.000 olivos, 120 almarrales de viña, higueras suficientes para recoger al año 1.000 seras de higos, 150 casas, 12 molinos de aceite y 8 huertas, así como 30 yugadas de tierra en otro lugar, Torres.

Los «heredamientos» estaban destinados a los auténticos repobladores, a los que iban a labrar la tierra y a quedarse allí a vivir, pero incluso entre éstos había distinciones. Un peón recibía una yugada de pan y cuatro aranzadas de olivar. A un caballero sin linaje le daban el doble: dos yugadas de pan y ocho aranzadas de olivar. Un caballero de linaje, de los que había unos doscientos en el reparto, recibía veinte aranzadas de olivar, seis de viña, dos de huerta y dos yugadas de pan. Tanto la yugada como la aranzada eran medidas de superficie. La yugada equivalía a unos dos mil setecientos metros cuadrados, algo más de una cuarta parte de una hectárea. Recibía el nombre de la cantidad de tierra que era capaz de arar en un día una pareja de bueyes, una yunta unida por un yugo. Se le añadía el «de pan» para indicar que era tierra para sembrar cereal, preferentemente trigo. La aranzada era algo mayor, unos cuatro mil cuatrocientos setenta metros, casi media hectárea, y estaba plantada de olivos.

Aun así, pese al escaso incentivo que a los colonos se les ofrece, muchos emigran desde la fría y pobre Castilla la Vieja hasta la Castilla la Novísima, la andaluza, más rica, más desarrollada y de clima mucho más benigno. Algunos expertos aseguran que el tirón de Andalucía, el efecto llamada que las luminosas y feraces tierras del sur ejercieron sobre los castellanos viejos a partir del siglo XIII, explica el cuantioso número de lugares que quedaron despoblados en el norte. Lo veíamos antes en el alfoz de Clunia, donde hoy hay 64 lugares que siguen poblados y constancia documental de al menos 84 que se despoblaron. En el conjunto de alfoces de la provincia de Burgos, el historiador Gonzalo Martínez Díez ha contabilizado, nombre a nombre, 727 lugares que hoy continúan vivos, aunque muchos de ellos con muy pocos habitantes, y nada menos que 1.010 que se despoblaron totalmente. Los habitantes de la gran mayoría de estos últimos lugares se habrían ido a repoblar la Extremadura castellana del sur del Duero, o las actuales Castilla-La Mancha, Extremadura, Andalucía o Murcia. Multitud de españoles actuales de la mitad sur, por tanto, son castellanos de origen, aunque ese origen sea lejanísimo.

La repoblación del sur la resume así el medievalista Julio González: «La renovación de Andalucía en el siglo XIII fue profunda y radical. Los castellanos hicieron de ella una prolongación de Castilla con su sangre, su lengua, sus creencias, su economía, su derecho, su indumentaria, su arte y sus costumbres».

La repoblación, en definitiva, va a marcar a la sociedad castellana y española de modo indeleble. Y va a influir en el futuro de casi todo: el reparto de la riqueza, la organización territorial y administrativa, el auge de las ciudades, la demografía, la sociedad, la economía y la política.

19
LAS CIUDADES

Muchas aldeas, muy pocas ciudades. Muchos labriegos, muy pocos artesanos o comerciantes. Mucho barro, casi ningún urbanismo. Los reinos cristianos peninsulares de la Alta Edad Media eran, sobre todo, sociedades rurales. Tras la guerra, la agricultura era la principal actividad económica, y era aquélla una agricultura de poco más que de subsistencia, de trueque, de intercambio, donde apenas había comercio ni se usaba la moneda. Muchos siglos antes, con Roma, no era ése el panorama. Las ciudades eran relevantes, lo urbano era tan importante como lo rural. Recordemos un solo ejemplo, un único caso: Clunia, al sureste de la actual provincia de Burgos. En el siglo I era una populosa ciudad romana de hasta 30.000 habitantes que tenía foro, teatro, palacios, esculturas ornamentales en las zonas públicas y una gran red de alcantarillado, y en el Medievo era una ínfima aldea, cabeza de alfoz, pero minúscula.

Como tantas otras ciudades de la Hispania romana, Clunia había comenzado su decadencia en el siglo III, cuando ya comenzaba su declive general el Imperio Romano de Occidente. Las primeras incursiones bárbaras mataron aquellos esplendores, y los remataron después los visigodos, que traían a la península un modelo de sociedad más rural que la romana. De Clunia hoy sólo queda una excavación arqueológica y una pequeña aldea: Coruña del Conde.

Tras muchos siglos de decadencia de las ciudades, a mediados del siglo XI las cosas comenzaron a cambiar en el norte peninsular cristiano y a acelerarse en el este y en el sur, en Al-Andalus, que ya llevaba gran ventaja. En los dominios de los musulmanes, también tenía peso el mundo rural, pero ya se desarrollaba con gran pujanza el urbano, y la ciudad tenía predominio sobre el campo. Su agricultura era mucho más avanzada, no sólo en técnicas, como el aprovechamiento racional del suelo o los regadíos, sino igualmente en cultivos: además de cereal, también vid, olivo, frutales, arroz, caña de azúcar y sericultura. Su producción era tanta que generaba un comercio no sólo de intercambio, sino asimismo con pago en dinero en zocos y bazares. Había además todo tipo de artesanos e incluso una pequeña industria: de tejidos, de cuero, de armas, de papel, de vidrio, de cerámica, de marfil, de astilleros. Había muchos comerciantes y de una gran variedad de productos: a los locales se sumaban otros que llegaban por el Mediterráneo o desde África. Se construía mucho, entre otras cosas porque había que levantar nuevas fortalezas militares o reforzar las existentes ante las primeras cabalgadas de los cristianos. Se disfrutaba de un mejor clima y en general de un mayor nivel de vida... Todo ello, y la fragmentación en muchos reinos de taifas, hasta 39, fue generando un mundo más urbano, con más urbes y más pobladas. Y así surgieron nuevas ciudades que algún día serían grandes, como Madrid, Badajoz, Murcia, Almería o Gibraltar, y crecieron y se desarrollaron otras ya antiguas, como Toledo, Sevilla, Córdoba, Valencia, Calatayud o Zaragoza.

Lo cuenta muy bien Muhamad El Edrisi, un geógrafo y viajero árabe que probablemente nació en Ceuta hacia el año 1100 y se formó en Córdoba. Escribe sobre Almería: «Fue la principal ciudad de los musulmanes en tiempos de los almorávides. Era entonces una ciudad muy industrial y se contaban en ella, entre otras, 800 telares para tejer seda, fabricándose telas con los nombres de holla, dibaele, siklaton, alhisphaeni, ulchorcheni, etcétera. Antes de la época actual alcanzó también Almería gran renombre por la fabricación de utensilios de cobre y de hierro, y de otros objetos. El valle que depende de ella producía una gran cantidad de frutos que se vendían a bajo precio. Este valle, que lleva el nombre de Pechina, se halla a cuatro millas de Almería. Veíanse allí numerosas huertas, jardines y molinos, y sus productos eran enviados a Almería. El puerto de esta ciudad recibía embarcaciones de Alejandría y de toda Siria, y no había en toda España gentes más ricas ni más dadas a la industria y al comercio que sus habitantes, como tampoco más inclinadas, ora al lujo y al derroche, ora al afán de atesorar. [...] Sus habitantes eran ricos, pagaban al contado más fácilmente que en ninguna otra ciudad española y poseían inmensos capitales. El número de posadas u hosterías registradas por la Administración para pagar el impuesto del vino se elevaba a mil menos treinta».

Esa cultura urbana tardó más en desarrollarse en el norte cristiano, pero también llegó. El principal agente dinamizador de lo urbano fue, una vez más, el Camino de Santiago, como en la difusión del románico, de la lírica provenzal o de la reforma cluniacense. El Camino era un río de peregrinos, de inmigrantes, de mercaderes, de artesanos, de oficios nuevos y, en conclusión, de dinero, e iba depositando toda esa riqueza cada poco trecho en sus orillas, en villas y ciudades ya existentes o en otras nuevas que surgían por necesidades recientes: militares, religiosas o económicas. El Camino crea así un río urbanizador de este a oeste que arrancaba en Jaca y concluía en Santiago y al que muy pronto le brotan desde otros puntos cardinales varios afluentes que desembocan directamente en la ciudad compostelana o en los últimos tramos del Camino original. En éste, en el río principal, nacen o renacen así la propia Jaca, Sangüesa, Pamplona, Puente la Reina, Estella, Logroño, Nájera, Santo Domingo de la Calzada, Belorado, Burgos, Castrojeriz, Carrión de los Condes, Sahagún, Cea, Mansilla, León, Astorga, Ponferrada, Villafranca del Bierzo... La mayoría eran entonces y aún lo son ahora ciudades o villas mucho menos pobladas que las punteras de Al-Andalus, pero algunas de ellas plantaron en el Camino, en aquel remoto siglo XI, el germen de lo que iba a ser un florecimiento urbano ulterior muy superior.

La mayoría parte de un mercado semanal o incluso diario, protegido por un fuero, donde los labradores y los ganaderos de alrededor vendían sus productos. Luego surgen los primeros artesanos, asociados primero en cofradías y más tarde en gremios, y las primeras pequeñas industrias vinculadas a ese mundo agrario —molinos de trigo o aceite, hornos de pan, lavaderos de lana— o a otros ya no directamente ligados al campo —telares, batanes de paños, curtidurías, hornos de cal, tejares, alfarerías, herrerías, carpinterías—. El paisaje social ya ha cambiado: donde había sólo agricultores y ganaderos hay ahora panaderos, molineros, carniceros, curtidores, tejedores, tintoreros, sastres, sederos, pellejeros, zapateros, guarnicioneros, herreros, caldereros, cuchilleros, albañiles, caleros, tejeros, carpinteros, toneleros, cesteros, plateros, orfebres... Y comerciantes que vendan todos los productos que se elaboran, y carreteros que los lleven y los traigan, y prostitutas, y mendigos, y malhechores, y soldados, y clérigos, y maestros y canteros que levanten los nuevos templos que necesita tanta población, y una incipiente administración que regule la vida de la ciudad, y dirigentes políticos...

En algunos casos, a partir del siglo XII, los mercados dan un salto de crecimiento aún mayor y se convierten, en lugares como Belorado, Sahagún, Valladolid, Carrión de los Condes o Medina del Campo, en ferias anuales con exención de impuestos tanto a las mercancías como a los mercaderes.

Sahagún, en el Camino de Santiago, fue un caso paradigmático de ciudad creciente y decreciente, de éxito y fracaso del modelo. A finales del siglo XI, Alfonso VI concede un fuero a la villa y pone en manos de la orden de Cluny el monasterio, con jurisdicción sobre una amplia comarca. En pocos años, Sahagún crece enormemente al juntarse allí, según una crónica de la época, «de todas las partes del universo burgueses de muchos e diversos oficios: herreros, carpinteros, xastres, pelliteros, çapateros e omes enseñados en muchas e dibersas artes y ofiçios e otras personas de diversas e extrañas provincias e reinos, conbien a saber: gascones, bretones, alemanes, yngleses, borgoñones, normandos, tolosanos, provinçiales, lonbardos e muchos otros negoçiadores de diversas naçiones e extrañas lenguas; e así pobló e izo la villa no pequeña».

Sahagún entró así en un periodo de gran pujanza económica y se convirtió en una de las ciudades más importantes del Camino. Pero el rey también había puesto en sus normativas el germen del conflicto. Continúa la crónica: «Y luego el rey hizo tal decreto y ordenó que ninguno de los que morasen en la villa, dentro del coto del monasterio, tuviese por respeto hereditario o razón de heredad, campo, ni viña, ni huerto, ni era, ni molino, salvo si el abad, por manera de prestado, diese alguna cosa a alguno de ellos, pero pudiesen tener casa dentro de la villa y por causa de ello, por todos los años pagase cada uno de ellos al abad un sueldo por censo y conocimiento del señorio y si alguno de ellos cortase del monte que pertenece al monasterio aún tan solo una rama, que fuese puesto en la cárcel o fuese redimido a voluntad y beneplácito del abad».

Las tensiones entre los burgueses y los monjes culminaron con un enfrentamiento radical en 1110, coincidiendo con las guerras civiles entre Urraca I de Castilla y su marido Alfonso I de Aragón. Los burgueses asaltaron el monasterio y sometieron a los monjes a todo tipo de vejaciones, hasta el punto de que intervino el Papa, Pascual II, amenazando con la excomunión para los que no se sometieran al poder del monasterio. La villa entró así en una nueva fase, de gran decadencia.

La red urbana peninsular de la zona cristiana se forma entre mediados del siglo XI y los primeros años del XIV. En Castilla, además del Camino, el impulso urbanizador lo ponen la repoblación, la delimitación definitiva de la frontera con los reinos de Aragón y de Portugal y el desarrollo del comercio marítimo, entre otros factores.

Con la primera y la segunda repoblación, las que llevan Castilla desde las montañas cantábricas hasta las del Sistema Central e incluso en algún caso desbordan éstas, nacen o se desarrollan ciudades como Miranda, Burgos, Aranda, Osma (hoy El Burgo de Osma), San Esteban de Gormaz, Palencia, Valladolid, Zamora, Toro, Olmedo, Medina del Campo, Cuéllar, Coca, Segovia, Arévalo, Ávila, Salamanca o Plasencia. De la tercera y de la cuarta, las de Castilla la Nueva y Castilla la Novísima, sólo nace una ciudad hoy relevante, Ciudad Real, fundada como Villa Real por Alfonso X, en 1255 —en parte, con los supervivientes de la batalla de Alarcos, y con piedras de aquel desastre cristiano frente a los almohades—, y toman un nuevo impulso o un nuevo papel en la red urbana las que habían sido las principales urbes musulmanas (Córdoba, Sevilla, Badajoz, Toledo, Jaén, Murcia) y otras como Madrid, Talavera, Alcalá, Guadalajara, Sigüenza, Cuenca, Medinaceli, Cartagena, Chinchilla, Almagro, Úbeda, Baeza, Martos, Andújar, Lucena, Écija, Morón, Algeciras, Cádiz, Jerez, Huelva, Niebla, Mérida, Cáceres, Trujillo... Muchos años después, ya a finales del XV, Castilla conquistará el reino nazarí e incorporará a la Corona sus principales ciudades: Granada, Almería, Málaga, Ronda, Guadix, Baza, Loja, Alhama...

En la repoblación castellana hacia el este y en la delimitación de las fronteras definitivas con Aragón surgen o resurgen Soria y otras ciudades entonces pujantes y hoy menores: Ágreda, Almazán, Berlanga, Molina... En el otro extremo del reino ya unificado de Castilla y León, en el occidental, la defensa de la frontera con Portugal hace que cambien de emplazamiento y crezcan dos ciudades gallegas, Tuy, en el siglo XII, y Bayona, en el XIII, y la actividad marítima impulsa la pujanza de La Coruña, Pontevedra, Padrón o Noya.

También la actividad marítima, aquí en concreto el comercio, impulsa en la cornisa norte las luego llamadas «cuatro villas de la marina de Castilla»: Castro Urdiales, fundada en 1173, Santander (1187), Laredo (1200) y San Vicente de la Barquera (1210). A su derecha en el mapa, por esos mismos años de finales del siglo XII y primeros del XIII, reyes o señores castellanos otorgan fueros y fundan villas como Laguardia (1164) Vitoria (1181), San Sebastián (1194) o Fuenterrabía (1203), y varias décadas después Bermeo, Labastida, Salvatierra, Tolosa, Vergara, Villafranca... Bilbao es una de las últimas grandes ciudades en nacer. Se funda en 1300, sobre una aldea de sólo siete calles en la margen derecha de la ría del Nervión, y es inicialmente un puerto para dar salida hacia los grandes mercados europeos a la lana de todo el reino que contratan los mercaderes de Burgos. Tras Bilbao, nacen Portugalete, Ondárroa, Lequeitio...

Mirando al mapa, a la izquierda de las cuatro villas de la marina de Castilla nacen o se desarrollan también por esos mismos años del siglo XII y sobre todo del XIII lugares como Avilés, Llanes, Tineo o Pravia, y más adelante Gijón, Villaviciosa, Grado o Langreo. Oviedo había tenido su primer desarrollo urbano mucho antes, cuando a finales del siglo VIII el rey Alfonso II el Casto fija en ella la capital del reino astur.

Los expertos aseguran que, antes de la eclosión de las ciudades que experimentan los reinos cristianos a partir del siglo XI, en la península sólo había vida urbana en cinco lugares no dominados por los musulmanes: Barcelona, con pasado ibero, cartaginés, romano y visigodo, y que en el siglo XIII ya era una de las principales ciudades de todo el Mediterráneo gracias fundamentalmente a la industria textil y al comercio, buena parte de él internacional; Santiago, que crece de modo vertiginoso desde que en el primer tercio del siglo IX se divulga el supuesto hallazgo del sepulcro del apóstol y se convierte en una de las ciudades peninsulares más conocidas de Europa; Lugo, que ya en la segunda mitad del siglo VII había despegado como ciudad eclesiástica tras ser refundada por el obispo Odoario; Oviedo, como dijimos, y León.

En origen, León fue una ciudad militar. Sabemos el día exacto de su nacimiento: el 10 de junio del año 68, cuando, para controlar a los rebeldes astures, se instala allí la Legio VII Gemina, una legión romana reclutada entre hispanos por Galba, el general que desde Clunia gobierna la provincia Tarraconense, se enfrenta a Nerón y se proclama emperador. El acantonamiento inicial de esa legión que iba a dar nombre al lugar era un rectángulo de 570 metros por 350, cerrado por una alta empalizada luego convertida en muralla, en el que llegó a haber unos 6.000 legionarios. Pronto surge alrededor un poblado donde viven las familias de los soldados y los comerciantes que atienden a éstas y a aquéllos. Las cercanas explotaciones mineras de oro de Las Médulas generan también riqueza y población en la ciudad.

Con la crisis del Imperio Romano, León también decae, pero resurge un poco con los visigodos y bastante cuando, a comienzos del siglo x, Ordoño II la repuebla y la convierte en la capital del reino asturleonés, que entonces era tanto como decir de toda la zona cristiana de la península. La construcción de la basílica de San Isidoro y su panteón de los reyes a mediados del xi, una nueva repoblación impulsada por Alfonso VI a finales de esa centuria, el incremento de la actividad económica por efecto del Camino de Santiago y la construcción de la catedral gótica en el xiii consolidan a León en su liderazgo entre las ciudades del norte peninsular. Era la corte, durante largos periodos la principal corte cristiana de la península. En el xii, el geógrafo árabe El Edrisi dice de León que era «ciudad muy principal y próspera de Castilla, cuyos naturales, de índole belicosa y condición noble y prudente, se dedican al comercio y a la industria, y con especialidad a la cría y tráfico de ganados». Ese «ciudad de Castilla» del viajero árabe seguramente no agradaría mucho a sus habitantes, que unas décadas después, cuando ya León había perdido a manos de la castellana Burgos esa preeminencia como la ciudad cristiana más importante, proclamaban: «Tuvo 24 reyes antes que Castilla leyes».

Burgos había sido fundada en la primera repoblación, en 884, por Diego Rodríguez Porcelos, hijo del primer conde castellano. Era una fortaleza de avanzadilla asturleonesa en su frontera este, la más disputada con los musulmanes, la que se había poblado de castillos y adoptado el nombre de Castilla.

Burgos está en un cruce de caminos histórico, y hay documentos que muestran que en el temprano siglo x ya había allí tiendas. En los siglos x y xi convergen en ella los dos grandes ejes urbanizadores, el este-oeste del Camino de Santiago y el norte-sur de la repoblación, lo que a la ciudad le dan a partir de entonces castillo, muchas iglesias, monasterios (el principal, Las Huelgas), catedral, hospitales de peregrinos (32 llegó a haber), guerreros, clérigos, obispo, artesanos, comerciantes, mercaderes, el almirantazgo (desde el que se dirigían las cuatro villas de la marina en la costa cantábrica), mucha actividad, mucha vida, y un gran poder político. Fue capital del Condado de Castilla, en el siglo x, con Fernán González; luego del Reino, con Fernando I, en el xi; y por último de la Corona, de modo intermitente, hasta los tiempos de los Reyes Católicos, en el paso del xv al xvi. Es la ciudad de Fernán González, del Cid, de Fernando I, de Alfonso VIII, de Berenguela I, de la primera parte de la intensa vida de Fernando III.

En el siglo xiii, dos hitos empujan definitivamente a Burgos al esplendor de que gozó hasta bien entrado el xvi. Uno es la demolición de la vieja catedral románica y la construcción de una nueva gótica, para la que el rey Fernando III y su esposa Beatriz de Suabia mandan traer a maestros y canteros de varios países europeos expertos en esa nueva corriente artística. El otro es la conversión de la ciudad en el gran centro del comercio lanero de toda la península, en el que se contratan todos los envíos hacia Flandes e Inglaterra a través de los transportistas cántabros y vascos, que de vuelta traen en sus barcos paños finos. El hecho llena la ciudad de magnates de la Mesta y de grandes mercaderes, así como de unos nuevos profesionales del comercio, del comprar y vender: los prestamistas, los banqueros. De todo ello nace, ya en el siglo xv, primero la Universidad de Mercaderes y después el Consulado, una especie de tribunales mercantiles que resuelven los conflictos entre particulares o entre distintas corporaciones profesionales.

El Edrisi también habla del Burgos del siglo xii: «Ciudad grande, dividida por un río en dos partes, cada cual con su muralla, y en una de ellas dominan los judíos; es fuerte, opulenta, tiene casas de comercio, mercados, depósitos de provisiones, y la frecuentan muchos viajeros...».

Con León y Burgos, otra ciudad compite por la primacía entre las castellanas viejas, aunque sólo ya en la Baja Edad Media: Valladolid. Su nacimiento es más tardío, la funda en 1074 Pedro Ansúrez, uno de los nobles de Alfonso VI, sobre un minúsculo caserío de sólo tres vecinos —se conocen sus nombres: Martín Franco, Cíliz y Sol Arnáldiz— situado en una rica comarca agrícola y ganadera que es también un cruce de caminos y un lugar estratégico: la desembocadura de los distintos brazos del río Esgueva en el Pisuerga, y a poca distancia de la del caudaloso Pisuerga en el Duero. Es una fundación leonesa; recordemos que Ansúrez había sido uno de los jefes militares que acompañan a Alfonso al exilio en Toledo cuando su hermano el rey Sancho de Castilla le quita el trono de León. Hay expertos que incluso han visto en la fundación de Valladolid una maniobra del Reino de León para poner un mojón adelantado en Castilla cuando los dos reinos pugnaban por establecer las fronteras entre ambos. Otros incluso han visto en Ansúrez a un antiCid, aunque parece que ambos, Pedro y Rodrigo, eran casi amigos.

Ansúrez, que tuvo una vida muy interesante —además de fundar Valladolid, fue el primer tenente cristiano de Madrid tras su conquista a los musulmanes y fue también durante varios años regente del condado de Urgel durante la minoría de edad de su nieto Ermengol VI—, construye varios edificios emblemáticos: un palacio para él y su esposa doña Eylo que hoy no se conserva, la iglesia románica de la Antigua, el puente Mayor. La ciudad se llena de repobladores, y poco a poco va logrando de diferentes reyes los privilegios que impulsan su crecimiento económico y demográfico y su mayor peso político. En Valladolid, se celebran varias veces Cortes, lo que la convertía también en capital; es proclamado rey, en la plaza Mayor, Fernando III, el monarca que había de unificar de modo definitivo los reinos de Castilla y de León y llevar sus fronteras casi hasta las puertas de Granada; fija en ella su residencia durante treinta años María de Molina, reina consorte de Castilla a finales del siglo XIII y reina regente a comienzos del XIV; se funda en 1346 una universidad que se convirtió en una de las mayores de la península y en germen de los colegios mayores de los que salieron durante mucho tiempo los altos funcionarios de la burocracia estatal moderna; se casan Alfonso X y Violante de Aragón, en 1246, e Isabel y Fernando, los Reyes Católicos, en 1469; se crea, por Juan I, en 1371, la Real Audiencia y Chancillería, un alto órgano judicial con competencia en todos los territorios de la Corona.

El propio Juan I fijó, a finales del siglo XIV, las ciudades que tendrían derecho a enviar a sus representantes cuando se celebraran Cortes. Antes iban muchas más; en las Cortes de Burgos de 1315 participaron un centenar de villas y ciudades. Pero a partir de la reforma de Juan I se redujo radicalmente el número, se seleccionó a una especie de primera división de la Corona de Castilla. Éstas fueron las diecisiete ciudades designadas: Burgos, Toledo, León, Sevilla, Córdoba, Murcia, Jaén, Zamora, Segovia, Ávila, Salamanca, Cuenca, Toro, Valladolid, Soria, Madrid y Guadalajara. A partir de 1492, se añadió una más: Granada. Había, por tanto, nueve de la Castilla Vieja, cuatro de la Nueva y cinco de la Novísima.

En esa primera división, no todas las ciudades eran iguales. La Corona las había distinguido con diferentes títulos, en reconocimiento a la antigüedad de su origen, el peso político o militar que habían logrado y los servicios que hubieran prestado a los reyes a lo largo de la historia, y así unas llevaban el de «muy noble» (Burgos, León, Valladolid, Toledo, Sevilla y Córdoba), otras el de «noble» (Zamora, Salamanca, Segovia, Cuenca y Granada, y ésta añadía los de «honrada» y «grande», a petición de la población tras la rendición musulmana en 1492), otras el de «muy leal» o «leal» y otras ninguno. Estos títulos determinaban también el orden en que los representantes de las diferentes ciudades tenían derecho a hablar y a votar en las reuniones de Cortes. Por lo general, Burgos, Toledo y León se disputaban la prioridad, y por lo general el rey determinaba que fuera Burgos, cabeza de Castilla, quien comenzara.

En el paso de la Edad Media a la Edad Moderna, a finales del siglo XV y comienzos del XVI, Granada era la ciudad más populosa de la Corona, con unos 50.000 habitantes, según un experto, Miguel Ángel Ladero Quesada. La seguían Sevilla, con unos 40.000; Valladolid y Toledo, con algo más de 30.000 cada una, y Córdoba, con pocos menos. Jaén andaba por los 24.000. Medina del Campo, Salamanca y Segovia contaban unos 15.000. Écija y Jerez de la Frontera, de 13.000 a 15.000. Úbeda y Baeza, de 12.000 a 15.000. Málaga, 12.000. Burgos, Palencia, Ávila, Toro y Alcalá de Henares, entre 7.000 y 9.000. Carmona, Utrera, Marchena, El Puerto de Santa María y Aracena, unos 8.000. Badajoz y Llerena, 6.000. Bilbao, Santiago y Trujillo, unos 5.000. Madrid, Guadalajara y Mérida, unos 4.000. Oviedo y Santander, menos de 3.000.

En la Corona de Aragón, Valencia superaba, según Ladero, los 50.000 habitantes. Barcelona tenía unos 30.000; Mallorca (hoy Palma), alrededor de 25.000, y Zaragoza, unos 20.000. En Navarra, «sólo Tudela, Pamplona y tal vez Estella superaban los 5.000». Y en Portugal, Lisboa era la ciudad más poblada, con unos 60.000 habitantes en 1527; Oporto contaba con 14.000; Évora, con 13.000, y Santarem y Elvas, con 10.000.

Las ciudades no fueron sólo un factor clave en el desarrollo económico de la Península Ibérica durante la Edad Media. Lo fueron también en el de la política y en el de la sociedad. Lograron impulsar las libertades jurídicas, políticas o fiscales frente a las viejas estructuras feudales, consiguieron un gran dominio sobre el campo arcaizante, dirigieron e impulsaron la economía, potenciaron la cultura y las artes y contribuyeron de modo fundamental al refuerzo de la monarquía y a la creación del Estado moderno. Pero les salió éste tan fuerte, que en buena parte las engulló.

20

EL PODER

Aunque León, Burgos y Valladolid se autoproclamaron durante diferentes periodos de la Edad Media como «capital» del Reino o de la Corona, lo cierto es que era una capitalidad casi simbólica. Por lo general, el rey no tenía una sola residencia permanente, la suya era más bien una corte itinerante que, durante muchos siglos, no tuvo sede fija para los diferentes órganos políticos de poder que fueron surgiendo. El rey era ante todo, ya lo dijimos, un dirigente militar: el jefe de la guerra y el primer guerrero. Y las acciones de guerra eran tan frecuentes que el monarca pasaba larguísimos periodos de tiempo fuera de la teórica capital.

El rey viajaba acompañado de su curia, una especie de consejo de ministros de la época con funciones también de asesoría legislativa al monarca. El modelo arrancaba del reino asturleonés, de cuando a principios del siglo IX el rey Alfonso II recuperó el Oficio Palatino y, según la *Crónica Albeldense*, restauró «todo el orden gótico toledano, tanto en la Iglesia como en Palacio».

La curia la componían los condes y los demás nobles, y entre ellos el alférez o general máximo de las tropas (recordemos que el Cid lo fue de Sancho II); el alto clero de obispos y abades, que tampoco pasaban mucho tiempo en sus obispados o monasterios (ya vimos en la batalla de Atapuerca que allí estaban el abad de Silos, luego santo Domingo, y el abad de Oña, luego san Íñigo), y el mayordomo, una suerte de ministro de economía que además de las cuentas del reino llevaba las particulares del rey.

A ese grupo de notables, se le añadían centenares de ayudantes de todo tipo, soldados de la escolta al servicio del rey y de cada uno de los nobles, escuderos, notarios y copistas de la escribanía real que elaboraban los documentos que el monarca expedía, palafreneros, el bufón, el halconero, el mayoral de los galgos... y toda la intendencia para abastecer de provisiones a tanta multitud y de abrigo para pasar la noche al raso: bueyes, ovejas, mulos, carretas, pastores, carniceros, cocineros, carpinteros, herreros, tiendas... Los desplazamientos de esa enorme corte itinerante eran bastante lentos. No extraña nada.

Los ejércitos no eran entonces permanentes, pero, cuando el rey hacía un llamamiento para una expedición determinada, el servicio militar era obligatorio para todos los hombres libres de dieciséis a sesenta años. La mayoría de ellos pasaban a ser tropas de infantería, mientras que la caballería, la ligera y la pesada, con jinete y caballo protegidos, se nutría de los caballeros que aportaban los distintos nobles y de las milicias concejiles, de los famosos caballeros villanos de las comunidades de villa y tierra.

Durante los siglos XI y XII, con la segunda repoblación, los reyes cedieron muchas de sus prerrogativas de cobro de impuestos, de administración de justicia y de formación del ejército por un lado a los magnates laicos y eclesiásticos y por otro a los concejos a los que se les otorgaba un fuero. La pugna sobre esas prerrogativas entre la monarquía por un lado y la nobleza por otro será una constante en los siglos ulteriores. Las ciudades, por lo general, estuvieron cerca del rey, de su lado.

A finales del siglo XII se produjo un hecho histórico, una de las mayores aportaciones peninsulares a la innovación política, a las formas de gobierno, al origen del poder y, en suma, a las futuras democracias: la constitución de las primeras Cortes, que serían el germen de los parlamentos modernos en toda Europa. El honor se lo disputan dos lugares muy diferentes, uno de Castilla, la villa de San Esteban de Gormaz, hoy en la provincia de Soria, y otro de León, la propia ciudad de León.

En mayo de 1187, el rey castellano Alfonso VIII convocó a una reunión en San Esteban de Gormaz no sólo a su curia, sino también a representantes de cincuenta ciudades y villas de Castilla, según algunos historiadores para que debatieran y aprobaran su propuesta de casar a su primogénita, Berenguela, con el duque alemán Conrado, hijo del emperador Federico I Barbarroja. Era la primera vez que a un alto órgano de gobierno del incipiente Estado asistían como representantes miembros del pueblo llano. Probablemente, entre los representantes de las villas y ciudades predominaban los caballeros villanos que habían surgido del pueblo en las comunidades de villa y tierra.

Un año después, en 1188, el rey leonés Alfonso IX celebra en el claustro de la basílica de San Isidoro de León una curia regia extraordinaria e invita a ella a represenes de las ciudades. Al parecer lo hizo por motivos económicos, porque necesitaba el pago de impuestos por parte de los burgueses de las ciudades a la hacienda real, pero lo cierto es que a partir de entonces se va a llamar Cortes a ese nuevo órgano político en el que también participa el pueblo, los no privilegiados, el tercer estado, y el primero que pondrá de algún modo en cuestión más adelante las teorías teocráticas de la Alta Edad Media que afirmaban que todo el poder del rey viene de Dios, que el rey estaba al margen y por encima del pueblo que la divinidad había confiado a su gobierno.

Las Cortes serán un órgano permanente, no circunstancial, y el único competente para tomar algunas decisiones de especial importancia: una declaración de guerra o de paz, la resolución de un problema sucesorio o la aprobación de nuevos impuestos, por ejemplo. Y será imitado pronto, con esas mismas características, en la propia Castilla, en Aragón o en Inglaterra.

A partir del siglo XIII, tras unificar Fernando III los dos reinos, también se unen las Cortes de Castilla y las de León, cada vez con mayores atribuciones legislativas. A menudo, el rey se vale de los procuradores de las villas y ciudades para contrarrestar el poder de los nobles y caballeros y del alto clero.

Los concejos perdieron pronto el carácter abierto que tuvieron en su origen, cuando participaban en asamblea prácticamente todos los vecinos libres, y fue surgiendo en ellos una oligarquía, la de mayor patrimonio, que acaparaba los cargos y los convertía incluso en hereditarios. Después comenzaron a ceder también su autonomía. Los primeros pasos normativos en ambas direcciones los dio en la segunda mitad del siglo XIII el rey Alfonso X, que reservó para los caballeros muchos de los órganos concejiles, implantó el Fuero Real en muchas localidades, en detrimento del fuero propio de cada una de ellas, y se inventó la figura del «alcalde del rey», enviado por el monarca a las villas y ciudades para impartir justicia. No logró implantar algunas de estas reformas, pues sus súbditos se rebelaron contra él.

Unas décadas después, su bisnieto Alfonso XI remata la faena. Obliga a todos los vecinos cuya riqueza superara determinada cuantía a mantener caballo y armas, y así nacen los llamados «caballero de cuantía», y sustituye los concejos abiertos que elegían a los cargos que gobernarán la villa o ciudad por una asamblea restringida de 8 a 24 miembros, el regimiento, nombrada por el propio rey entre los caballeros, hombres buenos y otros miembros destacados de la oligarquía local. Nace así la figura del regidor, que ya no es un cargo electo, sino un designado, alguien nombrado por el rey. Se ha acabado casi por completo la participación del pueblo llano en la elección de los dirigentes y en la toma de decisiones.

Por si fuera poco, el propio Alfonso XI da una vuelta más de tuerca a su intervencionismo en las ciudades y villas. Con el precedente de la figura del alcalde del rey creada por su bisabuelo Alfonso X, que apenas se había puesto en funcionamiento, Alfonso XI crea la posibilidad de nombrar, para algunos casos muy concretos, la figura del «alcalde veedor», el «alcalde emendador» y el «corregidor», nombrados directamente por el monarca y enviándolo a la ciudad o villa digamos «intervenida». En 1348, el propio Alfonso XI echó mano de esa figura y envió corregidores a las merindades cántabras. Medio siglo después, Enrique III hizo lo mismo con muchas otras ciudades y villas. Y los Reyes Católicos, a finales del siglo XV, generalizaron el nombramiento de corregidores para todas las ciudades más importantes de los reinos, unos corregidores que compartían sus funciones con los regidores internos o que, directamente, se las usurpaban. Con esos representantes de la Corona, que desempeñan un papel de gestores e incluso de jueces, la autonomía local queda prácticamente suprimida.

Además, aunque la corte era itinerante, con el tiempo las ciudades se habían llenado de alcázares y palacios reales que gobernaban alcaides al margen de la autoridad municipal y de organismos territoriales de la Corona, como los adelantados mayores, los merinos mayores y los gobernadores.

También las Cortes acabarían sufriendo recortes, al menos en su composición. Al principio, como ya contamos, hasta un centenar de villas y ciudades enviaban a sus representantes, pero con la reforma ordenada a finales del siglo XIV por Juan I se quedaron en 17 las ciudades que podían hacerlo, 18 al incorporarse un siglo después Granada, tras la conquista del reino nazarí.

Con ese doble movimiento, la intervención directa de la Corona en los gobiernos locales, que antes eran mucho más autónomos, y la eliminación del derecho de muchísimas villas y ciudades a mandar representantes a las Cortes, los municipios perdieron poder y se transformaron en el principal brazo político del rey frente a los nobles.

Juan I y su padre y antecesor en el trono Enrique II, los primeros reyes de la dinastía Trastámara, dieron más pasos encaminados a fortalecer la autoridad real. Enrique, que pagó a los nobles su apoyo en la guerra contra su hermanastro dándoles muchos bienes materiales (fue llamado Enrique el de las Mercedes), se guardó para sí mismo otros bienes quizás más importantes: algunos órganos nuevos de poder. En 1369, creó la Audiencia Real, el máximo órgano de justicia de Castilla. Los miembros de la Audiencia, nombrados por el rey, reciben el nombre de oidores, por sus obligación de escuchar a las partes antes de resolver un litigio. Juan I, por su parte, creó en 1385 el Consejo Real, un órgano asesor del propio monarca compuesto por cuatro representantes de la nobleza, otros cuatro del clero y cuatro más de las ciudades. El Consejo acabó siendo la segunda autoridad del reino, tras el propio rey.

Con las sucesivas reformas y la creación de nuevos órganos de poder y de gobierno, y sobre todo con las medidas tomadas por los reyes para adueñarse del poder y de la autonomía municipal, muchas veces para usarlo de contrapeso al poder de los nobles, lo cierto es que en los siglos XIII y XIV la Castilla que antes era, según Sánchez-Albornoz, un «islote de hombres libres en un mar feudal» está empezando a desaparecer.

21

URRACA I Y ALFONSO VII

Uno de julio de 1109. Muere Alfonso VI, rey de Castilla y de León, el conquistador de Toledo; aquel importante rey que, injustamente, es más conocido hoy por su papel de villano en la leyenda del Cid que por su transcendental gobierno. El *Imperator totius Hispaniae*, emperador de toda España, el rey de las tres religiones, es enterrado en el monasterio de San Benito en Sahagún (hoy León): uno de los más importantes de la época, impulsado por el propio Alfonso VI y la orden de Cluny.

La tumba no es improvisada; el rey tenía ya setenta y dos años y hacía tiempo que tanto él como su reino se preparaban para su muerte. El cuerpo es depositado en un arca de mármol blanco elevada por cuatro leones tallados de alabastro y cubierta por una lápida de pizarra negra. Sobre el sepulcro colocan un delicado tapiz de seda, que había sido tejido por encargo en la lejana Flandes, donde aparece una imagen de Alfonso VI flanqueado por los escudos de sus dos grandes reinos, aún dos coronas separadas: el de León y el de Castilla.

Junto a la tumba del rey le esperan cinco sepulcros más que resumen la tragedia de su trono: las tumbas de cuatro mujeres y un hijo, todos ellos muertos antes que el propio monarca. Allí, en Sahagún, ya descansan los restos de la reina Inés de Aquitania, que casó con Alfonso con sólo diez años y murió con apenas veintiuno sin dejarle descendencia. Los de la reina Constanza de Borgoña, la francesa que tanto influyó en la llegada de Cluny a la península, en la reforma religiosa que trajo el rito romano, pero que sólo le dio una hija: Urraca. Los de Berta de Toscana, su tercera esposa, con la que tampoco tuvo hijos. Los de la princesa musulmana Zaida, que no está claro que se llegase a casar con Alfonso VI y ni siquiera que la de Sahagún sea su verdadera tumba (hay otra lápida con el nombre de Zaida en el panteón de los reyes de San Isidoro de León), aunque sí es seguro que para entonces ya había sido bautizada como Isabel. La quinta tumba de Sahagún es la del hijo de Zaida y Alfonso: el infante Sancho Alfónsez, que había muerto apenas un año antes que su padre, a manos de los invasores almorávides en la batalla de Uclés, dejando el reino sin heredero varón.

En este panteón de Sahagún se resume el peor legado de Alfonso VI: su difícil herencia, que provocó una larguísima guerra civil que afectó a casi todos los reinos cristianos de la península. En estos sepulcros está la esencia de esa historia, aunque falta una sexta tumba para completar el relato: la de Jimena Muñoz, la amante del rey, con la que tuvo dos hijas. Jimena murió casi veinte años después, pero su cadáver no acabó en Sahagún, sino que fue enterrado en otro monasterio leonés, en el de San Andrés de la Vega de Espinareda, donde la favorita de Alfonso se encerró tras la muerte de su protector hasta el final de sus días. Aquel amor entre Alfonso y Jimena es la semilla de la que después nacería el Reino de Portugal, cuyo primer rey es nieto de ambos. Pero antes de liar aún más esta madeja, dejemos por un momento a los muertos y regresemos a Castilla. A los que quedan vivos.

La protagonista principal de la historia que sigue tras el fallecimiento de Alfonso VI es su hija Urraca, la primogénita. Como ya hemos contado, el rey la tuvo con su segunda esposa, Constanza de Borgoña. Su padre la casó muy joven con otro noble francés, Raimundo de Borgoña, que había llegado a la península atendiendo a una llamada a la Santa Cruzada que hizo Alfonso VI a la cristiandad europea tras la invasión de los feroces almorávides.

La protagonista secundaria es una hija ilegítima: Teresa, que nació de su relación con Jimena Muñoz. Teresa también se casó con otro noble francés, Enrique de Borgoña, primo del marido de su hermanastra Urraca. Ambas bodas fueron un premio del rey Alfonso VI por el apoyo de estos caballeros franceses en la cruzada contra los almorávides.

Tras estas simétricas bodas, el rey tuvo una descabellada idea: dividió el viejo Reino de Galicia en dos condados, y concedió el del norte del Miño, el condado de Galicia, a Urraca y Raimundo; y el del sur, el Condado Portucalense, entre el Miño y el Duero, a Teresa y Enrique. Acababa de poner una de las semillas de un nuevo periodo de guerras civiles y de fragmentación de los reinos.

Como condados que eran, los dos territorios seguían dependiendo de la autoridad real. Y ese rey iba a ser Sancho Alfónsez, el hijo de la princesa Zaida. Pero la muerte del joven heredero en la batalla de Uclés, en 1108, trastoca todos los planes. Muerto el único varón, los derechos sobre la Corona pasan a la primogénita: a Urraca que, para mayor conflicto, había quedado viuda unos años antes, en 1107, pero que ya tenía un hijo con el difunto Raimundo de Borgoña: Alfonso Raimúndez, el que mucho después se convertiría en Alfonso VII.

Urraca I fue la primera reina de Castilla y de León, algo inaudito para la sociedad de la época. Era una situación difícil porque, en los reinos cristianos, el rey era el jefe militar antes que cualquier otra cosa: el que dirigía el ejército en la guerra, en las continuas guerras. Para los nobles era imposible imaginar a una reina armada y a caballo dirigiéndolos en el campo de batalla. En aquel momento, recordemos, la guerra es además más importante que nunca: los reinos cristianos no viven sus mejores años. Pocas décadas antes, los almorávides han invadido Al-Andalus, han unificado las taifas bajo su mandato y presionan con sus tropas sobre la frontera para retomar Toledo, la disputada antigua capital visigoda. Los nobles, a regañadientes, acaban aceptando a Urraca como la futura reina pero le ponen una condición: que se case otra vez. No faltan pretendientes entre la nobleza, pero Urraca —no está claro si por propia iniciativa o por decisión de su padre antes de morir— acaba casándose con Alfonso I el Batallador, rey de Aragón y también de Navarra.

La boda se celebra a los pocos meses de morir Alfonso VI, en el otoño de 1109. El acuerdo matrimonial es un auténtico pacto de Estado. En él se establecía que ambos reyes serían también soberanos en los dominios del otro; que los hijos de este matrimonio heredarían todos los tronos, en detrimento del hijo anterior de Urraca, el infante Alfonso; y también que, en caso de muerte de uno de los dos cónyuges, el otro heredaría en usufructo todos los dominios, que no eran pocos. Urraca era reina de León y de Castilla, condesa de Galicia, y también poseía autoridad sobre el Condado Portucalense de su hermanastra Teresa. Alfonso I era rey tanto de Aragón como de una debilitada Navarra, que en aquellos años había perdido parte de su frontera occidental —una amplia zona del actual País Vasco y de la hoy comunidad de La Rioja— a manos de Castilla. Con la única excepción del condado catalán, el matrimonio unía así todos los dominios cristianos de la península.

Podría haber salido bien. Podría haber sido la alianza que unificase los reinos cristianos de la antigua Hispania, como lograrían más de tres siglos después Isabel y Fernando, los Reyes Católicos. Pero el resultado fue diferente, completamente desastroso. El reinado de Urraca I se resume en dieciséis años de guerra civil, tan enrevesada como casi ininterrumpida: Urraca contra su marido; Urraca contra su hijo Alfonso, cuyos partidarios intentaban resucitar de nuevo el Reino de Galicia; Urraca contra su hermanastra Teresa, cuyo Condado Portucalense se acabaría convirtiendo en la actual Portugal. Alfonso, el marido de Urraca, contra el otro Alfonso, el hijo de Urraca. La alta nobleza y el clero, partidarios de Urraca, contra la baja nobleza y los burgos, que veían en el aragonés una oportunidad para acabar con algunos privilegios de los primeros.

Como tantas veces sucede con las monarquías, los problemas del Estado empezaban en la alcoba real. Ambos cónyuges pactaron que el hijo de ambos heredaría todas las coronas. Tal vez habría funcionado, aunque para eso habría hecho falta que tuviesen siquiera un hijo. Urraca odiaba a su misógino marido casi tanto como su marido la odiaba a ella, una mujer muy poco sumisa. Hay dudas incluso de que el matrimonio llegase siquiera a consumarse. «No sólo me había injuriado continuamente con groseras palabras, sino que muchas veces ha llenado de confusión mis mejillas con sus inmundas manos y hasta ha llegado a herirme con sus pies», contaría más tarde Urraca.

Algunos historiadores contemporáneos sostienen que el origen del problema fue que Alfonso I el Batallador, que no tuvo hijos ni con Urraca ni con ninguna otra mujer, era homosexual. El rey aragonés había sido criado en el monasterio de San Pedro de Siresa, en un ambiente muy religioso, y sólo mostraba interés por la fe y por las armas. «Un verdadero soldado debe vivir con hombres, y no con mujeres», exclamó en una ocasión, según la crónica de un historiador andalusí, cuando le ofrecieron como concubina a la hija de un jefe musulmán derrotado.

Entre los planes del Batallador, probablemente poco consciente de las verdaderas dimensiones del mapa, estaba el iniciar una Santa Cruzada que barriese a los musulmanes desde el valle del Ebro hasta la mismísima Jerusalén. Se quedó muy lejos de aquel objetivo, aunque sí lograría tomar la importante ciudad de Zaragoza, entre otras muchas plazas. Alfonso I, durante su reinado, fue el único de su tiempo capaz de aumentar sus fronteras frente a los almorávides. Además de la rica Zaragoza, conquistó del dominio musulmán las localidades de Borja, Soria, Calatayud, Rueda de Jalón, Tarazona... Llegó incluso a sitiar la ciudad de Granada en 1124, con la esperanza de que la población mozárabe le ayudase con una revuelta a tomar la plaza; y de aquella famosa cabalgada (el equivalente cristiano a las aceifas musulmanas) se trajo desde Al-Andalus hasta el valle del Ebro a cientos de campesinos cristianos con los que repobló la zona.

Pero el Batallador no sólo se ganó su apelativo luchando contra los musulmanes, sino también en las numerosas campañas militares en tierras castellanas y leonesas, fruto de su fracasado matrimonio, que estuvo sembrado de rupturas y reconciliaciones. En uno de los periodos en que estaban separados, Urraca tuvo una relación amorosa con Gómez González, conde de Candespina, uno de los nobles que la pretendieron antes de casarse con el rey de Aragón. Cuando su marido se enteró, encerró a la reina en la fortaleza de El Castellar, y envió su ejército a someter a las principales plazas castellanas partidarias de Urraca. Las tropas aragonesas tomaron Osma, Burgos, Palencia, Orense, Toledo... Mientras, Gómez González logró liberar a la reina y se refugió con ella en sus tierras segovianas, entre Ayllón y Riaza. Alfonso de Aragón los persiguió hasta allí y les dio batalla. Ganaron los aragoneses, y Gómez González murió.

Después de muchísimas desavenencias, el arzobispo de Toledo declaró nulo aquel matrimonio, una anulación que en un principio el marido no aceptó de buen grado. La excusa utilizada fue que ambos contrayentes eran familia lejana, bisnietos los dos del navarro Sancho III el Mayor. En 1112, el Papa Pascual II amenazó incluso con la excomunión si el matrimonio continuaba, por lo que Alfonso I —en parte también instigado por un rumor lanzado por la hermanastra de Urraca, Teresa, que acusó a la reina de intentar envenenar a su marido— repudió definitivamente a su esposa apenas dos años después de casarse. La situación quedó formalizada en 1114, en un concilio celebrado en Palencia, que supuso el fin oficial de la regencia de Alfonso I sobre Castilla y León. Sin embargo, el Batallador mantuvo bajo su poder numerosas plazas de la zona oriental de Castilla, gran parte de las actuales provincias de La Rioja, Burgos, Soria y Guadalajara.

Pero el fin de ese matrimonio, que una crónica de la época describía como «descomulgadas bodas», como una «maldita cópula» que «fue ocasión de todos los males que nascieron en Espanna», no supuso el fin de la guerra civil en Castilla y León, que continuó hasta la muerte de Urraca. En 1115, en Santiago de Compostela, la reina sufrió una durísima humillación. Había puesto cerco a la ciudad, donde se habían hecho fuertes los partidarios de su hijo, Alfonso Raimúndez, que aspiraban a recuperar la Corona de Galicia. En una tregua del cerco, mientras las partes parlamentaban, la población se amotinó y la reina Urraca fue rodeada, golpeada, desnudada, apedreada y vejada en un barrizal; incluso perdió varios dientes de una pedrada. Poco después, cuando tomó la ciudad, la reina sometió a sus vejadores a una durísima represión.

Urraca, la primera y última reina con ese nombre, murió en 1126. No está claro si se llegó a casar otra vez, pero es seguro que mantuvo una relación estable con el conde Pedro González de Lara, otro importante noble con el que tuvo dos hijos más. Sin embargo, esta nueva descendencia no complicó la llegada al poder de su primer hijo, Alfonso VII, que es coronado en León tras la muerte de su madre.

Lo primero que hace el nuevo rey es intentar recuperar su herencia perdida: las plazas castellanas que estaban bajo el dominio de su ex padrastro, Alfonso I el Batallador. Alfonso VII manda a sus tropas hacia Burgos, aunque no llega a producirse una batalla. El de Aragón cede y entrega las principales plazas al nuevo rey leonés. Sin embargo, Alfonso VII no recuperaría toda la herencia de su abuelo hasta la muerte de su ex padrastro, en 1134; un momento que cambia para siempre la historia de la península, que aún se nota en los mapas.

El beato y belicoso Alfonso I el Batallador, rey de Aragón y de Navarra, muere sin engendrar descendencia. Su descabellado testamento lega todos sus dominios a las órdenes militares: a los Templarios, a la orden de Malta y a los caballeros del Santo Sepulcro de Jerusalén. La decisión agrada al Papa, último beneficiario de la importante herencia, pero enciende a los nobles aragoneses y navarros, que no acatan la última voluntad del rey. Su Corona se rompe en dos: en Navarra, nombran rey a García Ramírez, un descendiente de Sancho III el Mayor que también era nieto del Cid y primo del rey leonés. En Aragón, los nobles sacan de un monasterio a un monje hermano del difunto rey y lo coronan, con cuarenta y ocho años, como Ramiro II. Es un apaño temporal que no termina de solucionar el problema: el nuevo rey tampoco tiene hijos y sólo consigue, años después, engendrar a una mujer: la princesa Petronila.

El nuevo rey leonés aprovecha la debilidad de sus rivales en el oriente peninsular para aumentar sus dominios. Reclama para sí el Reino de Aragón. Ocupa Zaragoza y en León se hace coronar, como su abuelo, *Imperator totius Hispaniae*: emperador de toda España. A la ceremonia acuden, entre otros vasallos, el conde de Barcelona, Ramón Berenguer IV, y el nuevo rey navarro, su primo García Ramírez, además de varios señores y embajadores de la Gascuña y del sur de Francia. No asisten, sin embargo, su primo el portugués Alfonso Enríquez, hijo de la hermanastra de su madre, Teresa. Ni tampoco Ramiro II, enojado por la ocupación de Zaragoza.

Pero volvamos a la princesa Petronila, que es la clave de este nudo. A falta de un heredero varón para Aragón, Ramiro II busca un matrimonio para su hija, una alianza que salve su linaje y su corona. El candidato natural es, cómo no, Alfonso VII, pero después de muchas negociaciones Petronila se acaba casando con el conde de Barcelona, Ramón Berenguer IV. De ese matrimonio nacería la Corona de Aragón, una alianza con Cataluña que ya no se rompería hasta quedar disuelta en la herencia de los Reyes Católicos.

Mientras tanto, en la frontera occidental de León, en el Condado Portucalense creado por Alfonso VI, su nieto, Alfonso Enríquez, es coronado como primer rey de Portugal. (Si se pierden con tanto Alfonso, sepan que no son los primeros: los andalusíes llamaban de forma genérica a los cristianos «alfonsos» por la permanente repetición de este nombre entre los reyes del norte peninsular.)

Alfonso VII mantiene hasta su muerte su papel como primero entre todos estos reyes. Como emperador de todas las Españas, no sólo consolida su poder en el norte, sino que es capaz, otra vez, de plantar cara a los musulmanes con varias campañas exitosas en el sur: llegó a conquistar fugazmente Córdoba e incluso Almería. Sin embargo, en menos de medio siglo, desde la muerte de Alfonso VI en 1109 hasta la de su nieto Alfonso VII en 1157, se crean las fronteras, ya casi definitivas, del futuro político de la península. Son fronteras arbitrarias, no existen accidentes geográficos que las justifiquen. Podían haber estado allí o en otro sitio. Más allá de innegables diferencias culturales, en gran medida creadas por la propia división, existen todavía hoy por los errores y aciertos de esa mal avenida familia de herederos de Alfonso I de Asturias y Sancho III el Mayor de Navarra, las dos dinastías que, mezcladas con otras casas nobles, reinan desde entonces en la península.

En estos siglos, los reyes configuran para siempre el mapa con decisiones arbitrarias, como la herencia de Alfonso VI, como la fracasada alianza entre Urraca y el Batallador, como la boda de la princesa Petronila. Si existiesen los universos paralelos, habría muy probablemente otra España donde Portugal es una comunidad autónoma española y Cataluña una nación independiente. O una Iberia unida bajo un único gobierno. O una península dividida en cinco países. A su muerte, en 1157, Alfonso VII repartió otra vez la herencia entre sus hijos, y Castilla volvió a ser de nuevo una corona independiente de León. Tras el emperador de todas las Españas, en pocos años llegó la España de los cinco reinos. Del Atlántico al Mediterráneo: Portugal, León, Castilla, Navarra y Aragón.

Pero no sólo se divide el norte cristiano. El sur musulman también vive momentos convulsos con una nueva invasión, otra reacción integrista, que llega una vez más desde el norte de África: los almohades.

22
LOS ALMOHADES

Los integristas almorávides acabaron siendo víctimas de su propia medicina. Aquellas supersticiosas tribus bereberes que, en pocos años, pasaron de ser salteadores de caravanas a dominar las ricas ciudades de Al-Andalus, terminaron sumergidas dentro de la avanzada civilización que habían logrado conquistar. En menos de un siglo, sus jerarcas abandonaron la ortodoxia musulmana con la que se habían expandido y acabaron siendo derrotados por otra reacción religiosa, aún más intolerante que ellos: los almohades.

El líder fanático que inició aquella revuelta se llamaba Muhammad Ibn Tumart: un predicador que nació alrededor de 1080 en un pequeño poblado del valle del Sus, en la ladera del Atlas (el actual Marruecos). Ibn Tumart pasó la mayor parte de su infancia, literalmente, dentro de la mezquita: su padre era el encargado de encender las lámparas del templo y el hijo heredó el fervor religioso y la afición por las luces. Tenía la costumbre de iluminar con numerosas velas las tumbas de los *santos* —de ermitaños y teólogos—. Pronto salió del pueblo, pero sus numerosos viajes no acabaron con su radicalismo religioso, al contrario.

Ibn Tumart primero se fue a Córdoba, la gran metrópoli de Al-Andalus, ya en decadencia, donde estudió teología durante un año. Después peregrinó a La Meca, la ciudad santa, de donde fue expulsado por sus duras críticas contra la relajación religiosa de los demás peregrinos. De ahí llegó a Bagdad, donde entró en contacto con otra escuela ortodoxa, los Asharyyah, que le reafirmaron aún más en su radical visión del mundo. Y a los veintiocho años, de vuelta al Magreb, empezó a predicar contra las costumbres del pueblo y las políticas de los gobernadores almorávides: contra la tolerancia con el alcohol y la música, que en un primer momento habían intentado, sin éxito, erradicar; contra la debilidad militar de sus líderes, que pese a su empuje inicial no sólo no habían conseguido recuperar Toledo de manos cristianas, sino que incluso cedían terreno al cristiano infiel por la frontera del Ebro; o contra la costumbre de los nobles y guerreros almorávides de cubrirse el rostro (una práctica muy útil en el desierto del Sáhara), al tiempo que permitían a sus mujeres ir con la cara descubierta.

Ibn Tumart lideró varios ataques contra vendedores de vino y músicos, e incluso llegó a golpear a la hermana del emir Ali Ibn Yusuf —el mismo que derrotó a las tropas de Alfonso VI en la batalla de Uclés— por pasear sin velo por las calles de Marrakech. Después de ser expulsado de varias ciudades por su radical comportamiento, tras algunos periodos encarcelado, acabó refugiándose con su tribu natal, los Masmuda, en la cordillera del Atlas.

Ibn Tumart, literalmente, se echó al monte. Fundó una suerte de guerrilla religiosa en las montañas apoyado por varias tribus bereberes de la zona, tan pobres como ignorantes, y así inició, en 1121, una revuelta militar contra el poder almorávide, contra el emir, al que acusaba de hereje. Sus seguidores lo veneraban como el *mahdi*, un esperado profeta que, según el islam sunní, iba a crear una sociedad islámica perfecta unos años antes del día de la resurrección, el equivalente al Juicio Final cristiano.

El *mahdi* —una de las cuestiones que divide el islam sunní del chií— debe cumplir, entre otros, dos requisitos: ser del linaje de Mahoma y llamarse Muhammad. Ibn Tumart tenía el nombre, pero no está claro si descendía del Profeta. Tampoco hay noticia de que el mundo se acabase a los siete años de su advenimiento, y este autoproclamado mesías redentor ni siquiera vivió lo suficiente para ver cómo su revuelta llegaba a triunfar. El fruto de su rebelión no fue una sociedad islámica perfecta, sino más bien una nueva dictadura integrista, un califato hereditario.

Ibn Tumart murió alrededor de 1130, apenas unos años más tarde de levantarse en armas contra los almorávides, poco después de una terrible derrota militar que casi acaba con toda su revuelta. Sin embargo, su hábil sucesor, el que después se convertiría en el primer califa almohade, Abn Al-Mumin, ocultó durante tres años su muerte hasta consolidar su liderazgo. Le salió bien. Tras una larga campaña militar, Al-Mumin tomó en 1146 Marrakech, la capital almorávide, una victoria que daría fin a aquel imperio, menos de un siglo después de su creación.

Mientras tanto, en Al-Andalus, la caída del poder almorávide provocó un nuevo renacer de los reinos de taifas. La fiesta esta vez duró poco: desde 1144 hasta que las tropas de Al-Mumin cruzaron el estrecho en 1147 para reconquistar otra vez Al-Andalus. Aunque tres taifas aguantaron algo más de tiempo. La de Almería, que había sido conquistada por Alfonso VII para Castilla en 1147 —a modo de dique de contención contra el nuevo invasor, con el apoyo de algunos caudillos musulmanes— y que no fue retomada hasta 1157. La taifa de Mallorca de los Banu Ganiya, una familia descendiente del último emir almorávide, que resistió independiente, gracias a la piratería, durante casi medio siglo, hasta 1203, y que incluso intentó más adelante recuperar el imperio perdido con una revuelta en África. Y especialmente la de Murcia, donde un fascinante personaje se mantuvo firme frente al califa almohade hasta 1172.

Se supone que se llamaba Muhammad Ibn Mardanis, aunque es más conocido por el apelativo que le pusieron sus aliados, los cristianos del norte: el rey Lobo. Descendía de una familia aristócrata muladí, antiguos visigodos convertidos al islam. Según el historiador, filólogo y medievalista Menéndez Pidal, Mardanis era, en realidad, Martínez: Lope Martínez, un nombre del que se derivaría tanto el apodo de Lobo como el apellido árabe de Mardanis.

Lobo, Lope, Mardanis o Martínez, lo cierto es que este espadón fue una gran china en el zapato de los almohades durante un cuarto de siglo. Aprovechando la confusión tras la caída del poder almorávide, se hizo con el control de gran parte de la zona oriental de Al-Andalus, desde Valencia hasta Murcia.

El rey Lobo era un duro guerrero, que algunos mitos presentan como despiadado. Según una leyenda, de dudosa veracidad, en una ocasión fue traicionado por el padre de una de sus esposas y la condena para su suegro traidor fue la muerte para él y para toda su estirpe; una sentencia que también implicó ejecutar a la mujer de Mardanis y a sus propios hijos. Era también un libertino, o al menos así lo veían los almohades: en sus fiestas corría el alcohol y también había música, y esclavas que bailaban seductoras. Pero sobre todo era un hombre de frontera, que hablaba castellano y catalán, además de árabe; un líder mucho más tolerante que cualquiera de sus otros vecinos, tanto con musulmanes como con judíos y cristianos, lo que le permitió comerciar con todo el Mediterráneo, especialmente con las ciudades italianas.

El rey Lobo se alió con Alfonso VII y después con Alfonso VIII para hacer frente a los almohades. Su guardia personal, de hecho, eran mercenarios cristianos, de Castilla y de la península itálica. Bajo su mando, gracias al comercio y a sus ricas huertas, Murcia vivió un importante desarrollo económico. La ciudad creció hasta los 18.000 habitantes y fue, durante unas décadas, la más floreciente de Al-Andalus. No sólo aguantó numerosos envites de las tropas almohades, que en varias ocasiones sitiaron sin éxito sus murallas, sino que incluso fue capaz de expandir su dominio en el Levante —que también incluía Valencia— hasta Jaén y Granada. Llegó a intentar el asalto de Córdoba y Sevilla, unas campañas que provocaron la llegada de nuevas tropas almohades desde África contra el insolente rebelde. Su estrella se apagó en 1172, al morir en Murcia, que nuevamente estaba siendo sitiada por los almohades. Tras su muerte, sus hijos rindieron el reino.

Una vez unificado Al-Andalus, el nuevo imperio vivió una época de relativo esplendor. Su huella se nota especialmente en Sevilla, la capital almohade en la península. De esos años son la Torre del Oro y la Torre de la Plata; el primer puente sevillano sobre el Guadalquivir: un puente de 13 barcas flotantes, atadas con cadenas y con tablones de madera por encima, que sería clave después, en el asalto de Fernando III a la ciudad en 1248, y que restaurado duró hasta bien entrado el siglo XIX, cuando fue sustituido por el actual puente de Triana; o la mezquita de Sevilla y su alminar, la ahora torre de la Giralda. Fue terminada en 1198 y, en aquel momento, era el edificio más alto de toda Europa: 82 metros de alto hasta que los cristianos añadieron en el siglo XVI el nuevo campanario y la estatua del Giraldillo, que la elevó hasta los 101 actuales.

Además de la obra pública, también mejoró la economía, con una reforma monetaria. Cambió el viejo dinar de oro por uno nuevo, de mayor peso, al que en Castilla bautizaron como la dobla y que permitió al imperio almohade firmar acuerdos comerciales entre países cristianos y musulmanes que reafirmó el papel de Al-Andalus como puente entre Europa y África. Sin embargo, a diferencia del califato andalusí de los Omeya, Al-Andalus era entonces la periferia. Los almohades estaban más interesados en el norte de África, lo que tuvo también su lado bueno: desde el punto de visto cultural, esto permitió que llegasen a la península la filosofía, la medicina y el arte de Alejandría, Bagdad, Damasco... A través de esta vía, y gracias también a las mejores comunicaciones, vuelve a Europa gran parte de las enseñanzas filosóficas de la antigua Grecia; muchas de las obras que más tarde traduciría, desde el árabe, la Escuela de Traductores de Toledo de Alfonso X.

Pero el legado cultural almohade está marcado por su pecado original: el del fanatismo religioso. Al-Andalus deja de ser un lugar tolerante para cristianos y judíos, que son obligados a convertirse al islam. En 1161, el califa Al-Mumin dicta una orden que condena a muerte a quienes no cumplan con el rito de la oración hacia La Meca cinco veces al día. Muchos de los judíos emigran, hacia Castilla o hacia otros países musulmanes menos intolerantes, como Egipto. Los judíos que se quedan, conversos al islam, son obligados a vestir de forma diferente. Mientras tanto, el cristianismo pervive en el campo, entre agricultores mozárabes, pero la única religión que permanece en las ciudades de forma pública es la del islam.

Víctimas de esta intolerancia religiosa fueron dos de los genios más importantes de su tiempo: el médico y filósofo musulmán Averroes y el filósofo judío Maimónides. Averroes fue desterrado por dos veces de su Córdoba natal. La familia de Maimónides tuvo que emigrar de esa misma ciudad cuando él aún era un niño. Después de muchos tumbos, huyendo del fanatismo almohade, Maimónides abandonó la península y terminó en Egipto, donde trabajó hasta su muerte en la corte del sultán Saladino.

La expulsión de los judíos fue una decisión estúpida, y no sólo por la salida de pensadores como Maimónides. También forzó a emigrar para el norte a muchísimos judíos; trabajadores cualificados que se pasaron al enemigo cristiano, donde fueron vitales para el desarrollo de la Corona de Castilla hasta otra estupidez equivalente: la expulsión decretada a finales del siglo xv por los Reyes Católicos.

23
LOS JUDÍOS

Astorga, junio de 1490. La Santa Inquisición detiene a un tal Benito García, judío converso, cristiano bautizado desde hacía treinta y cinco años, que regresaba de una peregrinación a Santiago. Benito lleva en su equipaje una hostia consagrada, o eso aseguran los inquisidores; es torturado durante seis días hasta que al séptimo cuenta lo que sus torturadores quieren oír. Dice formar parte de una conspiración con otros cinco conversos y dos judíos más de su pueblo, La Guardia (Toledo). Benito confiesa que han crucificado a un niño cristiano en Viernes Santo, al que después han arrancado el corazón para mezclarlo con la hostia en un conjuro mágico que mataría a todos los cristianos para que así los judíos heredasen sus posesiones.

A pesar de que en el pueblo de La Guardia no consta ningún niño asesinado, ni siquiera desaparecido, Benito y sus supuestos correligionarios son condenados a muerte. Arden en la hoguera el 16 de noviembre de 1491, mientras que su inexistente víctima es canonizada. Aún hoy hay ermitas que rezan al Santo Niño de La Guardia. El inquisidor general, Tomás de Torquemada, da publicidad al caso para pedir a los reyes la expulsión de los judíos. Sólo unos meses después, el 31 de marzo de 1492, Isabel la Católica complace a Torquemada, su confesor personal, y decreta el destierro de todo judío que no reniegue de su fe.

La expulsión de los judíos es el final de una terrible historia que empieza mucho antes: una larga cadena de acontecimientos donde la anécdota del niño santo de La Guardia, tan brutal, es sólo un pequeño y representativo eslabón más. Pero el odio antisemita arranca dos siglos atrás. Tiene que ver con dos impopulares oficios que desempeñaban los hebreos: cobradores de impuestos y prestamistas. Tiene que ver con los reyes castellanos, que se apoyaban en la formada minoría judía para administrar el incipiente Estado. Algunos judíos eran una suerte de élite funcionarial a la que el pueblo llano acusaba de los abusos del rey, y en la que los propios reyes también descargaban culpas cuando hacía falta una cabeza de turco (o más bien de judío) que cortar; los judíos se llevaban así muchas de las patadas destinadas al rey. Tiene mucho que ver (más en Europa en general que en Castilla en concreto) con la peste negra, esa terrible plaga que diezmó la población en el siglo XIV y de la que los cristianos culparon a los odiados judíos, ese pueblo «deicida» que había matado a Jesucristo; la propia historia del niño de La Guardia y su supuesta conspiración nigromante para envenenar a los cristianos es sólo una derivación más de aquel mito sobre el origen de la peste, que presentaba a los judíos envenenando los pozos. Tiene también muchísimo que ver con la guerra civil castellana de la segunda mitad del siglo XIV entre el rey Pedro I y su hermanastro, el Trastámara Enrique II, que encendió de forma irresponsable el antisemitismo entre la población para atacar a su rival; un incendio que después, cuando ganó la guerra y tuvo que apoyarse en los judíos para seguir gobernando, fue incapaz de apagar. Y, por supuesto, también tiene que ver con la presión del papado y el fanatismo religioso de la guerra santa; con la espiral de odio de la *yihad* contra la cruzada y de la cruzada contra la *yihad* que polariza la península hasta que la unidad religiosa se convierte, a ojos de los Reyes Católicos, en un requisito indispensable para la unidad política.

Pero, a pesar del terrible desenlace de 1492, durante muchos siglos de la Edad Media la coexistencia entre cristianos y judíos fue en Castilla casi ejemplar; muchísimo más pacífica que en la mayoría de los países europeos de la época.

Los judíos llegaron a la península con la diáspora, tras la destrucción en el año 70 del segundo templo de Jerusalén. Durante el dominio visigodo, fueron víctimas de numerosas persecuciones religiosas, que arrancaron a partir de la conversión al catolicismo de Recaredo, en el año 587. Sisebuto, en el año 616, ordenó su conversión forzosa o expulsión, lo que obligó al destierro de gran parte de la comunidad judía a las Galias y al norte de África. Su sucesor, Suintila, borró poco después la dura orden y algunos pudieron regresar. Pero más tarde otro rey visigodo, Ervigio, volvió a decretar, alrededor de 680, una nueva expulsión. Su sucesor, Égica, fue incluso más allá y puso en marcha, en el año 694, una medida terrible: que todos los hijos menores de siete años fueran separados de sus padres para ser educados en el cristianismo.

Con estos precedentes, es bastante probable que los judíos colaborasen con los musulmanes durante la invasión que llegó poco después, en el año 711. Siglos después, cuando el ideal de la reconquista había prendido en la península, su supuesta colaboración con «la pérdida de España» fue una más de las acusaciones antisemitas. No está claro de cuánto sirvió esa ayuda, si es que existió; pero en Al-Andalus, su situación, sin duda, mejoró.

A pesar de que tanto judíos como cristianos estaban sometidos a unos tributos especiales, los gobernantes musulmanes permitían a ambas comunidades religiosas mantener su fe de forma pública: las ciudades andalusíes contaban tanto con iglesias como con sinagogas, además de mezquitas. Los mozárabes (cristianos andalusíes) se regían según su propia justicia, que impartía el *cadi al-nasara* según el viejo *Fuero Juzgo* del rey godo Recesvinto; estaban liderados por un comes, o conde; e incluso hubo obispos cristianos en Sevilla, en Toledo, en Mérida o en Granada. Los judíos, por su parte, también mantuvieron un cierto grado de autonomía, pero, a diferencia de los mozárabes —en su mayoría campesinos—, llegaron hasta a desempeñar importantes cargos durante el gobierno califal. Según estudios contemporáneos, eran una comunidad de unas cincuenta mil personas repartidas entre las principales ciudades. Las mayores juderías bajo el islam estaban en esa época en Córdoba, Valencia, Lucena, Baza, Zaragoza, Palma de Mallorca y, por supuesto, Toledo.

Durante casi cuatro siglos, las tres religiones del Libro convivieron bajo el dominio musulmán con relativa tranquilidad. Hubo muchas conversiones al islam, aunque, más que por la fuerza, estaban provocadas por las ventajas fiscales y la inevitable arabización cultural. Las minorías cristianas y judías pudieron vivir más o menos en paz, especialmente durante el esplendor califal. Pero a partir del siglo XI, con la invasión primero de los intolerantes almorávides y después de los aún más integristas almohades, la persecución religiosa regresó. Los judíos volvieron a ser obligados a emigrar. Muchos se fueron a otros países más transigentes en el norte de África, como el filósofo Maimónides, que nació en Córdoba y murió en la corte de Saladino, en Egipto. Pero muchos otros emigraron hacia el norte cristiano; un flujo migratorio que resultó trascendental.

Los judíos son bien recibidos. Cuando Alfonso VIII toma Cuenca en 1177, otorga a la ciudad un nuevo fuero que prácticamente iguala en derechos a judíos y cristianos. «Si un judío y un cristiano pleitean por algo, designen dos alcaldes vecinos, uno de los cuales sea judío y el otro cristiano», decía el fuero, casi una carta de derechos para esta minoría. Por supuesto, no se puede hablar de tolerancia religiosa en Castilla en los términos en que hoy entendemos la palabra. Los judíos bajo dominio cristiano también estaban sometidos al pago de un impuesto especial. Tenían prohibido el proselitismo de su religión —la conversión de un cristiano se penaba con la muerte— y no se podían casar con cristianos ni tampoco comer con ellos. Tenían vetado el acceso a las corporaciones de oficios e incluso se les podía ajusticiar con mayor dolor: en caso de ser condenados a muerte, estaba permitido colgarlos de los pies, en lugar del cuello, para prolongar durante días su agonía. Pero al lado de sus aún más intolerantes vecinos, Castilla se convirtió, entre finales del siglo XI y comienzos del XIII, en un refugio para los judíos que huían de los almorávides y los almohades de Al-Andalus y también de las persecuciones que ya surgían en el resto de Europa.

Antes de esta ola migratoria, ya existían comunidades judías en Castilla: en Castrojeriz (la más antigua), en Burgos, en Santillana, en Astorga, en Puente Castro (a las afueras de León), en Aguilar de Campoo... Probablemente se dedicaban a la artesanía y al comercio: no parece casualidad que la mayoría de sus comunidades creciesen alrededor del Camino de Santiago, la gran ruta religiosa y comercial. Sin embargo, las comunidades hebreas que llegaron desde el sur musulmán, o las que ya estaban en Toledo cuando Alfonso VI toma la ciudad y mantiene sus derechos, son muchísimo más cultas que sus correligionarios castellanos. Es muy expresiva la descripción que hace Mose ibn Ezra, un judío nacido en la taifa de Granada que emigra a Castilla en 1095, tras la llegada de los almorávides: «Me condujo el destino a una tierra en la que mis designios y pensamientos quedaron desconcertados: un pueblo de labios balbucientes y hablar incomprensible; ver sus rostros me acongojó». Es comprensible su inquietud. Cambiar Granada por Burgos a finales del siglo XI debía de ser equivalente a lo que hoy significa mudarse de Nueva York a Luanda.

Sin embargo, la llegada de los cultos y acongojados judíos del sur musulmán supone una importante inyección intelectual para los reinos cristianos. Es mano de obra muy cualificada. Los reyes los adoptan bajo su protección como traductores, como administradores de su hacienda, como astrónomos, médicos o diplomáticos. Son casi de su propiedad y se les cita en documentos oficiales como «servis regis», siervos del rey, lo que no era tanto un desprecio como un reconocimiento de su importancia. Pagan mayores impuestos que el resto, pero a cambio, en teoría, gozan de la protección directa del monarca. Según el historiador israelí Benzion Netanyahu, en ningún otro país europeo jugaron los judíos un papel tan importante en la administración del reino como en la Corona de Castilla.

Alfonso VI, el emperador de la tres religiones, fue quien más hizo por su integración y contó entre sus principales asesores con el médico Yosef ibn Ferrusel, que jugó a su vez un relevante función acogiendo a los que huían del Al-Andalus almorávide. El emperador Alfonso VII tuvo como almojarife (tesorero) a Yehuda ibn Ezra. Su nieto Alfonso VIII también recurrió a un almorajife hebreo: Salomon ibn Shosan, que fue quien le prestó el dinero necesario para pagar las soldadas de los ejércitos aliados para la batalla de Las Navas de Tolosa. Fernando III siguió con la tradición: su almorajife fue Selomo ibn Sadoc. Y así continuó con la mayoría de los reyes castellanos del siglo XIII, aunque ese papel preponderante de los judíos en las finanzas de la corte fue asimismo una de las causas del posterior odio antisemita.

También fue determinante un ingrato oficio practicado, de forma casi exclusiva, por los judíos: el de prestamista. Aunque con los intereses de la época, superiores al 30 por 100, es casi más apropiado hablar de usura. Era un negocio peligroso: había mucha morosidad, de ahí el alto tipo de interés. Además, era común que a las Cortes llegasen propuestas del estado llano, pidiendo la anulación de los préstamos, argumentando que habían sido estafados. Y a veces lo conseguían.

En la propia comunidad judía pronto se creó una división. No eran iguales los ricos asesores de la corte real que los pobres artesanos de la judería. Los primeros, mucho más formados, incluso adoptaron una posición ante la fe más excéptica, menos fanática y más simbólica, influida por la obra de Maimónides. Los judíos menos poderosos, que no contaban con tanta protección del rey, sufrían mientras tanto en sus propias carnes el odio del pueblo llano, que veía en los ricos tesoreros de la corte a los culpables de todos sus males.

Como en cualquier odio racista, toda la comunidad pagaba por los pecados, verdaderos o no, de algunos de sus individuos. Los cristianos, además, confiaban en que los judíos —a los que veían como una suerte de cristianos menos avanzados, que se habían quedado en las viejas escrituras que profetizaban la llegada de Jesucristo— acabarían convirtiéndose de forma casi inevitable a la verdadera fe, que por supuesto era la suya. No fue así. Pero, a pesar de ello, todo marchó más o menos bien mientras los reinos cristianos crecían y se expandían, en gran medida gracias al apoyo judío. Su papel fue clave para la construcción administrativa de esa incipiente Castilla que en el norte, con la muerte del emperador Alfonso VII, acababa de renacer como reino independiente.

24
ALFONSO VIII

Mientras los almohades consiguen unificar el sur musulmán bajo un solo poder y una sola religión, en el norte son los reinos cristianos los que se fragmentan. El emperador Alfonso VII, rey de Castilla y de León al que rendían vasallaje los demás reinos cristianos, muere en 1157. En su testamento, divide León y Castilla entre sus dos hijos, una decisión que provocó innumerables guerras durante el siguiente medio siglo; conflictos domésticos al fin y al cabo, porque todos los reyes contendientes formaban parte de una misma gran familia en permanente pugna por el poder.

La madeja de relaciones de parentesco en el norte cristiano es tan compleja como reveladora: las alianzas matrimoniales eran, junto a la guerra, la principal herramienta para la política. Una advertencia de los autores al lector: es muy probable que se pierda, en el siguiente párrafo, en las enrevesadas ramas de este árbol genealógico, tan cruzado en permanente consanguinidad que sorprende que el primer rey «embrujado» o «hechizado» fuese el Austria Carlos II, varios siglos después. No hace falta que se quede con los detalles, sólo con un dato. En 1172, cuando cae el rey Lobo Mardanis y los almohades unifican por fin el sur musulmán, en el norte hay cinco reinos cristianos: Portugal, León, Castilla, Navarra y Aragón; los cinco reyes son familia. De oeste a este, el mapa político (y genético) del norte cristiano en ese año estaba tal que así:

En Portugal gobierna su primer rey: Alfonso I, nieto del difunto Alfonso VI de León, hijo de su bastarda Teresa. En León, Fernando II, que está casado con la hija del rey portugués, que también es su primo lejano, a través de Alfonso VI, su bisabuelo, y también por la vía de su abuelo, Raimundo de Borgoña, que era primo tercero del padre del rey portugués, Enrique de Borgoña. En Castilla ya reina el joven Alfonso VIII, sobrino de Fernando II de León, tataranieto de Alfonso VI y bisnieto de Raimundo de Borgoña. En Navarra, manda el hermano de la madre de Alfonso VIII: Sancho VI, que además está casado con la tía por parte de padre del rey castellano, Sancha de Castilla y Barcelona. Y en el trono de la Corona de Aragón se sienta Alfonso II, que es primo de los reyes de León y de Castilla a través de su tía, Berenguela, la primera esposa de Alfonso VII, hermana del conde de Barcelona Ramón Berenguer IV. Y por si esto fuera poco, el rey aragonés Alfonso II va y se casa poco después con otra tía del rey castellano, hermana del rey leonés: Sancha de Castilla y Polonia, que también era hermanastra, por parte de padre, de la otra Sancha, la reina de Navarra.

Todo quedaba en la misma casa. Pero la real familia hispana y sus cinco tronos no estaba en estos años como para compartir cena por Navidad. A pesar de tanto parentesco, el reinado de Alfonso VIII, el protagonista de este capítulo, estuvo plagado de conflictos con los demás reinos, aliados en varias ocasiones con los propios almohades contra el rey castellano; unas enrevesadas alianzas donde las bodas en familia jugaron un papel fundamental. Pero, antes de continuar con Alfonso VIII, volvamos al testamento de su abuelo, Alfonso VII.

Nunca sabremos la razón exacta por la que el último *Imperator totius Hispaniae* de León volvió a dividir otra vez su herencia entre sus dos hijos, como ya habían hecho antes Sancho III de Navarra, su hijo Fernando I y también, en menor medida, Alfonso VI. Muchos historiadores creen que de nuevo fue una mala idea. Otros defienden que no, que en realidad Alfonso VII lo hizo bien, ya que su imperio era sólo una ficción de escasa utilidad práctica, y que por eso decidió acabar con él. Fueran cuales fuesen sus motivos, lo cierto es que tras su muerte, en 1157, Castilla y León volvieron a ser dos reinos independientes. Alfonso VII reparte sus coronas entre sus dos únicos hijos varones. A Sancho III, el primogénito, le corresponde Castilla y Toledo. Mientras que su hermano, Fernando II, hereda León y Galicia.

La división que establece Alfonso VI reconoce de forma implícita que Castilla es la corona más valiosa de su patrimonio. Por eso se la queda el primogénito, a pesar de que León había sido durante siglos la capital hegemónica. Sin embargo, la división en el oeste, con el nuevo Reino de Portugal rivalizando con León, y la expansión hacia el sur de Castilla, el eje entre Burgos y Toledo, cambia definitivamente el orden en el mapa. El Reino de Castilla que renace independiente en 1157 tiene poco que ver con el pequeño condado del siglo x. Ahora es la primera potencia política y militar de entre todos los reinos cristianos. Cuando en 1230 vuelven a unirse ambos tronos, con Fernando III, ya de forma definitiva, León será sólo un reino más, dentro de otra unidad política mayor: la Corona de Castilla.

Sin embargo, el primer rey de esta renacida Castilla independiente no duró gran cosa. Sancho III sólo pudo reinar durante un año y diez días, hasta su muerte, en plena juventud, con veinticinco años. Aunque, en ese breve tiempo, tomó muchas decisiones trascendentales para el futuro de toda la península.

Para empezar, hizo el regalo del siglo a su primo carnal, el recién nacido Alfonso II de Aragón: le devolvió el Reino de Zaragoza, que había tomado su padre, Alfonso VII, tras la muerte de Alfonso I el Batallador, en 1134. La titularidad de esa plaza no era un asunto menor: Zaragoza era la llave para la expansión hacia al sur de Aragón. Castilla llevaba en la ciudad veintitrés años, mientras que Aragón, que la había tomado de los musulmanes a finales de 1118, sólo la había podido mantener durante dieciséis años. Nunca sabremos qué habría pasado sin ese generoso gesto. Probablemente Zaragoza habría vuelto a manos aragonesas de todas formas con la muerte de Sancho III y la debilidad posterior de Castilla. Pero sin duda la historia habría sido radicalmente distinta si Zaragoza, y en consecuencia su zona de expansión por el sur, hubiese permanecido en manos de los castellanos. Inexplicablemente, a Sancho III ni siquiera le han puesto una calle en la ciudad de Zaragoza.

El breve rey castellano también tomó otra decisión trascendental: el Tratado de Sahagún, un acuerdo que traería cola varias décadas después. En la primavera de 1158, Sancho III moviliza a su ejército hasta la frontera con León, donde invade algunas pequeñas villas del reino vecino, en respuesta de la petición de ayuda de un noble leonés: el conde Ponce de Cabrera, que se había refugiado en Castilla tras un conflicto con su nuevo rey. En Sahagún (que entonces pertenecía a Castilla, y no a León), Sancho III hace llamar a su hermano, que acude rápido para parlamentar. Fernando II llega antes de lo previsto y sorprende al castellano Sancho en la comida. Ambos hermanos comparten la mesa y en la sobremesa llegan a un acuerdo.

Fernando II le pide que no invada su reino, y a cambio incluso se ofrece a rendirle vasallaje. Pero Sancho III rechaza la oferta, mas sí le pide que restituya en sus dominios al conde Ponce de Cabrera. Y allí mismo, en Sahagún, se firma un acuerdo por el que ambos hermanos se nombran mutuamente herederos de sus respectivos reinos, en caso de que no existiese un descendiente legítimo; un pacto que también valía para sus hijos y nietos.

Los dos hermanos acuerdan otro punto más en su encuentro de Sahagún: invadir Portugal y repartirse ese reino, que apenas acababa de nacer por el error de Alfonso VI que dejó a su hija ilegítima Teresa ese condado. Pero Portugal tuvo suerte otra vez. Poco después muere Sancho III, un inesperado acontecimiento que pospone esa guerra y permite al nuevo reino portugués crecer y consolidarse. Castilla no estaba como para invasiones.

Al rey muerto le sucedió un niño de dos años y nueve meses: el infante Alfonso, su único hijo. La madre del desvalido heredero, la reina Blanca Garcés de Pamplona, también había fallecido unos meses después del parto, así que el futuro Alfonso VIII estaba prácticamente sólo en el mundo, rodeado de una familia —los demás reyes cristianos— muy poco dada a sentimentalismos con los huerfanitos cuando el primer trono de la península estaba en juego. Si el niño hubiese fallecido —algo bastante habitual en la época, dada la alta mortalidad infantil—, el Reino de Castilla habría pasado a Fernando II, a manos del rey de León, según las condiciones pactadas en Sahagún. Contra pronóstico, Alfonso VIII no sólo conseguiría reinar, sino que se impuso a todos ellos y mantuvo el poder durante cincuenta y seis años: fue uno de los reinados más largos de la historia.

Su infancia no fue fácil. Su padre moribundo había dispuesto que el regente de Castilla y tutor del niño rey hasta que cumpliese los catorce años —hasta que fuese capaz de montar a caballo, que era lo que marcaba la mayoría de edad— fuese el anciano noble burgalés Gutierre Fernández de Castro. Los Castro eran una de las principales familias aristócratas castellanas, y Gutierre, el regente, había sido antes el ayo (tutor) del propio Sancho III. Pero frente a los Castro había otra familia noble tan poderosa o más: la casa de los Lara, los hermanos Manrique, Álvaro y Nuño Pérez de Lara. Con ellos, también colaboraba su hermanastro por parte de madre: García de Aza, un noble que era hijo del primer matrimonio de la madre de los Lara con García Ordóñez, aquel conde leonés archienemigo del Cid que murió en la batalla de Uclés junto al único hijo de Alfonso VI, el infante mestizo Sancho Alfónsez.

Pocos meses después de morir Sancho III, los tres hermanos Lara y su hermanastro presionaron a Gutierre Fernández de Castro para que les entregase la tutela del cotizado infante. El anciano cedió con una condición: que, si lo deseaba, podría reclamar en cualquier momento la custodia de Alfonso. De ese modo el mayor de los Lara, Manrique, se quedó con la regencia del reino y su hermanastro, García de Aza, con la tutela del futuro rey.

Manrique Fernández de Lara pronto se hizo con todos los resortes del poder: no sólo con la regencia, sino también con la tutela directa del niño, que consiguió gracias a la tacañería de su hermanastro mayor. En 1160, García de Aza se quejó a los Lara de lo caro que resultaba la crianza del pequeño Alfonso, una oportunidad que Manrique aprovechó para ofrecerse, astutamente, a correr con todos los gastos a cambio de la custodia del futuro rey. García de Aza aceptó.

Al poco tiempo, al ver cómo los Lara se aprovechaban del poder para sus propios asuntos, Gutierre reclamó la vuelta del niño, pero los Lara no sólo no cumplieron con el acuerdo, sino que se burlaron de la ingenuidad del patriarca de los Castro. El resultado fue una intermitente guerra civil entre ambas familias, las más importantes de Castilla en esa época, que aprovechó el monarca de León, Fernando II, para meter la cuchara en los asuntos del reino de su sobrino. El leonés llegó a Castilla llamado por los Castro, que pidieron su ayuda frente a los Lara.

Como consecuencia de la guerra civil con los Lara, el líder de los Castro, Fernando Rodríguez de Castro, sobrino de Gutierre, acabaría abandonando Castilla para entrar al servicio del rey de León como su mayordomo real. Aquel cambio de bando no sería el primero: ese mismo noble después combatiría junto a los almohades y la historia de su linaje es otra prueba más de las extrañas alianzas de la época, tan distintas de la idealizada imagen posterior de la llamada reconquista. Fernando Rodríguez de Castro se casó con una hija bastarda del emperador Alfonso VII, Estefanía Alfonso, con la que tuvo varios hijos. En 1180 la asesinó: sospechaba —o tal vez tenía la certeza, no lo sabemos— que su mujer le era infiel. El hermanastro de la difunta, el rey de León Fernando II, perdonó el asesinato sin tomar ninguna represalia. Por razones desconocidas, fue después desterrado y murió en el norte de África, en el actual Marruecos.

La vida de su hijo y heredero, Pedro Fernández de Castro, fue todavía más atribulada. Este caballero, que a través de su madre asesinada era primo carnal de Alfonso VIII, combatió en una de las principales batallas de la época: la de Alarcos. Pero lo hizo contra los cristianos que mandaba su primo, el rey castellano. El Castro combatía en el bando musulmán. Para rematar la historia, el hijo de Pedro Fernández de Castro, Alvar Pérez de Castro, acabaría siendo uno de los principales generales del castellano Fernando III en la conquista de las ciudades de Al-Andalus, unos reinos que conocía bien porque, al igual que su padre y que su abuelo, también él había combatido antes del lado de los almohades. La familia de los Castro, cuyo origen está en el pueblo burgalés de Castrojeriz, fue después rehabilitada. Sus herederos llegaron a ser grandes de España, virreyes en América, y hoy sus títulos están en manos de la duquesa de Alba.

Pero volvamos al reinado del niño infante. El rey de León Fernando II no sólo se benefició de la guerra entre los Castro y los Lara para ampliar sus fronteras a costa de Castilla, sino que también se convirtió, durante algunos periodos de la infancia de Alfonso, en el regente del reino de su sobrino. Según la versión del arzobispo de Toledo Rodrigo Jiménez de Rada (que, como gran parte de la historia narrada por este tremendo manipulador, hay que coger con pinzas), el rey leonés intentó incluso que el futuro monarca jurase como su vasallo. La ceremonia, según Jiménez de Rada, estaba prevista en Soria, frente al concejo de la ciudad. Pero el pequeño Alfonso, que apenas tenía siete años, se puso a llorar y, con el pretexto de tranquilizarlo y darle algo de comer, se lo llevaron a una casa cercana. Mientras Fernando II esperaba la vuelta de su sobrino, un caballero llamado Pedro Núñez de Fuentermegil cogió al infante y huyó con él a caballo salvando así una vez más el honor de la incipiente Castilla. O eso contó Jiménez de Rada.

Tenga lo que tenga este episodio de real o de inventada leyenda, lo cierto es que Alfonso consiguió sobrevivir a su familia. Tras la muerte de Manrique Fernández de Lara, que falleció en 1164 en Huete, durante una de los escaramuzas dirigidas por Fernando Rodríguez de Castro, la tutela del niño pasó al tercero de los Lara, Nuño Pérez; hasta que al fin, el 11 de noviembre de 1169, cumplió los catorce años y fue coronado rey como Alfonso VIII. Su primera ocupación, una vez en el poder, fue recuperar el terreno que le habían mordido sus parientes tanto en la frontera occidental, la de León, como en la oriental, la de Navarra.

En el este, su tío Sancho VI había aprovechado la infancia de su sobrino para ampliar los dominios de Navarra con la actual La Rioja e incluso con parte de la provincia de Burgos, por la comarca de la Bureba hasta Briviesca. Con la mayoría de edad, Alfonso VIII lanza sus tropas contra Navarra y recupera esas plazas e incluso algunas otras zonas, como Vizcaya, que Castilla había perdido durante el reinado de Urraca I a manos del rey de Navarra y Aragón, Alfonso I el Batallador.

A pesar de la victoria castellana, la disputa fronteriza con Navarra acaba en juicio. En 1176 se firma una tregua y, a falta de un tribunal internacional, Alfonso VIII y Sancho VI acuerdan someterse al veredicto del rey de Inglaterra: Enrique II. El árbitro elegido para solucionar el conflicto es de la confianza de ambos reyes. Es suegro del de Castilla, que está casado con su hija Leonor. Y amigo del de Navarra, que también mantiene buenas relaciones con su hijo, Ricardo Corazón de León. En marzo de 1177, cada reino manda una embajada a Londres, donde Enrique II y su curia escucharán los argumentos de ambas partes. Por si el rey inglés decide resolver el conflicto con un juicio de Dios, con una justa entre dos caballeros, cada comitiva también lleva a un adalid, a un experto guerrero, que tuvo poco trabajo. Dios no tuvo que elegir al suyo y no se llegó a las armas.

Después de escuchar a ambas comitivas, Enrique II ordenó que la frontera volviese a la situación de 1158, donde estaba la línea cuando murió el rey de Castilla Sancho III. La sentencia no gustó a ninguno de los dos reyes. De hecho, ninguno la cumplió: ni Alfonso VIII abandonó las plazas conquistadas más allá de la frontera que le dejó su padre ni Sancho VI renunció a sus reivindicaciones hasta una tregua posterior, en 1179, tras la amenaza de una nueva invasión de Castilla, aliada esta vez con Aragón.

Con respecto a la frontera occidental, la de León, su tío Fernando II no renunció a sus conquistas tan fácilmente. La zona en disputa era el Infantazgo, en Tierra de Campos. En sus primeros años de reinado, Alfonso VIII mantiene las buenas relaciones con su tío hasta que en 1178, tras recuperar la frontera Navarra, invade Tierra de Campos y derrota a los leoneses en la batalla de Castrodeza. Al año siguiente, en 1179, Castilla se alía con el rey de Portugal, Alfonso I, para atacar otra vez León. La pinza no funciona: los portugueses son derrotados y por el lado castellano la cosa queda en tablas, sin apenas avances ni tampoco grandes batallas. La guerra entre Sahagún y el Duero —escaramuzas entre nobles de ambos reinos— continúa hasta 1181, cuando Alfonso VIII y Fernando II firman un tratado de paz por el que la frontera vuelve a la línea marcada por el emperador Alfonso VII cuando dividió el reino entre sus hijos.

En 1188 muere Fernando II de León y lo sucede su hijo, Alfonso IX. Sus primeros meses al frente del reino son convulsos. Su madrastra, la reina viuda, intenta que a su marido lo herede su hijo, el infante Sancho. Para evitar que Alfonso VIII aprovechase la ocasión para intervenir en la sucesión, Alfonso IX se reúne con el rey castellano y le ofrece convertirse en su vasallo a cambio de su protección. El leonés, además, se casará con una de las hijas del de Castilla y será investido caballero por su primo. La ceremonia se celebra poco después en Carrión de los Condes. Alfonso IX de León besa la mano de su primo carnal, Alfonso VIII de Castilla, que le arma como caballero ciñéndole la espada y el cinturón militar.

Sin embargo, la prometida alianza se rompe muy pronto. Alfonso VIII permanece un mes más en Carrión de los Condes, donde espera a un ilustre visitante: el duque alemán Conrado, quinto hijo del emperador Federico I Barbarroja, del Sacro Imperio Romano Germánico. Conrado también es nombrado caballero por Alfonso VIII, que lo casa con su primogénita, la infanta Berenguela, y designa a la pareja como sus herederos.

Aquella boda nunca llegó a consumarse, Berenguela apenas tenía ocho años y, cuando Alfonso VIII engendró un hijo varón, el emperador alemán perdió el interés en la alianza, a pesar de la generosa dote. Berenguela solicitó más tarde al Papa la anulación del matrimonio, aunque no fue necesario: Conrado fue asesinado en 1196, al parecer por el marido de una mujer que había sido violada por el alemán. Pero en su momento, en 1188, aquella boda fue un jarro de agua fría para el leonés Alfonso IX, que albergaba la esperanza de ser nombrado heredero de su primo, el rey castellano, si se casaba con una de sus hijas.

El leonés rompe su pacto con Alfonso VIII y busca un nuevo acuerdo con su otro vecino cristiano: el rey de Portugal, del que se hizo vasallo. En 1190, Alfonso IX se casa con su prima, la infanta portuguesa Teresa, hermana del rey portugués, y ambos reinos se alían contra Castilla, un pacto militar al que se suma al año siguiente el Reino de Aragón. Ya era un tres contra uno: los tres reinos se comprometen a no firmar la paz con Castilla por separado y acuerdan también que Aragón iniciará la invasión de Castilla por el este en cuanto León y Portugal ataquen por el oeste. Pero cuando la guerra total parecía inevitable, la intermediación del Papa, en 1194, detiene el ataque y propicia una nueva tregua. El Papa, además, anula la boda entre los primos Alfonso IX y Teresa de Portugal, tachándola de incestuosa: la madre de Alfonso, la portuguesa

Urraca, era tía de Teresa. El Papa anuló también todo derecho dinástico a su descendencia, que no fue poca. Alfonso IX tuvo tres hijos con Teresa: dos niñas y un niño.

A pesar de la intervención del Papa, la tregua duró poco. Al año siguiente una terrible derrota castellana complicó aún más la situación de Alfonso VIII: la batalla de Alarcos, en 1195.

La frontera sur de Castilla vivía de nuevo un momento caliente. Durante los primeros años del reinado de Alfonso VIII, la resistencia de Mardanis, el llamado rey Lobo, el caudillo de la taifa de Murcia y Valencia, había frenado el primer empuje del imperio almohade. Tras la muerte de Mardanis, en 1172, la presión militar musulmana se desplaza hacia Castilla, pero para entonces el reino independiente había superado el inestable periodo de la minoría de edad de Alfonso VIII y era ya una fuerza pujante. Castilla no sólo no retrocede ante los musulmanes, sino que incluso conquista la ciudad de Cuenca, en 1177; en 1184 toma Alarcón. Y en 1194, tras firmar la paz con León, una cabalgada castellana comandada por el arzobispo de Toledo, Martín de Pisuerga, cruza hasta el Guadalquivir y saquea su ribera hasta llegar a las mismísimas puertas de Sevilla.

La expedición del belicoso arzobispo fue la gota que colmó el vaso del califa, Abu Yusuf Ibn Yakub. El almohade decide pasar al contragolpe contra los castellanos y llama a la *yihad*, la guerra santa. Cruza el estrecho y en Sevilla reúne un enorme ejército con el que marcha hacia el norte cristiano.

Su objetivo es Alarcos: un castillo que estaba cercano a la actual Ciudad Real, sobre el río Guadiana. Castilla estaba mejorando las defensas de la fortaleza y amurallando un recinto para construir allí una nueva ciudad con la que consolidar su control sobre esa zona fronteriza. Pero las obras aún no estaban terminadas cuando el califa cruza Despeñaperros. Alfonso VIII, consciente de la invasión, lo esperaba en Alarcos. Aunque su aliado, el ejército de León, que viajaba hacia su encuentro, no había llegado aún.

Alfonso VIII comete un terrible error táctico. En lugar de retroceder hacia Toledo y esperar a las tropas de su primo Alfonso IX de León, que estaban en camino, decide entablar batalla allí mismo, a campo abierto frente a las obras de la nueva ciudad, a pesar de que estaba en inferioridad numérica. Fue una mala decisión. Alfonso VIII tal vez no quería compartir batalla con su traicionero primo, o tal vez confiaba en exceso en la potencia de su caballería pesada. El resultado fue, en cualquier caso, desastroso.

El 18 de julio de 1195, el ejército musulmán del califa Yusuf Ibn Yakub barrió al castellano. Las crónicas musulmanas —probablemente tan exageradas como todas las de esta época— hablan de 30.000 bajas cristianas. El rey salvó la vida en una atropellada huida, mientras que otros caballeros castellanos se refugiaron en la fortaleza de Alarcos. De allí sólo saldrían, tras varios días de sitio, gracias a la intermediación de uno de los cristianos que luchaban del lado musulmán: uno de los Castro. Pedro Fernández de Castro, primo de Alfonso VIII, negoció la rendición del castillo a cambio de la vida de los castellanos.

La «rota» de Alarcos, como la llamaron después las crónicas cristianas, fue terrible para Castilla. La frontera sur retrocedió 80 kilómetros frente a los almohades, que tomaron casi todos los castillos de la zona. El ejército castellano fue diezmado, una oportunidad que también aprovecharon sus rivales cristianos, que vieron la ocasión para cobrar viejas deudas. Alfonso VIII quedó así atrapado en una triple pinza: Navarra atacaba por el este; León, por el oeste, y los almohades, por el sur. No sólo era una guerra triple: era casi una triple alianza. Navarra había llegado con los almohades a un acuerdo de neutralidad mientras que las tropas leonesas directamente recibían refuerzos musulmanes. Pedro Fernández de Castro volvió a León, al frente de tropas almohades que se pusieron al servicio del leonés Alfonso IX.

El rey castellano intentó en varias ocasiones negociar una

tregua con los musulmanes. Sin éxito: la respuesta almohade fue degollar a los embajadores. En su ayuda sólo acudió un reino cristiano: el de Aragón. Y también el Papa, que dictó excomunión para los reyes que se aliasen con los musulmanes; una amenaza que no hizo mella en el tantas veces excomulgado Alfonso IX. Castilla perdió varias plazas menores en el sur mientras que muchas de sus principales ciudades fueron sitiadas: Toledo, Madrid, Guadalajara... Sus bosques fueron talados. Sus cosechas, quemadas. Pero, a pesar de la triple alianza, la correosa Castilla encajó los mazazos sin llegar a derrumbarse hasta que un golpe de suerte salvó la situación. Uno de los Banu Ganiya, la familia heredera de la dinastía almorávide que aún mantenía el poder en las Baleares, desembarcó en África e inició una revuelta contra los usurpadores almohades, lo que obligó a gran parte de las tropas musulmanas a regresar a África. El califa almohade aceptó al fin la enésima oferta de tregua de Castilla en 1197. Sin la ayuda del poderoso aliado musulmán, tanto Navarra como León también dejaron la guerra.

La firma de esa paz entre los dos Alfonsos, el VIII de Castilla y el IX de León, incluyó también otra nueva boda, de consecuencias trascendentales. Berenguela, la primera hija del rey castellano y que ya era viuda del duque alemán Conrado, se casó con su primo, el rey de León, que ya se había separado de la infanta portuguesa por la nulidad decretada por el papado. El nuevo matrimonio sería también anulado por el Pontífice, que otra vez lo tachó de incestuoso amenazando de nuevo de excomunión al leonés. Pero entre la boda y la nulidad, la pareja tuvo tiempo de engendrar varios hijos: entre otros, el que más tarde se convertiría en Fernando III, el rey de Castilla que unificaría para siempre su corona con la de León.

La tregua con los almohades firmada en 1197, dos años después de la derrota de Alarcos, duró más de una década. Aunque ambas partes tenían claro que una nueva guerra era inevitable. Ya era una cuestión de fe.

El califa almohade Abu Yusuf ibn Yakub murió poco después, en 1198. Pero en su lecho de muerte, impresionado por la dureza de esa Castilla capaz de aguantar un triple envite sin derrumbarse, advirtió de la amenaza a sus herederos. «Guardaos de elevar sus muros y defender sus fronteras, de organizar sus soldados y de hacer numerosos a sus súbditos», dejo dicho el califa moribundo, que también comparó antes de morir «la península de Al-Andalus» con una «huérfana» y «huérfanos sus habitantes, los musulmanes».

El temor del califa no era infundado. En el norte, los vientos de la cruzada cada vez soplaban con más fuerza. Lo que en origen habían sido unas guerras de mera supervivencia económica, donde lo religioso era sólo un factor más, se transforma definitivamente en una guerra santa donde el odio es tan fuerte que ya no es posible la paz. El Papa Celestino III, en 1192, predica la cruzada: «No es contrario a la fe católica el mandato de perseguir y exterminar a los sarracenos». El exterminio, a ojos cristianos, estaba justificado porque era una guerra justa, de venganza. La idea de la «reconquista» prende entre los cristianos: vamos a recuperar lo que era nuestro. Sólo puede quedar uno en la península: o ellos o nosotros.

En 1210, los almohades toman Mallorca y terminan así su personal guerra de fe contra los herejes almorávides. La tregua con Castilla se rompe ese mismo año, cuando Alfonso VIII ordena un asentamiento en Moya, en Valencia. La zona estaba casi despoblada, pero el califa almohade lo considera un acto de guerra y en respuesta manda a sus barcos sobre las costas aragonesas.

En ambos bandos se inicia otra vez la espiral de la guerra santa. En el sur, el califa Muhammad An-Nasir, al que los cristianos denominaban Miramamolín, llama a la *yihad*, y en 1211 concentra todas las fuerzas de su imperio. Las crónicas de la época, probablemente exageradas, hablan de un contingente de 200.000 hombres, algo impensable para el siglo XIII, pero que sirve para dar una dimensión aproximada del gigantesco ejército. Aun quitando un cero, hasta 20.000, sigue siendo una cifra descomunal. En 1211, Miramamolín toma la fortaleza de Salvatierra, un castillo en el sur de la actual provincia de Ciudad Real que había permanecido durante años como una avanzadilla cristiana, en manos de las órdenes militares.

Alfonso VIII, consciente de que ha llegado el momento de responder, cambia el paso de la guerra y se prepara para hacer frente al ejército almohade. Lo convencen en su decisión varios de sus nobles y también el arzobispo de Toledo, que ya es Rodrigo Jiménez de Rada: el vencedor que después escribirá la historia. Hasta entonces, Castilla se había empleado en fortalecer sus defensas, en elevar sus murallas. Tras la toma de Salvatierra, todos los esfuerzos de las ciudades castellanas se dirigen hacia una guerra ofensiva, hacia la inevitable gran batalla campal, que será la definitiva: la de Las Navas de Tolosa.

25

LA BATALLA DE LAS NAVAS DE TOLOSA

La cita era en Toledo, para Pentecostés: el quincuagésimo día tras el domingo de resurrección; el 20 de mayo de 1212. El rey castellano Alfonso VIII, con la ayuda del Papa, había convocado a toda la cristiandad a una Santa Cruzada contra los «sarracenos»: contra el inmenso ejército del Miramamolín, en venganza por las derrotas de Alarcos y Salvatierra. Por Santiago, y cierra España.

La respuesta fue desigual. A la cruzada castellana acudieron con sus ejércitos el rey de Navarra, Sancho VII, primo de Alfonso VIII de Castilla, y también el de Aragón, Pedro II. El otro primo, el rey de León, se quedó en casa. Aconsejado por el «proalmohade» Pedro Fernández de Castro, Alfonso IX puso como condición para participar en la guerra la devolución de unos castillos en la disputada frontera entre los dos reinos. Por falta de tiempo, no hubo respuesta de Castilla a la propuesta de su vecino, por lo que el leonés no se movilizó hacia Toledo. Alfonso IX sí permitió a los caballeros leoneses que así lo deseasen acudir a la cruzada; su hermano así lo hace, entre otros. Pero, mientras tanto, el rey de León aprovecha para atacar Castilla y conquistar esas fortalezas que reclamaba.

Los que sí respondieron al llamamiento de la guerra santa son muchos otros caballeros cristianos, llegados de toda Europa: los cruzados ultramontanos, guerreros fanáticos venidos desde Inglaterra, desde Francia, desde el centro de Europa... Lo mejor de cada casa. Poco a poco, van llegando a Toledo desde el mes de febrero y durante la aburrida espera provocan varias algaradas e incluso asesinan a algunos judíos de la ciudad que había sido de las tres culturas y aún lo era de dos.

Veinte de junio de 1212. Alfonso VIII deja Toledo. Es difícil saber con certeza cuántos hombres forman su internacional ejército. Las crónicas más ajustadas de la época hablan de unos setenta mil de los reinos peninsulares, más otros treinta mil cruzados ultramontanos, aunque estas cifras suelen ser siempre algo exageradas. A pesar de tanta movilización, el mayor peso de la cruzada recae sobre Castilla, que incluso paga algunas de las soldadas de sus aliados.

La convivencia entre tantas lenguas y culturas no es fácil. Los ultramontanos llevan mal el calor de la meseta, se cuecen en sus armaduras mientras avanzan, pesadamente, en dirección al Muradal, al paso de Despeñaperros: la puerta de Al-Andalus. Están inquietos porque quieren acción, y de momento la acción no llega. Sólo largas marchas tras la larga espera, y el asfixiante calor.

El 24 de junio alcanzan la primera villa musulmana de la ruta: Malagón. Los cruzados ultramontanos, que marchan a la cabeza del enorme ejército, se lanzan contra la población y degüellan a todos los que encuentran. En una hora toman la villa, salvo la torre del castillo, que capitula esa misma noche. Se rinden con la única condición de que se respete la vida del alcaide y su familia. Los demás son también degollados.

Tres días después, las tropas cristianas cruzan el Guadiana. Los musulmanes habían minado los vados del río con cardos de hierro de cuatro puntas, de tal forma que una quedaba siempre para arriba y se clavaba en las pezuñas de los caballos. Los cristianos descubren la artimaña por las malas, después de quedar heridas algunas monturas.

La siguiente fortaleza en el camino es Calatrava. Alfonso VIII rinde la simbólica plaza —de la que había nacido unos años antes la orden militar de Calatrava—, pero, en lugar de ajusticiar a los «sarracenos», como en Malagón, respeta las condiciones negociadas en la capitulación y deja marchar a los defensores musulmanes. La decisión era táctica. La negociación ahorraba tiempo y no respetar las condiciones de una rendición era una opción estúpida, que podía complicar futuros asedios. Si los sitiados saben que no hay otra escapatoria que la muerte, que morirán aunque se rindan, resistirán hasta el final con todas sus fuerzas.

Sin embargo, los fanáticos ultramontanos critican la medida de gracia; ellos han venido hasta allí para matar o morir. *Deus vult*: Dios lo quiere. Tras una discusión de sus líderes con los reyes castellanos, muchos abandonan la cruzada, decepcionados por la escasa sangre mora, asados por el calor. Sólo se quedan unos pocos, mientras los demás cruzados vuelven por Toledo, donde la ciudad los recibe con las puertas cerradas —por miedo a un ataque— y con insultos desde lo alto de las almenas.

Tras varios días de marcha, y después de tomar otras fortalezas, el ejército cristiano llega el 13 de julio a Despeñaperros: el estrecho paso que une las cuencas del Guadiana y del Guadalquivir. Miramamolín ya ha movilizado a sus tropas, animado por las noticias de la deserción de los cruzados ultramontanos. Los almohades ya controlan los riscos del paso por Sierra Morena y parece suicida intentar cruzar por él. Por un momento, los castellanos estudian retroceder. Pero un inesperado acontecimiento salva la situación: la visita de un pastor, que dice conocer otra ruta.

La famosa visita del pastorcillo ha sido vista después, desde los ojos de la superstición religiosa, como una intervención divina. El pastor, del que nunca más se supo, fue retratado por los cronistas de la época como un enviado de Dios, como el mismísimo san Isidro; lo que es otra muestra más de hasta qué punto en esta batalla pesaba el factor religioso. Milagro, casualidad o simple exageración posterior, lo cierto es que la ayuda de ese providencial espontáneo fue determinante. Los cristianos lograron burlar a los musulmanes y cruzar al otro lado, esquivando sus defensas a través de un abrupto camino, casi en fila de a uno. Cuando los almohades se quieren dar cuenta, las tropas cristianas ya estaban al otro lado, en lo alto de una colina, a pocos kilómetros de donde Miramamolín había colocado sus tiendas.

Los dos ejércitos se situaron a la vista, frente a frente, el 14 de julio de 1212. Pero la batalla de Las Navas de Tolosa no llegó hasta dos días después, hasta el lunes 16 de julio. Los cristianos prefirieron retrasar el combate para dar un respiro a sus cansados caballos. Hay algunas escaramuzas, pero los musulmanes tampoco atacan. También prefieren esperar, tienen la mejor posición sobre el terreno, e interpretan el retraso cristiano como un gesto de debilidad. Según escribe después el arzobispo de Toledo Rodrigo Jiménez de Rada, testigo presencial de la batalla, Miramamolín incluso envía en esas tensas horas una carta a Jaén, presumiendo de que tiene a su alcance a tres reyes cristianos «que serían atrapados en tres días». Está la única duda de saber de qué fuente, si es que tal fuente existió, saca Jiménez de Rada la fanfarronería, o si fue él quien la inventó después para adornar la batalla, como tantos otros detalles.

Los musulmanes, un ejército incluso mayor en número que el cristiano, habían levantado una empalizada sobre una colina; un palenque para arqueros. Desde allí, en lo alto, el califa arengaba a sus tropas vestido de verde —el color del islam— con una copia del Corán encuadernada con una esmeralda verde en la tapa en una mano y una cimitarra en la otra (o así de teatral lo retratan después las crónicas cristianas). Alrededor de la empalizada, protegían al califa los *imesebelen*, una guardia fanatizada que se hacía encadenar por las rodillas como promesa colectiva de que no huirían, que matarían o morirían. En primera línea, frente al enemigo, la carne de cañón: la infantería ligera, las tropas menos formadas llegadas de todo el imperio para la guerra santa. Tras ellos, en la segunda línea, formaban las tropas de a pie más preparadas. Y por los laterales, la caballería ligera musulmana.

Esperando el ataque cristiano en cualquier momento, las tropas del califa pasaron tanto el sábado como el domingo en formación, en pleno julio bajo el sol. Pero la batalla no llegó hasta la mañana del día siguiente, 16 de julio. Según Jiménez de Rada, la contienda comenzó bastante igualada, con ligera ventaja de los cristianos, hasta que Miramamolín lanzó a su segunda línea. En ese momento, a punto estuvo de cundir el pánico entre las tropas cristianas, pero una providencial carga de Alfonso VIII y del propio arzobispo salvaron la situación, según su propia versión, claro está. Rodrigo Jiménez de Rada, que habla de sí mismo en tercera persona presentándose como «el arzobispo de Toledo», lo cuenta así:

«Contemplando la batalla y viendo que algunos del pueblo no se comportaban como era debido, oyéndolo todos, dijo al arzobispo de Toledo: "Muramos aquí, yo y vos". Éste le respondió: "De ninguna manera; al contrario aquí venceréis a vuestros enemigos". El rey lleno de ánimo dijo: «Corramos a socorrer a la primera línea que está en peligro».

Entonces Gonzalo Rodríguez y sus hermanos avanzaron hasta esa primera línea mientras Fernando García, hombre valiente y experimentado en la guerra, procuró retrasar al rey para que acudiere con cierta moderación en auxilio de los suyos.

De nuevo exclamó el rey: "Muramos aquí arzobispo. La muerte en estas circunstancias no es deshonrosa". El arzobispo contestó: "Dios mediante, no la muerte sino la corona de la victoria nos espera; pero si Dios quisiese otra cosa, todos estamos preparados a morir con vos".

Mientras esto sucedía, doy testimonio de ello delante de Dios, el noble rey no se demudó lo más mínimo, ni cambio el gesto, ni el tono de la voz; más bien permaneció firme y constante, como león impertérrito, en querer morir o vencer. Y no pudiendo sufrir por más tiempo el peligro en que se encontraba la primera línea, avanzó a paso apresurado con sus pendones, Dios mediante, hasta el palenque del califa.

La cruz del Señor, que se acostumbraba a llevar delante del arzobispo de Toledo llevada por el canónigo toledano, don Domingo Pascual, atravesó de manera milagrosa las huestes musulmanas, y permaneció allí, como le plugo al Señor, sin sufrir ninguna herida su porteador, lejos de los suyos, hasta el fin de la batalla. En los pendones del rey se exhibía una imagen de la Bienaventurada Virgen María, que siempre había sido la defensora y protectora de la archidiócesis toledana y de toda España».

Tras la carga del rey, según Jiménez de Rada, vino la victoria. Miramamolín tuvo que huir, y sus tropas, desmoralizadas, fueron masacradas en su retirada.

Sin embargo, cuesta imaginar, en el fragor de la batalla, un diálogo tan épico, más propio de un guión de Hollywood. O incluso es difícil de creer que el rey y su arzobispo abandonasen la cómoda retaguardia para jugarse la vida en el asalto final. El párrafo es un perfecto ejemplo de la épica castellana que después impregna de falsos mitos la verdadera historia hasta hacerla casi inseparable. El mérito de la victoria, como siempre, es del rey y de la cruz: del poder político y del poder religioso. Es el propio rey quien gana la batalla «cuando algunos del pueblo no se comportaban como era debido». Él es el héroe que está dispuesto a morir por su reino y su fe, porque «la muerte en estas circunstancias no es deshonrosa». Es él quien da el golpe definitivo, «hasta el palenque del califa», porque no podía «sufrir por más tiempo el peligro en que se encontraba la primera línea». Es un «león impertérrito», dispuesto a «morir o vencer». Y sale victorioso con la ayuda de la cruz, que obra el milagro.

La narración, como tantas otras de Jiménez de Rada, es pura propaganda alrededor de la realidad (de eso no hay duda, ganaron los cristianos). No se trata sólo de contar el pasado, sino de modelar con él el futuro y el presente: de preparar al pueblo llano para la siguiente cruzada. La historia que escribe Jiménez de Rada sirve para que, en la siguiente batalla, la primera fila no tenga la tentación de no comportarse «como es debido»; de no ceder hasta «morir o vencer», con la esperanza de que, en el momento más crítico, llegarán el rey y la cruz, y decidirán la batalla. Evidentemente, no siempre sucedía así.

Ni la cruz obraba el milagro cada día (como dice la copla: «vinieron los sarracenos / y nos molieron a palos, / pues Dios no ayuda a los buenos, / si son muchos más los malos») ni los reyes de la época eran todos aguerridos guerreros dispuestos a jugarse el tipo con cargas suicidas en primera línea.

Posteriormente, otro mito de Las Navas intentó apropiarse también del mérito épico de tomar el palenque del califa, de romper las cadenas de sus *imesebelen*, la guardia que protegía al Miramamolín. Es una leyenda muy extendida, que dice que las cadenas de la actual bandera de Navarra responden a la victoria de Las Navas de Tolosa porque los caballeros del rey Sancho VII fueron quienes rompieron las cadenas de esta última línea de defensa.

No se sabe quién tiene razón: si Jiménez de Rada y su versión procastellana o bien estas otras narraciones posteriores que atribuyen a los navarros la toma del palenque del califa. Pero lo que es seguro es que las cadenas del escudo de Navarra no tienen nada que ver con las que unían a los *imesebelen*. La primera versión de esta leyenda nace varios siglos después: se la inventa un historiador navarro del XVII, el padre jesuita José de Moret. En 1910, la Diputación Foral de Navarra dio por buena esa versión y fija las cadenas en el diseño del escudo y bandera, que llega con pequeños retoques hasta la actualidad. Los historiadores modernos hoy tienen claro que el mito es falso, y no sólo por lo mucho que tarda en aparecer la primera versión de él. Además, Sancho VII nunca utilizó siquiera el símbolo de las cadenas en su blasón. Estudios recientes han demostrado que eran los refuerzos metálicos de un escudo: no las cadenas de Miramamolín.

De lo que sí hay certezas es de las dimensiones de la derrota musulmana. La batalla de Las Navas provocó innumerables bajas en sus tropas, que quedaron diezmadas en su retirada. Miramamolín salvó la vida y esa misma noche durmió en Jaén, después de una larga cabalgada. Pero el califa murió pocos meses después en Marruecos, probablemente envenenado. Tras su derrota, su imperio pronto colapsaría y los musulmanes andalusíes quedaron definitivamente huérfanos, como había profetizado antes su padre.

Tras la trascendental batalla de Las Navas de Tolosa, la frontera apenas se movió. Alfonso VIII aprovechó para saquear Úbeda, pero una enfermedad contagiosa entre sus tropas interrumpió la invasión y obligó a una retirada. Sin embargo, Castilla pudo tomar en esa misma campaña cuatro fortalezas claves: las de Ferral, Baños, Tolosa y Vilches, que ya nunca más perdería. Estos cuatro castillos eran la puerta de Al-Andalus, y gracias a ellos el norte cristiano quedó definitivamente protegido de las razias musulmanas y pudo consolidar la vega alta del Guadiana.

A través de esa puerta, ya siempre abierta para los cristianos, no fueron necesarios más pastorcillos milagrosos para cruzar Despeñaperros. Castilla aprovechó los siguientes años para someter casi definitivamente Al-Andalus. No lo haría Alfonso VIII, que murió en 1214. La cruzada quedaría, andando el tiempo, en manos de uno de sus nietos: Fernando III, hijo de su primogénita Berenguela y de Alfonso IX de León, su desleal primo. Su cruzada continuó tan bien que acabó canonizado como san Fernando.

26

EL ARTE DE LA GUERRA

Durante gran parte de la Edad Media, la guerra fue un fenómeno permanente y casi natural, una manera de estar en el mundo, un modo de vida. Y sobre todo una actividad económica, una máquina de hacer dinero: por la guerra se incorporaban territorios cuyas rentas aumentaban los ingresos fiscales del conquistador, se conseguía botín de los vencidos y se cobraba rescate por los prisioneros de mayor rango capturados en los combates. No sólo era así en la Península Ibérica, sino también en media Europa.

Hacia el año 900, el Mediterráneo y sus riberas eran una frontera en guerra constante entre tres civilizaciones vecinas y enfrentadas. La más grande, la primera potencia mundial en esos momentos, era la islámica, con un gran centro en Bagdad, que entonces era una ciudad riquísima a la que se le calcula un millón de habitantes y donde corría el dinero, y un segundo centro en Córdoba, también opulenta y que pudo tener hasta doscientos cincuenta mil. Gobernada por un califa de la familia abasí, Bagdad comerciaba con China, controlaba el tráfico de especias en el Índico y el de esclavos en África y sus dominios eran tan vastos que abarcaban desde la India hasta la Península Ibérica, si bien aquí se les estaba segregando un nuevo califato, el fundado por el Omeya Abderramán III.

La segunda civilización en liza, y la más antigua, era Bizancio. Había recogido los restos del antiguo Imperio Romano y, después de siglos de altibajos, empezaba a entrar en un nuevo periodo de esplendor con la llamada dinastía macedónica. Dominaba Anatolia, los Balcanes y Grecia, y estaba incorporando a su órbita cultural y religiosa a los pueblos eslavos más al norte mediante misioneros que les dan, entre otras cosas, el alfabeto cirílico. La capital bizantina era Constantinopla, hoy Estambul, llamada «la reina de las ciudades», un gran centro comercial y financiero de doscientos mil habitantes situado en torno a un espectacular puerto natural, el Cuerno de Oro.

La tercera civilización, la más pobre y la, sin duda, mucho menos civilizada, era Europa, un mosaico de pequeños Estados poco desarrollados en su organización política interna y que tenían en común sobre todo dos cosas: la religión, con un papado aglutinador y enfrentado al cristianismo oriental del área bizantina; y un gran legado cultural de Roma que incluía la lengua latina, aunque ésta agonizando. Apenas circulaba la moneda en ellos, y sus ciudades eran inexistentes o muy pequeñas. A Venecia, quizás la mayor, se le calculan en esa época unos diez mil habitantes. En muchas zonas de esos Estados se vive de una agricultura cerealística poco avanzada, de una economía de poco más que subsistencia y trueque y, sobre todo, de la guerra. Se enfrentaban constantemente, en guerras de ataque o de defensa, tanto o más de pillaje y botín que ideológicas o religiosas, bien con el islam por el sur; bien con los bizantinos, los magiares o los eslavos por el este; bien con los vikingos por el norte o por el oeste, o bien y a menudo entre ellos mismos, entre europeos de distintos pueblos, en las fronteras interiores. Habían convertido la guerra en un oficio, en su madre nutricia; en un arte incluso, como decían algunos de ellos. Tanto ardor guerrero habitaba en el espíritu de aquellos europeos que suyas fueron muchas de las que llamaríamos innovaciones técnicas del arte de la guerra. El I+D de otros, sobre todo de los musulmanes, lo asimilaban e incorporaban a su acervo cuanto antes aquellos belicosos antepasados nuestros. Europa, en conclusión, no era entonces la civilización, sino más bien la barbarie. Hay quien sostiene incluso que de aquella barbarie, de aquella especialización en el arte de la guerra, en el arte de matar al enemigo, nace en realidad la supremacía europea y occidental posterior.

La guerra se basaba por entonces fundamentalmente en tres tipos de acciones. Las expediciones rápidas, de ida y vuelta, de pillaje a territorio enemigo para asolarlo y para tomar botín y prisioneros que luego serían vendidos como esclavos. El asedio y la toma de una fortaleza, y el dominio consecuente del territorio que protegía y gobernaba. Y los enfrentamientos directos entre dos ejércitos, las batallas. Las primeras empobrecían, debilitaban y desmoralizaban al enemigo. Las segundas y las terceras, además, movían fronteras, ensanchaban o achicaban territorios. Las terceras, a menudo, acababan con la vida de los gobernantes, de los reyes o de sus principales ayudantes, y cambiaban el curso de la historia.

En los primeros siglos de presencia musulmana en la península, eran por lo general los sarracenos quienes más utilizaban el primer tipo de acción de guerra, las expediciones de castigo y pillaje. Éstas incluso tenían nombres árabes, eran razias, algaras, aceifas. Se hacían en grupos no necesariamente muy numerosos de guerreros, con caballos muy veloces, por sorpresa y a ser posible en verano, cuando los caminos estaban practicables y en el medio eminentemente rural de los cristianos estaban a punto de recoger la cosecha y había más bienes que expoliar. Una de las palabras citadas, *aceifa*, significa incluso eso: «la cosecha, el tiempo veraniego de la cosecha».

Las campañas de Almanzor, razias a lo grande muchas de ellas, fueron en total 56, y las más aterradoras y crueles de esta historia. El caudillo musulmán llegaba con sus tropas a una población; mataba a cuchillo a los hombres adultos y a los ancianos, a menudo decapitándolos después; robaba los principales bienes: oro, sedas, paños, pieles, ganados; quemaba edificios y campos, y se volvía al sur llevándose como prisioneros a las mujeres y a los niños, que luego eran vendidos como esclavos en Al-Andalus, sobre todo en Córdoba. Según fuentes contemporáneas al caudillo musulmán, en sus principales compañas capturó y vendió como esclavas a casi cien mil mujeres cristianas: dos mil en Baños de Ledesma en el año 977, unas tres mil en Cataluña en 978, unas trece mil en Zamora en el 979, mil en León y Toro en el año 982, unas dicisiete mil en Simancas en 983, hasta cuarenta mil de nuevo en Zamora en el año 988, unas cinco mil en La Rioja y Navarra en la campaña de 991-992 y unas dieciocho mil en Navarra en torno al año 1000. Suma total, noventa y nueve mil. Quizás las cifras estén algo hinchadas, pero lo concreto de los datos, de las fechas y de los lugares dejan pocas dudas sobre la magnitud del desastre.

Las razias de los musulmanes no eran una novedad en la historia de la guerra. Técnicas similares se habían practicado mucho antes en otros conflictos militares, y se utilizaban también en esa época en otras fronteras europeas. Los vikingos, por ejemplo, que procedían de las actuales Noruega, Suecia y Dinamarca, fueron verdaderos catedráticos especializados en la materia, y asolaron con métodos similares docenas de ciudades europeas desde finales del siglo VIII hasta mediados del X. Ellos no llegaban a caballo, sino en barco, en centenares de *drakkars*, unas embarcaciones a remo y vela, alargadas, muy veloces, de quilla estrecha, calado somero de apenas medio metro y mediano y pequeño tamaño. Adornadas proa y popa con tallas de cabeza de dragón, la silueta de esas embarcaciones desataba el terror en las costas a las que llegaban. Con ellas asaltaron, armados apenas de espadas y hachas, ciudades costeras no sólo del Atlántico, de Waterford en Irlanda a Ruán en Francia, de Londres a París, de Lisboa a Sevilla; sino incluso del Mediterráneo, como Nimes, Arles o Pisa. Su osadía y su dominio de la navegación les permitió, además, cruzar con sus naves la Europa del este por la red fluvial rusa, montar una gran base en Kiev y, siguiendo camino, o más bien ríos, salir al Mar Negro y atacar la mismísima Constantinopla. En el año 907 atacaron con 2.000 naves y 80.000 hombres la populosa capital del imperio bizantino.

Su osadía llevó asimismo a los vikingos a crear una variedad en la técnica bélica del pillaje rápido: además de tomar rehenes, se incautaban de libros religiosos y pedían rescate por ellos. El Rin, el Sena, el Loira, el Támesis o el Tajo también vieron surcar sus aguas a los temibles *drakkars*. Y el Ebro, que entonces no tenía presas ni embalses. En el año 858, se metieron por él en Tortosa, pasaron ante Zaragoza y Tudela, que estaban amuralladas, y como con espadas y hachas no se podían sitiar ciudades, se desviaron a la derecha por el Aragón, giraron a la izquierda hacia el Arga, llegaron a Pamplona y secuestraron al rey, García I Íñiguez, que tuvo que pagar rescate para lograr su libertad. La excursión fluvial vikinga en esta operación sumó unos cuatrocientos kilómetros de ida y otros tantos de vuelta.

Tras muchas décadas de incursiones de piratería como la del Ebro, los vikingos llevaron a cabo en algunas de las costas marítimas que frecuentaban novedosas invasiones en toda regla: llegaban para quedarse y establecerse, no ya para tomar botín y salir huyendo.

Como los vikingos, también los magiares o húngaros, guerreros nómadas de las estepas del este europeo, saquearon con sus incursiones rápidas la Europa central y occidental durante un siglo, hasta que en 955 Otón I los derrota, son cristianizados y acaban convertidos en guerreros en las cruzadas.

Las algaras musulmanas en la Península Ibérica contra los cristianos las transformaron éstos en algo muy diferente unos siglos después, cuando vieron que iban ganado la guerra general, que ampliaban sus dominios hacia el sur y que la sociedad rival se fragmentaba y relajaba en reinos de taifas de vida muelle e ímpetu militar menguante. Primero replicaron las razias musulmanas con las cabalgadas cristianas, también de castigo del territorio enemigo para destrozar cuanto podían y así mismo para arramplar con todo objeto de valor fácilmente transportable que encontraran. Incluidas las personas, porque en el norte peninsular cristiano no había mercados de esclavos, pero si existía la práctica de tomar prisioneros del otro bando para después pedir rescate por ellos. Hay un caso muy significativo. En la segunda mitad del siglo XII, un grupo de adalides cristianos de la ciudad de Ávila, entre ellos un tal Sancho Jimeno, se hizo célebre y temido entre los musulmanes que vivían muchos kilómetros hacia el sur por la frecuencia y saña con que batían sus tierras. Los abulenses fueron derrotados en 1173 y, según una crónica de la época, llevaban consigo un botín formado por 50.000 ovejas, 200 vacas y 150 cautivos musulmanes que iban custodiados por una fuerte guardia y «aherrojados [es decir, cargados de grilletes de hierro], implorando a Dios».

A partir del siglo XI, los cristianos dieron otra vuelta de tuerca al ya pingüe negocio de sus cabalgadas. Inspirados quizás en algunos precedentes del mismísimo Almanzor, iban a territorio enemigo no ya a romper y robar, sino a cobrar un impuesto por no hacerlo. Eran las parias, el cobro de ingentes tributos a los reinos taifas a cambio de no atacarlos, de no enviar cabalgadas de saqueo y destrucción contra ellos. Era algo así como o me pagas o te disparo. Una extorsión sin disimulos, en la que todos ganaban. El extorsionador se aseguraba ingresos regulares y casi siempre en dinero, y sin apenas riesgos para la integridad de sus cobradores. El extorsionado ganaba mucha tranquilidad, firmaba casi una póliza de seguros: sabía de antemano cuánto le iba a costar y sabía también que no iba a sufrir daño alguno en las instalaciones ni en las personas. Además, compraba protección ante terceros que quisieran atacarlo o saquearlo: el protector no lo iba a permitir.

Las parias fueron un excelente negocio para los reyes cristianos. Recordemos que, al morir, Fernando I dejó a sus hijos no sólo reinos, sino también derechos de cobro de parias, contratos de extorsión consentida a los débiles y ricos reyes de las taifas. A su hijo Sancho, el Reino de Castilla y las parias de Zaragoza; a Alfonso, el Reino de León y las parias de Toledo, y a García, el Reino de Galicia y las parias de Badajoz y Sevilla.

También debió de irles bien con el sistema a las taifas. Cuando Sancho desató la guerra contra sus hermanos, Alfonso se refugió entre sus protegidos de Toledo y García lo hizo entre los suyos de Sevilla.

Las expediciones de castigo y saqueo a territorio rival sólo necesitaban caballos (o barcos) y armas ligeras. Para la segunda acción típica de la guerra medieval, los asedios a fortalezas, era preciso contar además con un armamento pesado bastante sofisticado y con el concurso de algunos especialistas para usarlo. La estrella de los asedios fue el trabuquete, una máquina para lanzar grandes piedras contra los muros sitiados que había sido inventada muchos siglos atrás por los chinos y que a Occidente quizás llegó en el siglo VI. El ingenio funcionaba como una palanca, con un contrapeso que se movía con un torno y que, al activarse, disparaba la piedra colocada en una honda al otro extremo de una larga viga.

La gran piedra generalmente lanzada, en ocasiones de más de cien kilos, podía volar varios cientos de metros. Decimos generalmente porque a veces lo que se lanzaba era un cadáver con peste negra, para propagarla entre los sitiados (aunque, en realidad, sólo afectaba a su moral; la peste negra no se contagiaba así), o unas colmenas o la cabeza de un enemigo capturado o vasijas con aceite o brea encendidos o un burro muerto o incluso un espía capturado vivo, y que vivo seguía, al menos durante su vuelo de vuelta a casa.

Los grandes trabuquetes no eran fáciles de transportar ni de manejar. Para su uso, se requería el concurso de varias personas, algunas de ellas verdaderos especialistas. No lograban una gran productividad, apenas un par de disparos por hora, pues llevaba mucho tiempo cargar la honda con el proyectil y elevar el contrapeso. Pero causaban pavor en los sitiados y heridas de muerte en sus muros. Con el tiempo, algunos constructores de castillos encontraron la fórmula para neutralizarlos: rodear las fortalezas de lagos artificiales, de modo que no se pudiera montar el trabuquete a tiro de piedra. La llegada de la pólvora a Europa, hacia el año 1300, y la invención al poco de los cañones llevó a los trabuquetes al cuarto de los trastos viejos, al baúl de los recuerdos. El último uso militar del que queda constancia fue en 1521, cuando Hernán Cortés sitiaba la capital de los aztecas. Se le acabó la pólvora, y decidió el extremeño desempolvar el trabuquete. Pero fuera porque estaba desentrenada o averiada la máquina o fuera por la impericia o falta de práctica de los que la manejaban, su primer disparo salió fortísimo, elevó la piedra en vertical y en línea recta hacia arriba y cayó a plomo sobre el mismísimo artefacto lanzador, que quedó destrozado. Matado por el cañón, en resumen, el trabuquete se remató a sí mismo.

En los asedios medievales se usaban también otras armas y otras técnicas para derrumbar o saltar las murallas enemigas. Torres móviles o escalas de cuerda, por ejemplo, o minas excavadas bajo los muros. Las murallas medievales que nos han llegado son de piedra, pero muchas de las que desaparecieron eran de madera y tierra, o de grueso tapial. La madera se usaba para reforzar la cimentación, y los asaltantes, que lo sabían, excavaban una mina o galería hasta dar con los cimientos de madera y prenderles fuego para intentar así derrumbar el muro. Era ésta una obra de especialistas, de los primeros ingenieros zapadores de los ejércitos.

La composición y la estrategia de los ejércitos eran clave en las grandes batallas, la tercera gran acción bélica frecuente en la Edad Media. En la zona cristiana, los ejércitos no fueron profesionales hasta el final del periodo medieval, pues los reinos eran demasiado pobres para mantenerlos. Los primeros se forman con pequeños grupos de caballeros, los nobles, y con un número mucho mayor de infantes de a pie, los campesinos más aventureros o los siervos movilizados en levas forzosas. En batalla, la unidad de caballería es el escuadrón, entre cuarenta o sesenta hombres, de modo que todos pudieran oír las ordenes de quien estuviera al mando. Los infantes llevan una lanza y, a veces, una daga; y por protección un escudo, muchas veces de cuero y no metálico, y rara vez una cota de malla y un casco. Están tan poco protegidos que se convierten en esas épocas en carne no de cañón, porque aún no se ha inventado éste, pero sí en carne de carga de la caballería rival.

En la composición de los ejércitos se veían a las claras, por tanto, las clases sociales: los ricos eran caballeros; los pobres, infantes. Había razones económicas de peso. Los caballos de guerra eran muy caros de comprar y de mantener. Se trataba de animales muy altos de cruz, anchos, fuertes, capaces de llevar encima al caballero y a sus pesadas armas no sólo al paso y al trote durante una larga jornada de camino, en la que se llegaban a cubrir 80 kilómetros, sino también al galope cuando había que cargar en batalla contra las tropas enemigas. Eran tan caros que se han llegado a documentar compraventas hacia el año 1200 en las que un caballo de guerra costaba lo mismo que siete u ocho bueyes. Y además comían mucho, necesitaban grano y no sólo heno; tenían que estar fuertes y en forma para las batallas.

El caballero también lleva bastante peso encima desde que a todos les dio, lógicamente, por protegerse y más protegerse. Primero con cuero endurecido, después con malla, por último con metal. Que si un casco en la parte superior de la cabeza, que si después cubriendo también las orejas, y el arranque del cuello, y la nuca, y el mentón, y los ojos, dejando visibilidad mediante una visera o bacinet. Que si para el tronco una loriga, una camisa hecha de anillos de hierro que llevaba debajo un jubón acolchado para evitar las rozaduras; que si más tarde una cota de malla para que queden también cubiertas las muy vulnerables axilas. Que si otras protecciones para los brazos, los codos, las manos, los muslos, las espinillas, los pies, la entrepierna. Que si, ya al final del Medievo, una armadura completa y hecha de una vez y a medida. Las mejores se fabricaban en Milán, armeros muy competentes, última moda italiana, buen diseño, materiales más fuertes y menos pesados, originales adornos... y el caballero blindado de los pies al techo. Hasta doscientas piezas diferentes podía tener una armadura: almófar, alpartaz, babera, barbote, bragadura, brazales, bufas, celada, cimera, cubrenuca, culera, espaldar, ristre, rodilla, tarja, volante, yelmo...

Total, entre 35 y 40 kilos que cargaban encima el caballero... y el caballo. Éste también acabó blindado, armado, con una testera que le protegía la cabeza, una capizana para el cuello, un petral para el pecho, unas flanqueras para los costados, unas bardas para la grupa y un arzón para guardar el lomo del caballo y al tiempo la zona genital del jinete. Todo de cuero endurecido o metálico, todo carísimo y muy pesado.

Pero volvamos al principio, a la Alta Edad Media. Algo que parece una pequeña minucia, un pequeño paso para el hombre y para el caballo, supone un gran salto para la caballería. Es el estribo. Tenía precedentes, una simple cuerda en la India y en China desde muchísimos siglos atrás, pero son los ávaros, un pueblo guerrero y nómada de origen mongol al que destruyó Carlomagno a comienzos del siglo IX, quienes lo convierten casi en lo que es hoy y lo traen a Europa. Los francos se apropian del invento, y hay quien sostiene que fue clave para las conquistas de los ejércitos carolingios, los principales impulsores de la caballería pesada. El estribo hacía más fácil el manejo del caballo y menos cansada la monta, y daba varios puntos de ventaja al caballero cuando se enfrentaba a uno que no tenía el nuevo complemento. La mejora de las sillas de montar, que da aún más estabilidad al jinete, es otro avance tecnológico de la misma época.

La caballería pesada fue el cuerpo estrella de muchos ejércitos durante el Medievo, incluidos los de los reyes cristianos de la península. En sus cargas contra el enemigo, con las que generalmente empezaban las batallas, caballos y caballeros parecen tanques lanzados a toda velocidad, y sus resultados suelen ser demoledores. Desde su posición ventajosa en lo alto del caballo, los jinetes masacran a la infantería rival, la pasan literalmente por encima. Lo cuenta muy bien el anónimo autor del *Cantar de Mio Cid*, cuando describe paso a paso, incluida la arenga, un ataque de Rodrigo Díaz de Vivar en una batalla cerca de Alcocer. Dice así (vertido al castellano actual):

> Embrazan los escudos ante sus corazones,
> enristran las lanzas, envueltos los pendones,
> inclinan las caras encima de los arzones,
> íbanlos a atacar con fuertes corazones.
> A grandes voces llama el que en buena hora nació:
> "¡Atacadlos, caballeros, por amor del Creador!
> ¡Yo soy Ruy Díaz de Vivar, Campeador!".
> Todos atacan al haz donde está Per Bermudoz.
> Trescientas lanzas son, todas llevan pendón;
> Trescientos moros matan al primer empujón.
> A la tornada que hacen, otros tantos muertos son.
> Allí vierais tantas lanzas subir y bajar,
> tanta adarga horadar y traspasar,
> tanta loriga romper y desmallar,
> tantos pendones blancos rojos de sangre quedar,
> tantos buenos caballos sin sus dueños andar.
> Oyerais a unos, "¡Mahoma!"; a otros, "¡Santiago!" gritar.
> Yacían por el campo en poco lugar
> mil y trescientos moros muertos ya.

A estas cargas de la caballería pesada cristiana, le encontraron los musulmanes un antídoto, el *tornafuye*, que vimos medio apuntado en la batalla de Sagrajas (1086) y completo en la de Uclés (1108), ambas con tropas almorávides. Cuando comenzaba el ataque frontal de la caballería cristiana, las vanguardias musulmanas simulaban retirarse y dejaban que los enemigos entraran hasta el fondo en el campo propio. Lo convertían así en una trampa, en una ratonera, porque los musulmanes atacaban de pronto por las alas con tropas de refresco muy rápidas, con guerreros sin apenas armaduras sobre caballos de menor tamaño y mucho más veloces que los castellanos. Este tipo de ataque fulgurante a caballo, con cimitarra (la espada curva, preferida por los musulmanes) y también con arcos y flechas, era de origen turco, y antes mongol. Los almorávides lo tenían muy entrenado, lo habían practicado asaltando caravanas de comerciantes en África antes de desembarcar en la península.

Durante gran parte de la Edad Media, la caballería fue la pieza clave de los ejércitos y de las batallas. Era el cuerpo natural de los nobles feudales, mientras que la infantería era el de los campesinos. Los más ricos de estos últimos, los que pastoreaban rebaños y cultivaban tierras con sus propias manos, pero podían mantener un caballo, encontraron en la caballería una herramienta de escala social, una forma casi de ennoblecerse, como vimos en las comunidades de villa y tierra de la segunda repoblación. Nació así la caballería villana. Formaba parte de las milicias concejiles que las comunidades y sus concejos enviaban al rey cuando lo necesitaba.

El rey era, ante todo, un dirigente militar, el jefe de la guerra y el primer guerrero, y participaba prácticamente en todas las batallas y con frecuencia en primera fila. Por eso murieron tantos en enfrentamientos bélicos. En el siglo XI castellano, por poner un ejemplo, Vermudo III de León, en Tamarón; García Sánchez III de Navarra, en Atapuerca, y Sancho II de Castilla, en el cerco de Zamora. Y quienes no valían para la guerra, no servían para el trono, por muy herederos de otros reyes que fueran. En el siglo X, una conspiración de nobles en el reino leonés, entre ellos Fernán González, logró apear del trono a Sancho I el Craso, o sea, el obeso, con el argumento de que su gordura le impedía montar a caballo y mandar el ejército. Cuando adelgazó, recuperó el trono.

La guerra comenzó a cambiar cuando a partir del siglo XIV se generalizó el uso de la pólvora, un invento de los chinos, y de las armas de fuego. Algunos historiadores sostienen que la primera vez que se usó la pólvora para fines militares lo hicieron los musulmanes que en 1262 defendían Niebla (Huelva), sitiada por Alfonso X. Con seguridad la utilizaron en 1343, en el cerco de Alfonso XI sobre Algeciras. Una crónica castellana de la época lo contaba así: «... tiraban [los árabes] muchas pellas de hierro que las lanzaban con truenos, de los que los cristianos sentían un gran espanto, ya que cualquier miembro del hombre que fuese alcanzado era cercenado como si lo cortasen con un cuchillo; y como quisiera que el hombre cayera herido, moría después, pues no había cirugía alguna que lo pudiera curar, por un lado porque venían [los proyectiles] ardiendo como fuego y por otro porque los polvos con que las lanzaban eran de tal naturaleza que cualquier llaga que hicieran suponía la muerte del hombre».

A la caballería no la cambió tanto las armas de fuego como otros avances tecnológicos e innovaciones de tácticas y de estrategias bélicas que mejoraron de modo espectacular la infantería. Parecía una venganza histórica, un episodio de la lucha de clases. Todo comenzó en la llamada Guerra de los Cien Años, que en realidad duró 116 y enfrentaba a Francia e Inglaterra. En la batalla de Crécy, en 1346, los ingleses estrenan una nueva arma, el arco largo, y en choques ulteriores una forma novedosa de colocar en el campo de batalla a sus soldados de a pie: arqueros y piqueros.

El arco largo medía hasta dos metros y era muy difícil de manejar, se necesitaba fuerza y maña. La tensión que desarrollaba era tal que sólo hombres muy fornidos lograban sujetar la madera con el brazo izquierdo completamente desplegado y hacer retroceder la cuerda con el derecho hasta la altura de la oreja para lograr el disparo de la saeta. En muchas excavaciones, se ha identificado después a los arqueros por sus deformidades, con el brazo izquierdo agrandado y signos de descalcificación en la muñeca, el hombro y los dedos de la parte derecha del cuerpo.

El arquero necesitaba un gran adiestramiento previo, al menos un año de formación intensiva, para conseguir potencia en los brazos y precisión en el tiro. Como la mayoría de los arqueros eran campesinos que en épocas de paz trabajaban en sus granjas, el plazo real de preparación se extendía mucho más. También el propio arco necesitaba tiempo. Se hacía con madera de tejo o de olmo. Había que dejarla madurar durante dos años y luego trabajar en ella lentamente otros dos para darle forma. Pero la inversión y la espera merecían la pena. Las prestaciones de los arcos largos superaban con creces a cualquier arma anterior de ese tipo. Sus flechas alcanzaban distancias siderales para la época, más de doscientos metros. Una a una, eran imprecisas, no era posible acertar a un blanco concreto a doscientos metros. Pero todas juntas, eran muy precisas. Y ésa era la clave: los arcos largos eran demoledores cuando se utilizaban como un arma colectiva, disparados muchos a la vez por un gran número de arqueros contra un ejército enemigo compacto que aún se hallaba a bastante distancia. La precisión ganaba mucho así.

Antes de la batalla, los arqueros clavaban en la tierra muchas flechas a su alrededor, para reducir el tiempo que empleaban en disponer de ellas y también, quizás también, para que estuvieran sucias e infectadas cuando acertaran al enemigo. El ritmo de disparo era muy alto, de hasta doce flechas por minuto y arquero, y había miles de arqueros. Las saetas caían a montones sobre los caballeros y sobre sus caballos, en nubes sucesivas. Sus efectos sobre las monturas eran especialmente dramáticos. Los disparos eran tantos que al arco largo se le ha llamado «la ametralladora de la Edad Media». Su sonido era además peculiar y terrorífico: las flechas, que llevaban atrás plumas de ganso para que planearan mejor, siseaban al caer, y los miles de siseos coincidentes se convertían en un estrepitoso ulular de muerte.

En Crécy, la ametralladora inglesa de flechas propinó a la caballería pesada francesa, heredera de la carolingia, quizás la mayor paliza en cinco siglos. Los arqueros ingleses fueron buscados como mercenarios a partir de entonces en muchos países europeos, entre ellos en la Península Ibérica. En la batalla de Nájera (1367), en la guerra civil castellana entre el rey Pedro I y el pretendiente Enrique de Trastámara, combatían dos mil arqueros ingleses de tiro largo en las filas del rey, que ganó la batalla. En la de Aljubarrota, entre Juan I de Portugal y Juan I de Castilla, había también arqueros paisanos de Robin Hood con los lusos, que ganaron la batalla.

El fenómeno de los mercenarios estaba muy extendido. En Italia, no se contrataba sólo a tropas de base, sino incluso a jefes, a capitanes. Eran los *condottieri*, expertos militares que firmaban con las ciudades-Estado un *condotte*, un contrato donde se especificaban hasta el último detalle las contraprestaciones que recibirían por su trabajo. Algunos se hicieron riquísimos. El Cid, que ya en el siglo XI se ofrecía al mejor postor, es considerado por algunos autores como un precedente de los *condottieri* italianos de la Baja Edad Media. Los *condottieri* tenían un problema para sus empleadores: cambiaban de bando incluso a mitad de una guerra, se iban con otro si les pagaba mejor. Para paliarlo, algunos Estados comenzaron a montar sus ejércitos permanentes, sin mercenarios. Uno de los primeros fue el que Carlos II el Calvo formó a finales del siglo XV en Borgoña. Este Carlos también reformó otros hábitos militares. Prohibió a sus soldados que se llevaran a sus mujeres a las campañas y contrató para ellos un servicio de prostitutas: 30 para cada compañía, y una compañía del ejército borgoñón contaba con 100 hombres.

Tras el arco largo, llegaron otras innovaciones para la infantería que la convirtieron en superior a la caballería. Entre ellas, dos muy sofisticadas. Una, el uso de grupos de soldados con pica para reforzar a los arqueros si algunos caballeros enemigos se les acercaban. La inventaron también los ingleses después de que al francés Beltrán Duguesclín (muy famoso después en nuestra historia porque engañó a Pedro I de Castilla e hizo posible que su hermanastro, Enrique de Trastámara, lo matara y se proclamara nuevo rey) se le ocurriera proteger a los caballeros franceses de las lluvias de flechas mediante escudos superiores. Otra, muy innovadora, desarrollada por los suizos ya en el siglo XV: su infantería avanzaba en cuadros apretados llenos de picas larguísimas, de seis metros, que protegían a ballesteros y arqueros que iban detrás. Mejorada, esa idea acaba dando lugar a los tercios españoles, el primer ejército europeo moderno, pieza clave en la hegemonía terrestre que a partir del siglo XVI logra no ya Castilla, porque ya apenas existía, sino España.

27
LAS VÍCTIMAS DE LA GUERRA

Las guerras prácticamente continuas que en la Península Ibérica libraron durante casi ocho siglos cristianos contra musulmanes, cristianos contra cristianos y musulmanes contra musulmanes causaron sufrimientos terribles a la población. A la de ambos bandos y a la de otros colectivos que vivían en el territorio, como los judíos. Los métodos de agresión, represión, castigo y muerte se cebaron con las personas de un modo tan bárbaro, tan inhumano, que aún hoy causa espanto recordarlo. Muchas de aquellas prácticas de terror y de exterminio fueron establecidas, alentadas, fomentadas y en ocasiones obligadas por algunos dirigentes religiosos de la época, que llevaron unos el espíritu de la cruzada y otros el de la *yihad* a sus extremos más violentos. Fueron prácticas de «terrible crueldad» en palabras de Claudio Sánchez-Albornoz, tan terribles que los autores de este libro advierten al lector que lo que viene a continuación puede herir su sensibilidad. Si lo desea, sáltese este capítulo, que sólo añade algunos detalles desagradables a lo ya apuntado en el anterior. Todos los hechos concretos que van a ser relatados son reales, y, en los que hay alguna duda sobre la veracidad de algunos detalles, así se señala. La muestra no es exhaustiva, sólo trata de ser representativa.

Toledo, año 797. La ciudad ya es un crisol de culturas y de civilizaciones. Hay árabes, visigodos, judíos... De vez en cuando, se producen algunas revueltas contra el poder musulmán por parte de los muladíes, los cristianos convertidos al islam.

El emir cordobés, Al-Hakam I, nombra nuevo gobernador al que hasta entonces lo era de Talavera, Amru, o Ambroz, y le encarga que dé un escarmiento a esa población levantisca. El nuevo gobernador se gana la confianza de los toledanos e invita una noche a un banquete a todos los notables de la ciudad, «haciéndoles ver que deseaba agasajarlos y demostrarles cortesía», según cuenta un prestigioso historiador hispanomusulmán, Ibn Hayyán. Amru pedía a sus invitados que «entrasen a su presencia por una puerta y saliesen por otra, de manera que no se agolpasen en la visita». Era una trampa: «Dentro del alcázar había apostado hombres con las espadas desenvainadas, de manera que a todo el que entraba se le apartaba al borde de un foso profundo que habían preparado durante la construcción, era decapitado y su cuerpo arrojado al foso. Los que llegaban en gran número por la puerta no se apercibían de esto, pensando que saldrían por la otra puerta, ya agasajados, hasta que hubieron sido aniquilados muchos de ellos: al cabo de un rato se dieron cuenta desde las alturas de la ciudad y se levantaron conmocionados, cuando la matanza alcanzaba ya setecientos hombres...».

Guadalacete, al sudoeste de Toledo, año 852. Las tropas asturianas y vascas de Ordoño I, que han ido a apoyar una rebelión contra el poder musulmán, caen vencidas en una batalla muy cruenta ante las del emir cordobés Muhammad I. Los vencedores decapitan a los soldados cristianos muertos. Cuenta una crónica: «Quedan sobre el campo de batalla y en los alrededores 8.000 cabezas, que amontonan y que formaron una elevada colina con la cual los musulmanes proclamaron la grandeza y la unidad de Dios, alabaron al Señor y le dieron testimonio de su fe. El emir Muhammad mandó la mayor parte de las cabezas a Córdoba, y también a la costa africana».

Córdoba, año 928. Abderramán III sofoca definitivamente la rebelión interna de los partidarios de Omar ibn Hafsún, un caudillo que hace más de tres décadas había creado otro Estado dentro de Al-Andalus. Hafsún había muerto en 917, pero sus hijos siguen combatiendo contra el emirato, luego califato, hasta la rendición final en la fortaleza de Bobastro, en la sierra del Alto Guadalhorce. Cuando toma la plaza, Abderramán manda desenterrar el cadáver de Hafsún, monta en cólera porque ve en la tumba signos de que su rival se había convertido al cristianismo y ordena llevar los restos a Córdoba para exponerlos durante años en la muralla para escarmiento de los rebeldes y advertencia a los conversos.

Oviedo, año 932. El rey Ramiro II de León, al que los musulmanes llamarán después El Diablo y los leoneses El Grande, derrota en la batalla definitiva a sus rivales en una guerra civil, entre ellos a su hermano Alfonso IV, que había sido el rey anterior. Los principales dirigentes del otro bando son capturados, y Ramiro ordena que les saquen a todos ellos los ojos, incluido a su propio hermano, al que confina de por vida en el monasterio de Ruiforco de Torío. La pena de la exorbitación, de sacarles los ojos de sus órbitas y dejarlos ciegos, se hace extensible a todos los parientes de Alfonso en edad de gobernar, para que sirva de escarmiento y de advertencia.

Barcelona, año 985. Almanzor asedia la ciudad e incorpora en sus ataques una terrorífica novedad técnica. Sus almajaneques, las máquinas con las que por entonces se lanzan proyectiles para romper la muralla de los sitiados, apuntan hoy un poco más lejos, al interior de la ciudad, y disparan con un proyectil diferente. No son piedras. Son cabezas de cristianos, cabezas cortadas por las tropas del caudillo cordobés en las inmediaciones de la ciudad. Una narración de la época asegura que se lanzan mil cabezas de media al día, hasta que la ciudad es conquistada, devastada y expoliada. Almanzor era especialista en las más crueles prácticas de guerra psicológica, la que desmoraliza y aterra al enemigo con continuos golpes bajos a su voluntad y a su estado de ánimo. Unos años antes, había derrotado en batalla a su propio suegro, Galib, y, según la leyenda, había enviado la cabeza cortada a Asma, que era esposa de Almanzor e hija de Galib. Era un mensaje de sumisión y acatamiento por encima incluso de las lealtades familiares.

Valencia, verano de 1093. El Cid asedia la ciudad. Grupos de musulmanes de la zona rural colindante reniegan de su religión, se ponen a las órdenes de Rodrigo Díaz de Vivar y emprenden una campaña de devastación por los alrededores, matan a los hombres, roban a las mujeres y a los niños y llegan «a vender a un musulmán cautivo por un pan, una medida de vino o un arrelde de pescado, y a quien no podía rescatarse le cortaban la lengua, le vaciaban los ojos y lo soltaban a los perros de presa, que lo destrozaban».

El sitio a Valencia será largo, va a durar todo un año. El Cid ha intentado tanto romper la muralla con diferentes máquinas e ingenios como asaltarla directamente, y como no tiene éxito decide infligir un bloqueo pasivo, sin ataques directos, y someterla con una nueva arma: el terror. Los musulmanes más pobres, que huyen de la ciudad porque ya se han agotado sus alimentos y se mueren literalmente de hambre, son torturados, mutilados y ejecutados por los soldados de Rodrigo ante la muralla, para que lo vean los cercados y nadie más huya y, en consecuencia, aumente aún más el hambre dentro y la presión al cadí, Ibn Yahhaf, para que rinda la ciudad. «Si alguien huía —cuenta un cronista musulmán—, se le sacaban los ojos, cortaban las manos, quebraban las piernas o lo mataban, con lo cual la gente prefería morir en la ciudad». Pasadas unas semanas, el hambre es tan aguda que de nuevo hay gente que sale de

Valencia, pese a lo que le espera fuera. Cuenta el mismo cronista: «El tirano [el Cid] se dedicó a quemar a quien salía de la ciudad hacia su campamento, de modo que no salieran los pobres y pudieran ahorrarse víveres para los ricos, pero la gente empezó a desdeñar el ser quemado por fuego, y él pasó a divertirse matándolos, colgando sus despojos en los alminares de los arrabales y en las alturas de los árboles».

El cadí acaba aceptando la rendición y la entrega de la ciudad. En las capitulaciones, el Cid se compromete a respetar personas y bienes; a mantener al cadí como autoridad, aunque tutelado por los cristianos; a no residir él personalmente en la plaza, a la que sólo acudiría una vez por semana; a hacer cumplir la ley islámica; a cobrar un solo impuesto, un diezmo... Pero poco después, ante la llegada de un ejército almorávide, el Cid rompe todos los acuerdos, se instala en Valencia y expulsa de ella a todas las «bocas inútiles» cuando los almorávides ya cercan la ciudad. Vuelve el cronista musulmán: «El maldito [el Cid] se dirigió a pobres, mujeres e hijos de los musulmanes, y los hizo salir hacia el campamento [almorávide], diciéndoles: "id con las gentes de vuestra religión", y así cayeron en manos de negros, acemileros y comerciantes de vil condición, que se las apropiaban y abusaban de ellas».

Una vez despejado el cerco y derrotados los almorávides en Quart, Rodrigo Díaz de Vivar, pese a que había pactado en la rendición de la ciudad respetar vidas y bienes, encarcela a muchos dirigentes locales y ordena ejecutar al cadí ante los valencianos, con el pretexto de que le ocultaba un tesoro. Unos cronistas cuentan que Yahhaf fue enterrado hasta medio cuerpo y luego quemado; otros, que la ejecución fue por lapidación, apedreado.

Sahagún, año 1110. Los burgueses de la ciudad, una de las más dinámicas del Camino de Santiago, acumulan agravios y descontento con los monjes del monasterio, que gozan de todo tipo de privilegios. Apoyados por las tropas de Alfonso I de Aragón, que a su vez está en guerra con su mujer, Urraca de León y de Castilla, los burgueses se revelan y someten a los hombres del monasterio a todo tipo de torturas: a unos los exponen desnudos al frío de la noche y al agua helada, a otros los empalan como si fueran un pollo en un espetón, a otros los cuelgan de los pulgares o de los pies o de los genitales...

Tierras de Asturias y de León, años 1130-1134. Revueltas de diferentes nobles contra Alfonso VII. El conde Suero y su sobrino Pedro Alfonso, que actuaban contra los rebeldes, «a cuantos encontraban, los dejaban marchar tras amputarles las manos y los pies». Otro noble partidario del rey, Rodrigo Martínez, captura un grupo de rebeldes mandados por Pedro Díaz: «A unos los envió a la cárcel hasta que devolviesen todos sus bienes y a otros los obligó a servirle muchos días sin sueldo, pero a los que lo habían insultado hizo uncirlos con bueyes, arar, pacer hierbas, beber en pilones y comer paja en el pesebre y, despojados de todas sus riquezas, les permitió marchar miserables y desgraciados».

Las Navas de Tolosa, en las montañas de Jaén, el caluroso 16 de julio de 1212. Ejércitos cristianos, compuestos de tropas castellanas, navarras, aragonesas y portuguesas y reforzados con caballeros venidos de media Europa, han emprendido una cruzada religiosa contra los almohades. Hoy van a lograr la victoria clave para entrar en Al-Andalus y para dar quizás el golpe de gracia definitivo a la pugna de casi ocho siglos entre cristianos y musulmanes. La orden política y religiosa es aniquilar al enemigo. Antes de la batalla, las autoridades eclesiásticas han amenazado con excomulgar a quienes se dediquen a saquear el campo rival y no a perseguir a «esa maldita gente» y matarla. La matanza sistemática de musulmanes ya derrotados dura hasta que acaba el día y se desarrolla en un amplio territorio. «Los que huyeron de la lucha, dispersos, erraban por los montes como ovejas sin pastor y donde eran hallados los mataban», cuenta un cronista castellano. El propio rey de Castilla, Alfonso VIII, confiesa que «después de la gran carnicería» que supuso la batalla se dedicaron a masacrar a los vencidos: «Los perseguimos hasta la noche y matamos más en el alcance que en la misma batalla».

Al Andalus, año 1231. Una cabalgada castellana ordenada por Fernando III asuela cuanto encuentra a su paso en la cuenca media y baja del Guadalquivir, unas tierras que hasta ahora gobierna el caudillo murciano Aben-Hut. La hueste ha salido de Salamanca en enero. La dirige Alvar Pérez, magnate de la casa de Castro y que antes había estado al servicio de los almohades. En ella va también el primogénito del rey Fernando, el futuro Alfonso X, que en esos momentos sólo tiene nueve años. Los caballeros castellanos, unos mil, y sus dos mil quinientos peones pasan por delante de la fortificada Córdoba «quemando, destruyendo y saqueando»; asaltan Palma del Río, sin dejar con vida, según aseguran las crónicas, ni a uno solo de sus habitantes; devastan las inmediaciones de Sevilla, y las de Jerez, y las de Vejer... Aben-Hut reúne un gran ejército, de casi diez mil jinetes, y sale al encuentro de los cristianos en las cercanías de Jerez. Pese a la inferioridad de hombres, los castellanos ganan la batalla con una carga conjunta de toda su caballería que rompe la vanguardia de los musulmanes y los hace huir despavoridos. Como en Las Navas, en esa huida desordenada mueren muchos más que en el del campo de batalla del primer choque. Pero antes había ocurrido un hecho muy significativo, un hecho que revela mucho de la naturaleza humana. Durante sus largas correrías desde enero, la hueste cristiana había apresado a unos quinientos musulmanes, a los que llevaba en retaguardia, cargados de cadenas, para pedir rescate por ellos o venderlos de esclavos en Castilla. Y necesitando don Alvar para el combate hasta al último de sus hombres, dicen los cronistas, y no teniendo a nadie que guardase a los cautivos, ordenó decapitarlos a todos. La orden se cumplió de inmediato.

Burgos, mayo o junio de 1277. El rey Alfonso X, el sabio, el culto, el historiador, el poeta, el primogénito del santo Fernando III, ordena la ejecución de su hermano Fadrique, el segundo hijo de Fernando. No está muy claro de qué acusa el rey a su hermano, hay quien dice que de conspirar contra él para quitarle el trono, otros que de herejía o de homosexualidad. Lo cierto es que la ejecución se lleva a cabo, en el castillo de la ciudad, y con un método novedoso: ahogamiento por inmersión.

Algeciras, año 1344. El rey castellano Alfonso XI, que cerca la ciudad y la tomará en marzo de 1344 tras un larguísimo asedio, captura a dos moros que abandonan la plaza y los somete a torturas para sacarles información. Luego ordena decapitarlos y enviar sus cabezas volando dentro de la ciudad, catapultadas por un trabuquete. Los sitiados le pagan con la misma moneda: cortan la cabeza a dos cristianos que tenían cautivos y las catapultan desde dentro de Algeciras al campamento de Alfonso.

Montiel, 23 de marzo de 1369. El rey Pedro I, que lleva tres largos años enzarzado en una guerra civil con su hermanastro Enrique de Trastámara, muere apuñalado por éste tras haberle tendido una trampa Beltrán Duguesclín, el jefe de los mercenarios franceses contratados por Enrique. Pedro es decapitado, y su cabeza mostrada a las tropas desde lo alto de las almenas del castillo de Montiel. También en Sevilla es exhibida la cabeza del rey, como prueba de que ha muerto y de que la guerra ha terminado y de que Enrique es el nuevo monarca. El propio Pedro, a quienes sus adversarios llaman El Cruel y sus partidarios El Justiciero, sabía mucho de ejecuciones sumarísimas y de cortar cabezas. En la batalla de Nájera, en la que ganó a las tropas de Enrique, dos años antes de Montiel, había dado orden de ejecutar a muchos de los supervivientes capturados al enemigo, pese al malestar del Príncipe Negro, el jefe de los mercenarios ingleses contratados por Pedro, que quería mantener vivos a los prisioneros. No era una cuestión humanitaria: el Príncipe Negro pretendría cobrar rescate por ellos.

Decapitados, ahorcados, lapidados, degollados, descuartizados, empalados. Cautivos, desplazados. La violencia y las catástrofes humanas llenan los casi ocho siglos de guerra permanente en la Península Ibérica. La época tuvo poco de caballerosa, de esa supuesta ética caballeresca y esa altura de miras que contaron los cantares de gesta y el romancero, y en el mundo musulmán también sus poetas. El Rodrigo Díaz de Vivar real se parece sólo un poco al caballero que pintan la *Historia Roderici* o el *Cantar de Mio Cid*. Es cierto que en las batallas en campo abierto no acostumbraba a masacrar a sus enemigos vencidos, pero lo que consintió y lo que hizo en el cerco y la toma de Valencia lo pintan como un señor de la guerra sin escrúpulos, despiadado. Hay quien sostiene que en el fondo todos los comportamientos del Cid, tanto los que vemos hoy como más éticos cuanto los que creemos más reprobables, responden a lo mismo: a estrategia y a cálculo. Quizás ni indultaba por bonhomía y mesura ni mataba por crueldad y sadismo. Tal vez fue el menos ideológico de todos los señores medievales de la guerra: ni se mostraba especialmente duro con los musulmanes por serlo ni especialmente benévolo con los cristianos por lo mismo. En el Cid, unos especialistas han visto a un hombre extremadamente codicioso, al que sólo movía el afán de lucro; otros, cada vez menos, al cristiano que actuaba sólo movido por elevados criterios morales; otros más, al súbdito que quiere recuperar su honra, arrebatada por un rey injusto; aún otros, al político ambicioso que soñaba con ser número uno, señor independiente no sometido a ningún poder terrenal superior. Probablemente convivían en Rodrigo Díaz de Vivar esos cuatro individuos, pero nunca sabremos en qué proporción cada uno de ellos.

Como vimos antes en la selección de algunos hechos muy significativos de la crueldad de las guerras, morir decapitado o ser decapitado después de muerto era algo muy frecuente en la Península Ibérica medieval. La bárbara costumbre venía de muy atrás: de los celtas y de los romanos. Hasta Cicerón fue decapitado por unos cazarrecompensas cuando huía de una de las muchas guerras civiles, y su cabeza y sus manos cortadas fueron expuestas en el foro de Roma. Con los visigodos, el *Fuero Juzgo* ordenaba la decapitación por muchos delitos diferentes: el adulterio, la violación, la falsificación de moneda, la traición al rey...

Decapitar era la expresión suma de la condena a muerte, de la pena capital. De ahí viene el nombre: *caput*, cabeza, pena capital. El que ordenaba la brutal medida cargaba de oprobio al que la padecía y exhibía su poder ante el conjunto de la sociedad, a la que además le enviaba un aviso ejemplarizante, una seria advertencia, una contundente admonición. A la víctima no sólo se le quitaba esta vida, sino también se le dificultaba la siguiente, la vida eterna. Muchas religiones creen en la resurrección de la carne, en un más allá con vida no sólo etérea, sino también corporal, y los decapitados tendrían más difícil su salvación al ser cabezas sin cuerpos, o cuerpos sin cabezas. La exhibición de una cabeza cortada en un muro público, clavada en una pica o una espada, o entre millares de cabezas formando una colina desde la que llamaba a la oración el almuédano, el sacerdote de la religión rival, añadía un componente de infamia al decapitado y pregonaba muchas enseñanzas al que asistía al espectáculo: las cabezas eran la prueba de que unos enemigos habían muerto y de que se había ganado una batalla. Eran la prueba y eran también el trofeo, el más valioso. La cabeza representaba lo mejor del ser humano, las ideas, la belleza, la singularidad, y separada del tronco era un símbolo de destrucción inapelable.

En la península, la decapitación fue más frecuente entre los musulmanes que entre los cristianos. En éstos era por lo general o bien una pena individual que se aplicaba a alguien condenado por un delito muy grave o bien un hecho digamos accidental en una carga de caballería durante una batalla, como se ve en el *Cantar de Mio Cid*, en una batalla con el rey Búcar: «Tanto brazo con loriga veríais caer aparte, / tantas cabezas con yelmos que por el campo caen». Pero también en ocasiones era una práctica bélica admitida: ciudades fronterizas como Guadalajara, Cuenca, Toledo o Plasencia ofrecieron durante alguna época recompensas a quienes les llevaran la cabeza cortada de algunos jefes sarracenos.

Entre los musulmanes, la decapitación no sólo era el modo más frecuente de ejecutar una condena a pena capital, sino sobre todo una práctica común de guerra, la mayoría de las veces con enemigos ya muertos en una razia, un cerco o una batalla. Muchas crónicas medievales castellanas están llenas de referencias al riesgo que corrían las tropas cristianas de ser «descabezadas». No era una metáfora, no se referían al riesgo de quedarse sin jefe, sino al de perder toda la hueste la cabeza, a ser todos decapitados por el enemigo. Perder la cabeza, en aquella época, no era 'faltar u ofuscarse la razón o el juicio por algún accidente', como ahora dice el *Diccionario de la Real Academia Española*, sino ser decapitado, con todo lo que conllevaba. Y cortar la cabeza era «decapitar», tardaría aún mucho tiempo en ser una metáfora y en significar «destituir a alguien».

La ejecución por decapitación era tan frecuente porque era rápida, fulminante y barata. Se hacía generalmente con un hacha o una espada. Las *Partidas* de Alfonso X, sus leyes, prohibían hacerlo con una hoz de segar. El reo estaba arrodillado, llevaba vestidura de penitente, los ojos vendados, las manos y las rodillas atadas. El verdugo tenía que ser un experto; los músculos y los huesos del cuello son resistentes a los cortes, y había que dar al hacha o a la espada un determinado ángulo al golpear y mucha fuerza. Si no se hacía bien, la agonía del ajusticiado era muy larga y sufría mucho más. En la primavera de 1453, Álvaro de Luna, el valido de Juan II de Castilla, cayó en desgracia por la ambición de los nobles y fue condenado a morir decapitado en la Plaza Mayor de Valladolid. Cuentan que hasta su subida al cadalso mantuvo la sangre fría y que incluso pagó para que se buscara a un verdugo profesional que hiciera bien su trabajo.

La cabeza cortada de Álvaro de Luna estuvo expuesta durante nueve días, colgada de un garfio, en el cadalso de la Plaza Mayor vallisoletana. Era lo usual, la segunda pena que se imponía a los reos: la primera, la pérdida de la vida; la segunda, la de la dignidad, mostrando al público el rostro desfigurado y ensangrentado de la víctima.

En Al-Andalus, donde la mayoría de las cabezas cortadas que se exhibían pertenecían a enemigos anónimos, se buscaba menos ese efecto infamante hacia la víctima y mucho más el otro, el publicitario ante los que contemplaban el espectáculo. La mayoría de las cabezas cristianas que cortaban los musulmanes en trances de guerra eran sometidas a un tratamiento con sal, mirra y aloe para que no se corrompieran y llevadas de gira por diferentes ciudades andalusíes, para que el pueblo supiera del poder y de la fuerza de sus gobernantes. Probablemente no era crueldad, era política. A más cabezas, más poderío. Hay crónicas musulmanas que dicen que en una aceifa del año 865 sobre territorios del Ebro, bajo el reinado del emir Muhammad I, se cortaron 20.472 cabezas cristianas.

Muchas de las cabezas cortadas acababan en Córdoba, en la puerta de la Azuda, la principal del alcázar. Tantas llegaban que el lugar se convirtió en un símbolo: de gloria para los musulmanes y de terror para los cristianos.

La decapitación no era la única manera de ajusticiar a un reo o de acabar con un enemigo. También se ahorcaba, se quemaba en una hoguera, se cocía a hombres vivos, se descuartizaba, se crucificaba, se ahogaba por inmersión, se arrastraba a reos atados a la cola de un caballo, se lapidaba, se despeñaba... Casi todas esas maneras de matar se hacían en público; tenían una parte de espectáculo y de aleccionamiento e intimidación de la población.

La horca tenía un carácter aún más ignominioso e infamante para ajusticiados que la decapitación, pues los últimos espasmos del cuerpo movían a la risa y a la befa del público que asistía al espectáculo. Las muertes en la hoguera, tristemente célebres en Castilla después, con la Inquisición, se reservaban para crímenes muy graves contra Dios, y eran especialmente infamantes porque el cuerpo desaparecía, incinerado. Se concebían como puros espectáculos ejemplarizantes: un escenario, la pira de madera, y un protagonista, el reo, en el mejor lugar del escenario, arriba del todo, para que el público lo viera agonizar y arder desde bien lejos. El fuego se usaba también ocasionalmente en otra tortura: unos *Anales Toledanos* cuentan que en 1224 el rey Fernando III acudió a Toledo y «enforcó [ahorcó] muchos omes, è coció muchos en calderas», aunque no aclara si eran malhechores, herejes o enemigos musulmanes. Unos años antes, el rey aragonés Alfonso I «ensañosse e fizo cocer» a unos nobles abulenses que tenía de rehenes porque Ávila no se le sometía.

El descuartizamiento sólo se usaba con rebeldes extremos. Los verdugos eran asesorados por algún médico para que el ajusticiado durara más tiempo vivo y aumentaran sus sufrimientos. El cuerpo se dividía en cuatro trozos que se abandonaban, a veces para animales carroñeros, y la cabeza se exhibía de modo infamante en algún lugar público. El arrastramiento del cuerpo a la cola de un caballo fue infrecuente en la península y usual en Francia. El cadáver quedaba desfigurado y semidesnudo, por lo que a la condena se añadía la infamia de la víctima. La crucifixión probablemente fue más frecuente entre los musulmanes que entre los cristianos. Las *Partidas* de Alfonso X la prohibían, así como lapidar o despeñar.

Además de matar, las sociedades medievales hispánicas y las guerras que las enfrentaban usaban muchas otras prácticas violentas con reos o con enemigos. Reversibles, como los azotes, o irreversibles, como las marcas a fuego en la frente o en la cara o las mutilaciones: de nariz, de labios, de orejas, de lengua, de ojos, de órganos genitales, de la mano de un lado del cuerpo y el pie del otro... Muchas de estas mutilaciones se aplicaban sobre todo a cautivos.

En el Medievo no había prisioneros de guerra, con sus derechos y sus convenciones internacionales; había cautivos. El cautivo es casi un esclavo, un muerto viviente, podía haber muerto en la acción bélica, pero ha sobrevivido por la gracia del amo, que lo explotará como fuerza de trabajo o lo venderá como esclavo o lo liberará tras el pago de un rescate. La vida de los cautivos era penosa, en todos los bandos. Subsistían a pan y agua, pasaban hambre lacerante, eran objeto de torturas y de palizas, las celdas eran oscuras e insalubres, yacían en ellas cargados de cepos de madera y de grilletes de hierro...

En la Alta Edad Media, eran los musulmanes los que sometían a cautividad a más enemigos. A partir del siglo XII y sobre todo del XIII, cuando los cristianos ya ganaban claramente la guerra, fue al revés. El 20 de julio de 1212, menos de una semana después de la crucial batalla de Las Navas, las tropas cristianas pusieron cerco a la cercana Úbeda. Los defensores no podían defenderla, y acordaron la entrega de la plaza a cambio de que se respetaran sus vidas, no así su libertad. Según las distintas crónicas, los cristianos tomaron allí una «maldita multitud» de entre 60.000 y 100.000 cautivos, que salieron de inmediato encadenados, en largas filas, camino de los reinos del norte.

Pese a todo, para los de Úbeda probablemente fue un buen acuerdo. Una de las pocas convenciones de guerra que había en la época era que, cuando una fortaleza aguantaba al enemigo y le causaba bajas y daños y era finalmente derrotada, el asaltante tenía derecho a acabar con la vida de todos los moradores. Y así se hacía, se mataba indiscriminadamente, incluso a la población civil. Lo hizo, por ejemplo, Fernando III muy pocos años después de Las Navas en Priego —«así que todos los moros murieron, synon los que se acogeron al alcáçar», cuenta una crónica—, Loja —«e tan fuerte combatieron que les tomaron el alcáçar e mataron e catiuaron todos los moros»— o Cantillana —«tan de rezio la mando el rey conbater que la entraron por fuerça, et mataron et prendieron cuantos fallaron dentro, et fueron por cuenta, los moros muertos et que y prendieron, ssieteçientos».

¿Qué lleva a ambos bandos a esos destellos de enorme saña y crueldad, a esa sed de sangre que se observa en muchos hechos de guerra y en las crónicas que los relatan? Las doctrinas y las arengas de los respectivos extremismos religiosos, probablemente. En el caso de los musulmanes, el rigorismo en la aplicación del Corán de los primeros invasores, del emirato y del califato, de Almanzor, de los almorávides y de los almohades. Todos ellos interpretan de modo extremo el mandato coránico de la *yihad*, de combatir a los no creyentes hasta su completa y total sumisión. En el caso de los cristianos, la idea de la cruzada contra los infieles lanzada sobre todo por el papado a partir del siglo XI, una especie de solución final frente al islam que pasa por el exterminio de los rivales mahometanos o cuanto menos por su expulsión total de los territorios históricos que se consideran cristianos, sagrados.

El «exterminio de los sarracenos» es una idea frecuente en aquellos siglos bárbaros. La usa el Papa Celestino III, que en 1192 dice: «No es contrario a la fe católica el mandato de perseguir y exterminar a los sarracenos pues, a ejemplo de lo que se lee en el libro de los Macabeos, los cristianos no pretenden adueñarse de tierras ajenas, sino de la herencia de sus padres, que fue injustamente desposeída por los enemigos de la Cruz de Cristo durante algún tiempo. Además, es legítimo y admitido por el derecho de gentes que de los lugares ocupados por los enemigos que los retienen con injuria de la Divina Majestad, el pío expulse al impío, y el justo al injusto».

Celestino III habla de exterminio y también de expulsión. Otra de las grandes catástrofes humanas de la larga guerra peninsular fue la de los expulsados, la de los desplazados, los que hoy llamaríamos refugiados. La gente del común que fue barrida y empujada de sur a norte en la Alta Edad Media por el empuje de los musulmanes que habían invadido la península y la otra gente del común que fue empujada de norte a sur por el avance de los cristianos, sobre todo a partir del siglo XII. Desde esas fechas, la «reconquista» cristiana tiene cuatro efectos posibles en la población musulmana de las ciudades y los campos conquistados: unos mueren en los combates; otros son tomados como cautivos, y trasladados a los reinos del norte como esclavos o a la espera de que alguien pague rescate por ellos; otros se quedan donde estaban porque son útiles a los conquistadores, sobre todo los que se dedican a la mucho más avanzada agricultura musulmana, y a veces acaban convirtiéndose de grado o a la fuerza a la nueva fe dominante, y por último muchos son echados de sus casas o de sus tierras y se buscan una nueva vida más al sur, en los últimos territorios peninsulares aún bajo dominio islámico o incluso al otro lado del estrecho.

Esa diáspora constante, ese drama de una continua huida, a medida que los ejércitos cristianos van tomando toda la península, quizás se entienda mejor así:

Gibraltar, septiembre de 1309. Las tropas de Fernando IV sitian y rinden la estratégica fortaleza. En el acuerdo de rendición, se establece que los cristianos dejarán irse al norte de África a 1.125 musulmanes. Uno de ellos, un anciano, se acerca al rey Fernando y le cuenta su triste historia: «Señor, que oviste conmigo en me echar de aquí; ca tu visabuelo el rey don Fernando quando tomó a Sevilla me echó dende é vine a morar á Xerez, é después el rey don Alfonso, tu abuelo, quando tomó a Xerez echome dende é yo vine á morar a Tarifa, é cuydando que estaba en lugar salvo, vino el rey don Sancho, tu padre, é tomó a Tarifa é echome dende, é vine a morar aquí á Gibraltar, é teniendo que en ningún lugar non estaría tan en salvo en toda la tierra de los moros de aquende la mar como aquí. É pues veo que en ningún lugar destos non puedo fincar, yo yré allende la mar é me porné en lugar do viva en salvo é acabe mis días».

28

LA MESTA

Durante el siglo XIII, con Fernando III y con su hijo Alfonso X, Castilla se convirtió no sólo en una de las grandes potencias políticas y militares europeas, sino también en una potencia económica. Lo logró gracias a dos grandes actividades, a dos grandes sectores económicos. El primero era la guerra, que ahora que se iba ganando generaba enormes ingresos en forma de parias, botines y expolios; creaba mucho empleo, gran parte de él especializado (caballeros, arqueros, ballesteros, lanceros, piqueros, alabarderos, operadores de trabuquetes, zapadores...), y sostenía una variada industria auxiliar, desde las herrerías a los astilleros, de las guarnicionerías a las carpinterías. El segundo era la lana. En aquellos tiempos, en el norte de Italia y en Cataluña se estaba produciendo una revolución comercial, y en Castilla una revolución lanera surgida, curiosamente, casi por influencia directa de la guerra.

Como ya contamos antes, durante los siglos anteriores el norte cristiano y el sur musulmán estaban separados por una franja de territorio de dominio muy inestable, muy volátil, territorio que unas veces asolaban los cristianos y otras los musulmanes. Tan castigadas vivían esas tierras fronterizas por las continuas incursiones bélicas que estaban casi despobladas y apenas se labraba en ellas. Resultaban muy inseguras para casi todo tipo de cultivos. Los más frecuentes en la zona eran, como hoy, los cereales de secano: el trigo, la cebada, el centeno, la avena... Son todos de ciclo anual, se siembran en otoño o invierno y se recogen en verano, por lo que pasaban demasiado tiempo sometidos a la incertidumbre de la guerra. Era muy probable que, antes de que en verano el grano estuviera en sazón y fuera recogido, llegaran a los campos de cultivo los ejércitos de una de las dos Españas de la época, la cristiana o la musulmana, y los saquearan o quemaran. El sector económico de la guerra era por aquel entonces bastante estacional: en invierno el negocio se paraba, casi hacía vacaciones, porque los caminos no estaban muy practicables y además había menos botín con que arramplar, y en verano entraba en temporada alta, con un gran aumento de la actividad y de la productividad.

Pero esta franja fronteriza sometida a continuos enfrentamientos bélicos durante el buen tiempo sí servía para otra actividad económica en el norte cristiano: el pastoreo trashumante, una práctica tan antigua que probablemente arranque del Neolítico. La franja estuvo durante siglos en el valle del Duero. En otoño y en invierno, los pastores de las zonas montañosas al norte del gran río —la Sierra de la Culebra, los Montes de León, la Sierra de la Demanda, la Sierra de Cameros, la Sierra del Moncayo, los Montes Universales, los Picos de Europa incluso— abandonaban esas zonas altas, nevadas y sin pastos, y bajaban con sus hatos a los valles del Duero y sus afluentes, donde sí había comida para el ganado. Las nieves del Sistema Central, que cierra la cuenca del Duero por el sur, les daban además una cierta protección de las incursiones de los ejércitos musulmanes en esos meses fríos.

La mayoría de los rebaños eran de ovejas, aunque también trashumaban algunas vacas, cabras, caballos y cerdos. Las excursiones ganaderas anuales, para pasar en los valles los meses de otoño e invierno y en las montañas los de primavera y verano, fueron haciéndose cada vez más largas de recorrido a medida que los reyes cristianos comían territorio al sur musulmán y emprendían procesos de repoblación de las zonas conquistadas. Avanzado el siglo XIII, y sobre todo ya en el XIV, los pastores de las montañas castellanas ya no llevaban a sus rebaños sólo hasta el Duero. Saltaban cordilleras, de cuenca en cuenca, y se plantaban tras muchas jornadas de camino en la del Tajo, en la del Guadiana, incluso en la del Guadalquivir y en la del Segura.

Al comienzo de estas marchas, los ganados iban por caminos tradicionales que prácticamente sólo se utilizaban para lo que hoy llamaríamos pequeño tráfico local. Pero el número de reses trashumantes no dejaba de crecer a medida que las conquistas militares cristianas iban haciendo más extensos y más seguros los territorios arrebatados a los musulmanes. Además, las tierras del Tajo eran más feraces que las del Duero, y su clima más benigno. Y las del Guadiana, más que las del Tajo. Y las del Guadalquivir, aún más que las del Guadiana. El «efecto llamada» de los abundantes y suculentos pastos del sur en los pastores y ganaderos de los eriales y fríos yermos del norte fue irresistible. Había cada vez más rebaños trashumantes, y era cada vez más grande cada rebaño.

En la trashumancia de gran formato, de grandes distancias, lo habitual era que el rebaño tuviera entre diez mil y doce mil cabezas, la mayoría de ellas ovejas. Salían del norte hacia el sur, camino de los invernaderos, en el mes de octubre, con las primeras heladas. Volvían del sur hacia el norte, hacia los agostaderos, en abril o mayo, recién esquiladas. Recorrían unos veinte kilómetros al día. El mando supremo de cada comitiva era un mayoral, que tenía por debajo a varios rabadanes, por lo general uno por cada millar de cabezas. Cada rabadán, a su vez, contaba con varios pastores, zagales y mancebos. Había otra pieza esencial en el cuidado y guía de estas grandes cabañas trashumantes. Era el servicio de seguridad: los mastines, los grandes perros pastores que mantenían a raya a los lobos. Cada mastín llevaba en su fuerte cuello una carlanca, un collar de pinchos con que se defendía a su vez de las dentelladas de los depredadores a los que se enfrentaba. A veces, los grandes rebaños contaban también con una guardia armada, la rafala, integrada por caballeros villanos de los concejos afectados.

Como los viejos caminos tradicionales resultaran insuficientes para estos gigantescos rebaños trashumantes, los propios usuarios se encargaron de ensancharlos, de aumentar el número de carriles y evitar los desesperantes atascos de cada operación salida desde los montes del norte y cada operación retorno desde los valles del sur. Bocado a bocado, pezuña a pezuña, viaje a viaje, las ovejas abrieron toda una red de carreteras: las vías pecuarias. Tras las vías romanas, quizás fue ésta la mayor infraestructura construida nunca en la historia de la península. Las vías pecuarias nacieron, por tanto, casi solas, sin ministros que las licitaran y politizaran ni ingenieros que las trazaran ni utes que se las adjudicaran y construyeran con presupuestos reformados ni comisionistas que llevaran maletines de un sitio para otro. Lo que sí tuvieron las vías pecuarias fue conflicto, y gordo, con las expropiaciones.

La red de vías pecuarias no era radial y centralista, como la de carreteras y autovías que tenemos hoy. Era una variada red norte-sur que nacía y moría en puntos muy alejados del este y el oeste. Contaba con cuatro tipos de vías diferentes, dependiendo del ancho de la calzada, del recorrido y de los servicios y equipamientos de que dispusieran. Las vías principales, las equivalentes a nuestras autopistas actuales, eran las cañadas. Tenían de ancho «seis sogas de 45 palmos», lo que equivalía a 90 varas castellanas, y muchas de ellas más de 500 kilómetros de recorrido. Una vara castellana, o vara de Burgos, medía 0,8359 metros, luego las cañadas tenían una anchura de algo más de 75 metros. Disponían de majadas para que durmieran hombres y ganados, de descansaderos para hacer altos en el camino sin colapsar el tráfico, de abrevaderos en remansos de ríos o arroyos... Había una decena: la Zamorana, la de la Plata, la Leonesa Occidental, la Leonesa Oriental, la Segoviana, la Galiana, la Soriana Occidental, la Soriana Oriental, la Conquense, la del Reino de Valencia... Las dos más largas eran las Sorianas. Ambas eran transversales, iban de noreste a suroeste. Superaban los 800 kilómetros. Nacían en las montañas de Soria, y morían la Occidental en Olivenza, al sur de Badajoz, y la Oriental en tierras de Sevilla.

Tras la anchísima cañada, la gran autopista, había otras vías menores. El cordel, de 45 varas castellanas de ancho; la vereda, de 25 varas, y la colada, de anchura variable, en torno a 5 varas. La red en su conjunto era inmensa, sumaba más de 100.000 kilómetros lineales y unos 4.500 kilómetros cuadrados, casi el 1 por 100 del territorio total de la Península Ibérica.

Tras la expansión territorial hacia el sur de Fernando III por el centro de la península y de Jaime I de Aragón por el este, y la consecuente limitación del dominio musulmán al pequeño Reino de Granada, en las actuales provincias de Granada, Almería y Málaga, el fenómeno de la trashumancia era tan grande que el Estado decidió regularlo. Había alcanzado una importancia económica crucial para Castilla.

La oveja castellana tradicional, la autóctona, es de la especie churra. De patas finas, proporciones alargadas y manchas negras en la cabeza, es buena para leche y para carne y menos buena para lana. Su lana es basta y lacia, poco apreciada para uso textil. No eran churras la mayoría de ovejas que trashumaban, sino de otra especie: merinas. La merina es más redondeada en su forma, tiene cuello y patas cortos, y su lana es fina, rizada, larga y uniforme, sin manchas. El negocio de las ovejas no se basaba entonces tanto en la leche y en la carne como en la lana. Ya se hacían quesos castellanos, muy apreciados, y se asaban exquisitos lechazos churros, pero el prestigio y el consumo de ambos productos era local. La lana, sin embargo, era una fibra textil de uso mundial, pero que no se producía en todos los países, por lo que generaba mucho comercio. Había sustituido a fibras vegetales como el cáñamo y fue la reina del textil hasta finales del siglo XVIII, cuando la máquina de vapor, la revolución industrial y los transportes modernos encumbraron el algodón.

Pero aún estamos en el siglo XIII. La oveja merina se está extendiendo en toda España. No es autóctona, la hemos importado, quizás del norte de África. Hay quien sostiene que su nombre procede de los benimerines, los Banu Marin, la dinastía bereber que toma el poder en el Magreb en 1268, tras la caída del imperio almohade, y salta el estrecho para frenar la expansión de Castilla tres décadas después.

La mayoría del ganado trashumante pertenecía a grandes propietarios: la alta nobleza, los monasterios y obispados de la vieja Castilla del valle del Duero o las órdenes militares que, con las conquistas castellanas, se habían hecho con grandes extensiones de tierra en la Castilla Nueva, la del Tajo y el Guadiana, o la Castilla Novísima, la del Guadalquivir. También algunos concejos de la repoblación tenían ganados trashumantes. Los diferentes propietarios estaban organizados en pequeños *lobbys* locales, las mestas, agrupaciones de ganaderos que velaban por sus intereses, sobre todo frente al agricultor.

El esquileo se hacía entre abril y mayo, antes de comenzar la trashumancia hacia los agostaderos. Los ganaderos vendían sus valiosos vellones en dos grandes ferias, la de Medina del Campo y la de Burgos, a mercaderes que a su vez la llevaban a las ciudades castellanas y la exportaban por mar a los grandes mercados europeos: Flandes, Francia e Inglaterra. La actividad era tan grande que hasta se construyeron puertos específicos para el comercio lanero. Uno de ellos, por iniciativa de los mercaderes burgaleses, en una entonces aldea diminuta, con sólo siete calles, en la ría del Nervión: la actual Bilbao.

La lana movía mucho dinero y había detrás, como vemos, un gran número de intereses. Estaba pidiendo a gritos un libro blanco, una ley, un régimen fiscal. Lo hizo Alfonso X. En 1273 reunió a todas las mestas del reino, que hasta entonces se regían por fueros locales, en una sola organización, una hermandad, el Honrado Concejo de la Mesta, y promulgó normas que favorecían claramente al ganadero frente al agricultor. Casi todo se regulaba, desde el derecho de los pastores a cortar leña hasta el modo de disponer de sal para el rebaño. Las ovejas tienen necesidad de tomar sal de modo permanente. Ahora se les da en grandes bolas de donde la lamen; entonces era una sal gorda, la llamada granzuda, que comían sobre unas grandes piedras planas, los salegares.

Para los rebaños, sólo había cinco cosas vedadas en las normas de Alfonso X: dehesas, trigales, viñedos, huertos y prados de siega. Pero la red de vías pecuarias, esa que habían hecho los rebaños bocado a bocado y pezuña a pezuña en los años anteriores, quedó sacralizada. El agricultor que la invadiera se arriesgaba a grandes sanciones.

El propio rey era juez y parte en la disputa. Las ovejas y la lana generaban en las arcas del reino muchos más ingresos que el trigo. Unos directos, por el tributo que se cobraba a los rebaños por transitar por tierras de realengo. Otros indirectos, por los impuestos de peaje y de portazgo, que pagaban los rebaños en las ciudades cuando pasaban por ellas y que acabaron también en buena parte en la Corona. Hubo incluso una multa que se convirtió en un impuesto permanente, el montazgo. Lo cobraban las ciudades para sancionar a los ganaderos que se metían ilegalmente en montes o dehesas locales. Con el paso del tiempo pasó a cobrarse a todo el mundo, entraran o no entraran sus rebaños en pastos vedados. Como el canon digital, pero hace más de siete siglos. La ordenanza del montazgo establecía que se pagaba así: «dos vacas o su valor, ocho maravedís, por cada mil; dos carneros o un maravedí por cada mil ovejas, y dos cerdos o veinte sueldos por cada millar de puercos». Un 0,2 por 100 de tasa en todos los casos. ¡El canon digital es bastante mayor!

Los pleitos y los enfrentamientos entre ganaderos y agricultores duraron siglos. La Mesta quedó oficialmente abolida hace nada, en 1836. El algodón ya era la fibra textil dominante, y la lana había perdido su papel estelar. Las vías pecuarias aún subsisten, pero hoy sólo pasan por ellas ciclistas y senderistas. Han sido además jibarizadas, ya no son casi el 1 por 100 de la Península Ibérica. Se las han comido algunas urbanizaciones privadas, algunos alcaldes que han hecho en ellas desde un polideportivo hasta la Puerta del Sol de Madrid y, sobre todo, los agricultores, los perdedores de la guerra durante siglos. Un surco más cada año, un mojón movido... y las cañadas, veredas, coladas y cordeles abiertas por las ovejas bocado a bocado, pezuña a pezuña, han perdido muchas varas castellanas en su anchura. La guerra entre estas otras dos Españas, la de los ganaderos y la de los agricultores, ha cambiado de signo.

A la Mesta se le hace hoy un balance más bien negativo. Se argumenta contra ella que contribuyó a la deforestación de la península, perjudicó seriamente a la agricultura y, sobre todo, frenó el desarrollo de la industria textil local, que era pujante en Soria, Palencia, Segovia o Zamora, lo que nos hizo perder uno de los primeros grandes trenes económicos de la historia. Las arcas del reino estaban más interesadas en el beneficio a corto plazo de los impuestos a la exportación de lana que en el que le hubiera dado a largo plazo la implantación aquí de grandes telares que abastecieran de productos manufacturados a toda Europa.

Durante el siglo XIII, Castilla se convirtió en una potencia económica gracias a dos sectores, la guerra y la lana, y renunció a un tercero, el textil, que probablemente hubiera generado a largo plazo mucha más riqueza. Fue otra enorme oportunidad perdida.

29

GONZALO DE BERCEO

Un cura bonachón, sencillo, ingenuo. Muy piadoso, casi santurrón. Nada intelectual, poco formado. Siempre de buen humor, simpático. Amigo incluso del buen vino... El modelo perfecto de la sencillez castellana. Así nos han pintado durante siglos y siglos otros autores y los historiadores de la literatura a Gonzalo de Berceo, el primer escritor de alto nivel en castellano del que conocemos el nombre, nuestro primer gran poeta. Lo trazaban así basándose en lo que el propio Berceo contó de sí mismo. Hasta que hace medio siglo vinieron a ponerle unos cuantos matices a ese retrato otros expertos, entre ellos y sobre todo un hispanista británico, Brian Dutton.

Berceo nació a finales del siglo XII, en el pequeño pueblo hoy riojano del que toma su nombre, y se educó y pasó casi la totalidad de su vida en un monasterio cercano, San Millán de la Cogolla, que en realidad eran dos monasterios: el de Suso, que quiere decir arriba, y el de Yuso, abajo. El primer monasterio había nacido unos siete siglos atrás gracias a un anacoreta, un ermitaño, que en realidad se llamaba Aemilianus, puro latín, la lengua que se hablaba en la zona y en toda la Península Ibérica en el siglo V. Millán es el resultado en castellano de una evolución lingüística completa del latín Aemilianus. La incompleta, la cultista, es Emiliano.

Gonzalo de Berceo y Aemilianus (o Emiliano o Millán) eran paisanos. También éste había nacido en Berceo, que por aquel lejano siglo V se llamaba Vergegio. Hijo de un pastor, Millán (lo llamaremos ya sólo así) también lo fue hasta los veinte años, edad en la que se echó al monte para convertirse en eremita, para vivir solo, rezar, meditar y hacer penitencia. Inicialmente se fue a un paraje muy agreste, los riscos de Bilibio, en la zona donde ahora está Haro, donde tuvo como maestro en la vida retirada a otro ermitaño después santo, Félix o Felices. Como eremita vivió Millán hasta el fin de sus días, que fueron muchos: murió cuando ya sobrepasaba, en teoría, los cien años de edad, un dato tan improbable como difícil de comprobar hoy en día. Ermitaño de por vida, salvo un paréntesis de tres años. Al obispo de Tarazona, que se llamaba Dídimo, le llegó la fama de santidad del ermitaño y lo nombró cura de su Berceo natal. Acabó mal el paréntesis. Millán era tan generoso con los pobres que otros clérigos lo acusaron de malgastar los bienes eclesiásticos. Hasta el obispo lo reprendió, por lo que nuestro hombre se volvió al monte, esta vez a las cuevas de Aidillo, donde se construiría después el monasterio de Suso. Muchos otros eremitas lo siguieron a la zona: Aselo, Cotonato, Geroncio, Sofronio, Potamia...

Cuando Millán murió, su sepulcro se convirtió en un lugar de peregrinación al que acudían primero gente humilde, del pueblo, y después condes y reyes castellanos o navarros que querían encomendarse a él en sus batallas contra los musulmanes. A mediados del siglo XI, al rey García Sánchez III de Navarra, el que iba a morir en la batalla librada en Atapuerca contra su hermano Fernando I de Castilla, se le ocurrió la idea de acopiar restos de santos de todo el reino y los alrededores, entre ellos los de Millán y Felices, y trasladarlos al monasterio de Santa María la Real de Nájera, que el propio monarca acababa de fundar. Tener tumbas santas era en aquellos difíciles y crédulos tiempos un gran negocio, suponía entrar en un productivo nicho de mercado. Las tumbas santas atraían peregrinos, y los peregrinos llevaban donaciones, dinero. Era el turismo de la época, un sector económico donde Compostela era el líder europeo. No en vano, decía tener una oferta única: las reliquias de uno de los doce apóstoles, Santiago.

A García no le salieron bien sus planes con los santos que tenía más cercanos. Cuando los enviados reales llegaron a Bilibio y abrieron el túmulo de Félix o Felices, al difunto se le torció la boca y estalló al tiempo una fuerte tormenta, lo que fue interpretado como que ni al santo ni al cielo les gustaba nada el traslado a Nájera. ¡Se desistió de inmediato del santo expolio!

Con Millán, el fracaso fue aún más espectacular. Según la leyenda, los bueyes que llevaban los restos salieron de Suso, que estaba en un alto, bajaron al valle y se pararon en seco «como una roca inmovible», y al rey no le quedó otra que ordenar que se construyera en el lugar otro monasterio, y que la iglesia fuera una copia de la de Santa María la Real de Nájera: así nació Yuso, el complejo de abajo, a muy pocos centenares de metros de Suso, el de arriba; así pasó San Millán a ser un monasterio doble y así se encontró García Sánchez III de Navarra con que él mismo había provocado el nacimiento de un nuevo competidor de Santa María la Real de Nájera.

El gafe de García Sánchez III causó aún otro daño colateral póstumo a su monasterio de Nájera. En 1090, el abad Blas, de Yuso, reparó en que san Felices seguía en Bilibio, en una zona tan escarpada y sin infraestructuras turísticas que apenas generaba peregrinaciones ni ingresos, y decidió ficharlo para su monasterio y monetizar aquel activo ocioso. Pidió permiso al rey, entonces Alfonso VI de Castilla, porque la zona pertenecía entonces a Castilla y no a Navarra, y éste le contestó con una carta que parecía redactada pensando en los infortunios de García Sánchez III:

«Paréceme padre abad negocio grave y dificultoso inquietar ni mover el cuerpo de un santo; pero porque no parezca que soy contrario a tan justos deseos id con la bendición de Dios y si os place trasladad el cuerpo de San Felices como lo deseáis y si en esto sucediese algún mal suceso o infortunio no se me cargue a mí la culpa que desde aquí me desligo a esta traslación».

El abad no se amilanó, y trasladó el cuerpo del santo desde Bilibio a Yuso. Seguía teniendo la boca torcida, pero tormenta no hubo.

Volvamos a Millán, que estamos a punto de llegar a Berceo. Millán fue un santo de culto inicialmente sólo local, pero, gracias entre otros a nuestro poeta, acabó teniendo tirón tan amplio que fue proclamado santo patrón de Castilla, como Santiago patrón de León, y ambos juntos oficialmente copatronos de España durante muchos siglos. Santiago aún lo es, a san Millán la Iglesia lo apeó en el Concilio Vaticano II, hace menos de cincuenta años.

Los nombres de san Millán y de Santiago se empiezan a juntar en el siglo x, ambos como matamoros, como ayudas divinas a las tropas cristianas en sus continuas guerras contra los musulmanes. Fue durante el primer tercio del siglo x, una época crucial en la pugna entre los emergentes reinos cristianos del norte peninsular y el Estado musulmán del sur y del este. En este último, Abderramán III está abriendo por entonces el que iba a ser el periodo de máximo esplendor político, militar, económico y cultural de casi ocho siglos de presencia musulmana en la península. Ha sometido en campañas muy rápidas a varios caudillos locales, en Orihuela, en Alicante, en la Penibética, que se estaban proclamando independientes en su territorio. Se ha proclamado califa y jefe de los creyentes, con lo que ha roto cualquier sometimiento al califa de Oriente. Y, con un ejército muy reforzado tras sus guerras civiles, decide poner en su sitio a los expansionistas reinos cristianos, desalojarlos del valle del Duero y empujarlos por la fuerza de las armas a sus viejos territorios montañosos del norte. Los derrota en Valdejunquera, cerca de Pamplona. Destruye los campos y las villas de Álava, devasta Burgos, pasa a cuchillo a doscientos monjes del monasterio de San Pedro de Cardeña...

En junio del año 939, el califa forma un gran ejército de casi cien mil hombres de muy diverso origen (mercenarios andalusíes, militares profesionales, bereberes, voluntarios...) y marcha hacia el norte cristiano. Llega a la meseta norte, saquea y destruye villas como Olmedo, Íscar o Alcazarén y se instala a finales de julio en Portillo, a unos quince kilómetros de lo que hoy es Valladolid. A la zona está llegando desde el norte una coalición de tropas de los reyes García Sánchez I de Navarra y Ramiro II de León. Éste tiene por principal lugarteniente al conde castellano Fernán González.

La batalla tuvo lugar cerca de Simancas, en la margen derecha del río Pisuerga. Pocos días antes hubo un eclipse de sol que sembró el terror en ambas huestes. El choque fue violentísimo y se prolongó durante varios días. Al principio, las cosas van mal para los del norte; las tropas califales son muy poderosas. Pero, de pronto, los exhaustos y casi vencidos cristianos creen ver aparecer entre los suyos, para auxiliarlos, a dos santos invencibles, San Millán y Santiago, y renuevan de tal modo sus ímpetus que ganan la batalla.

La leyenda milagrera, como tantas otras que ya tenemos vistas, la lanzan algunos cronistas y poetas anónimos coetáneos a los hechos y la adornan y recrecen al paso de los siglos muchos otros. Entre éstos, un monje del monasterio de San Millán llamado Fernando y casi coetáneo de Berceo, por lo que es muy probable que éste lo conociera y lo tratara. El tal Fernando no se quedó sólo en loar al santo local. Dio un paso más, un paso gigantesco y tramposo: creó unos documentos falsos por los cuales el conde Fernán González, agradecido con san Millán por sus ayudas en Simancas y en otras batallas, había concedido al monasterio de San Millán de la Cogolla un privilegio por el cual toda Castilla y parte de Navarra debía pagarle tributo. Cada comarca, cada villa, no sólo ha de contribuir anualmente con dinero a San Millán, sino entregarle además determinadas cantidades de su principal producto, sea trigo, vino, hierro, cera, quesos, carneros, bueyes...

Berceo, que probablemente no era tan candoroso ni tan desinteresado en su piedad y en sus versos como nos lo pintaron, se basó en esas falsificaciones de Fernando para escribir una de sus más famosas obras poéticas: la *Vida de San Millán de la Cogolla*, elaborada en parte a mayor gloria de la poesía y de san Millán, seguro, pero ante todo y sobre todo a beneficio de las arcas del monasterio en el que el poeta vivía y para el que trabajaba. A este fin, el poeta llega incluso a llamar al santo «el bon campeador», evocando al Cid, una de las figuras legendarias castellanas en aquel momento más prestigiosas.

Por aquel entonces, ya lo hemos apuntado reiteradas veces, los monasterios competían de modo desaforado entre sí en un mercado muy duro, muy reñido, pero de gran rentabilidad económica. Competían no sólo en lograr fama de milagreros y sagrados, sino también en quién tenía más vínculos en su origen o en su historia con algunos de los mitos fundacionales castellanos, con los héroes y las leyendas. Los prestigios así ganados se convertían en peregrinaciones y donaciones de los fieles, en vil metal. Ya vimos, cuando hablábamos del arte románico, que casi dos siglos antes de la vida de Berceo un pequeño monasterio burgalés de segunda división había fichado a un antiguo directivo del cenobio de San Millán, un tal Domingo Manso, que había sido despedido por el ínclito García Sánchez III de Navarra, para ascender a primera y competir con el riojano, y que lo logró con creces: el tal Manso pasó a la historia como santo Domingo de Silos, y el monasterio por él refundado se convirtió en uno de los líderes de primera división y llevó desde entonces su nombre.

En tiempos de Berceo, su monasterio empezaba su decadencia y competía sobre todo con otro centro burgalés muy cercano a Silos: el monasterio de San Pedro de Arlanza. Ambos cenobios, por ejemplo, decían tener entre sus paredes los sarcófagos de los siete infantes de Lara, protagonistas de una de las leyendas más famosas de la Alta Edad Media peninsular. Y mientras Berceo escribía en San Millán sobre su santo fundador, un monje anónimo creaba en San Pedro de Arlanza el *Poema de Fernán González* para disputarle las leyendas, los milagros, los privilegios y el dinero al de San Millán de la Cogolla, que hacía caja con maniobras como la del falsificador Fernando. El *Poema* del monje anónimo de Arlanza y la *Vida de San Millán* de Berceo son, en conclusión, literatura propagandística y directamente enfrentada, son parte de lo que hoy llamaríamos los respectivos planes de *marketing* de uno y otro monasterio.

Berceo no es famoso y valorado, sin embargo, por esa *Vida de San Millán.* No es su mejor obra. Su cima la alcanza en los *Milagros de Nuestra Señora*, un conjunto de poemas en loor «a la Virgo María, madre del buen Criado». Como veremos, también pudieron ser parte del plan de *marketing* de su monasterio, pero son gran literatura, nuestra primera gran literatura con autor conocido. Hasta entonces, el castellano sólo había alumbrado obras anónimas: cantares de gesta como el *Mio Cid*, la mayoría perdidos, o los poemas de los juglares, en los que se basaban en buena parte los cantares.

El culto y la devoción a la Virgen estaba alcanzando en aquella época su mayor auge en toda la historia de la Iglesia. En los primeros años del cristianismo, María era un personaje muy secundario. En el siglo II, sube un escalón: san Justiniano y san Irineo, dos padres de la Iglesia —los pensadores que la dotan de todo un cuerpo de doctrina considerado fundamento de fe y de ortodoxia, lo que hoy llamaríamos un argumentario— lanzan la idea de que María es la nueva Eva, la mujer que ha venido al mundo a redimirnos de los pecados de otra mujer, la Eva antigua, que le ofreció una manzana a Adán y trajo el dolor y acabó con el Paraíso. En la España visigoda, el marianismo crece mucho. Un santo hispano, Ildefonso de Toledo, da otro empujón en el siglo VII al lanzamiento de María como estrella, como primera figura: dedica todo un tratado a razonar y a alabar su virginidad e introduce en la liturgia la idea de que ella es la principal mediadora para abrir las puertas del cielo a los muy pecadores humanos. Un santo más, un francés del siglo XII, san Bernardo de Claraval, da a la veneración a la Virgen el impulso definitivo. En sus sermones, muy divulgados en todo el orbe cristiano, no sólo presenta a María como la gran mediadora entre los hombres y Dios, como la vía principal para ganar la salvación, sino también como el acueducto por el que pasa al hombre la gracia divina que fluye de Cristo. El sermón donde Bernardo desarrolla esta idea se titula así, *De aquaeductu*.

Sustentadas ideológicamente en toda esta tradición religiosa, las composiciones literarias sobre milagros de la Virgen son muy frecuentes y abundantes durante la Edad Media. En prosa y en verso, en muchos países, y escritas al principio todas ellas en latín. Esos milagros marianos, creados inicialmente por escritores anónimos, servían a los predicadores para llenar sus sermones de anécdotas y captar mejor la atención de sus fieles, a los que se entretenía y a la vez se adoctrinaba. Como se diría después, era deleitar aprovechando.

Tanto la doctrina como las composiciones literarias, todo el marianismo, habían llegado a San Millán de la Cogolla, que no sólo contaba con una extensa biblioteca, sino que además estaba muy cerca, a apenas quince kilómetros, del Camino de Santiago, la principal vía de comunicación por la que en tiempos de Berceo circulaban los hombres y las ideas. En el mismo Camino tenía el monasterio una sucursal, una delegación, una subsede: en el siglo XI, el centro de San Millán había adquirido el hospital de peregrinos de Azofra, cerca de Nájera. No era una inversión inmobiliaria cualquiera. Era estratégica. No sólo para captar ideas, también dinero. Por Azofra pasaban ingentes cantidades de romeros, que iban o volvían de Santiago, y allí se les convencía para que se desviaran de su camino apenas tres leguas para visitar y dejar sus limosnas en el celebérrimo monasterio de San Millán, donde estaba el sepulcro, no lo olvidemos, de un santo de tanto nivel como Santiago. Berceo probablemente era con sus poemas, como veremos, un agente de esa estrategia; un agente de primer orden.

Berceo no es original en sus milagros marianistas. Los veinticinco que narra en sus versos tienen tradición literaria anterior en latín. Tampoco era el único que se dedicaba a ese género entre nosotros. En ese mismo siglo XIII, el rey Alfonso X el Sabio compone en gallego sus *Cantigas de Santa María*. Pero Berceo da a todo, al género y a los milagros concretos que recrea, un aire nuevo y una altura poética muy elevada. Es muy hábil versificando, rima y medida son técnicamente perfectas, usa una gran variedad léxica, dramatiza muy bien las escenas y, sobre todo, sabe escribir para el pueblo, para el gran público, y lograr su complicidad y su atención con recursos que nadie había utilizado antes de modo tan atinado. Tiene mucho talento natural, pero también muchos conocimientos, mucha experiencia, muchas tablas. De clérigo simple, ingenuo y casi iletrado, nada de nada.

Como muchos otros poetas de su tiempo, los que encuadramos en el llamado mester de clerecía, Berceo utiliza en casi toda su obra una misma estrofa, la cuaderna vía. Es una estrofa que probablemente había sido inventada en Francia, en los cultos monasterios franceses. Tiene siempre cuatro versos con la misma rima. Cada verso suma catorce sílabas, divididas en dos partes de siete, los hemistiquios, a su vez separados por una pausa, la cesura. Ahí va un ejemplo, la segunda cuaderna vía de los *Milagros de Nuestra Señora*:

> Yo maestro Gonçalvo de Berceo nomnado,
> yendo en romería caeçí en un prado,
> verde e bien sençido, de flores bien poblado,
> logar cobdiçiaduero, pora omne cansado.

Otra cuaderna vía, muy famosa, de otra obra de Berceo, *Vida de Santo Domingo de Silos*, una de las varias hagiografías en verso que compuso:

> Quiero fer una prosa en román paladino,
> en la cual suele el pueblo fablar a su vecino;
> ca no so tan letrado por fer otro latino.
> Bien valdrá, como creo, un vaso de bon vino.

El román paladino en el cual suele el pueblo hablar a su vecino es el castellano, la lengua romance que ya en esos años de Berceo, tras las conquistas territoriales del rey Fernando III, es la lengua más extendida en la península. El latín aún se utiliza, sobre todo en la liturgia religiosa y entre los clérigos, pero Berceo decide escribir en castellano y recordar a menudo a su público por qué lo hace. Así comienza otra de sus composiciones, *El martirio de San Lorenzo:*

> En el nomne precioso del Rey omnipotent
> que faze sol e luna nacer en orïent,
> quiero fer la passión de señor sant Laurent,
> en romanz, que la pueda saber toda la gent.

Insiste en escribir «en romanz», en castellano, para que le entienda «toda la gent». Y dice que no es «tan letrado» como para hacer versos en latín. Probablemente era mentira. Su monasterio tenía una gran biblioteca, casi toda en latín, y todos los milagros marianistas que él recrea seguramente los ha estudiado en esa lengua. Hay expertos que sostienen que Gonzalo de Berceo se formó, en latín, en los Estudios Generales de Palencia, la primera universidad que se funda en la península —menciona en su obra a su fundador, el obispo Tello Téllez de Meneses—, y que era allí donde había obtenido ese título de «maestro» con que se nombra a sí mismo en su propia obra: «Yo maestro Gonçalvo de Berceo nomnado...». Hay otros expertos que sostienen que tenía grandes conocimientos administrativos y legales, y aún otros que plantean si no era notario...

Entonces, ¿por qué mentía, por qué se disfrazaba Berceo de cura simple y casi ignorante? Es una técnica de orador, de predicador: por captar la benevolencia del público, por ganarse al lector poniéndose a su nivel, presentándose como un intermediario entre los clérigos sabios y el vulgo iletrado. No sólo le habla en su idioma y con ingenuidad (hoy sabemos que impostada), sino que muchas veces usa incluso la jerga popular coloquial, sus modismos, sus refranes, sus frases hechas. Es afectivo, cariñoso, cercano, a veces incluso humorístico. Usa los diminutivos que utiliza el pueblo, con valor afectivo, como quizás nadie nunca en la literatura española. Y pide al público una recompensa acorde con todo ello: «Bien valdrá, como creo, un vaso de bon vino».

A menudo, Berceo llama cariñosamente la atención al público, para que no se le distraiga. «Sennores e amigos, por Dios e caridat, / oíd otro milagro, fermoso de verdat», comienza uno de sus poemas. «Amigos, si quissiéssedes un poco atender, / un precioso miraclo vos querría leer», arranca otro. Oídme, atendedme. Estas y otras formas similares son frecuentes en su obra. Por estos y otros versos, parece que tiene al público delante. Berceo, y como Berceo otros poetas del mester de clerecía, ¿recitaba en público sus versos, como antes los juglares del mester de juglaría? ¿A qué fin? Los expertos están divididos. Hay quien asegura que no, que no es más que una técnica literaria de proximidad al lector, de cercanía, un recurso de predicador. Y hay quien sostiene lo contrario y monta incluso toda una teoría que nos pinta de nuevo a Berceo con trazos diferentes a los tradicionales. Según estos expertos, no sólo la *Vida de San Millán*, sino prácticamente toda la obra de nuestro poeta, estaba hecha con fines propagandísticos, mercadotécnicos, mercantiles, para promocionar su monasterio.

Los monjes de San Millán, ya lo vimos antes, tenían una larga experiencia y eran muy competitivos buscando peregrinos, captando turismo hacia su monasterio. Sabían explotar muy bien algunos activos tan valiosos como eran las tumbas de san Millán y san Felices. Y habían visto cómo nacía cerca de su territorio la principal ruta turística de la historia, el Camino de Santiago: un chorro continuo de gente, y de dinero, que iba a visitar otra tumba santa. El Camino no pasaba por San Millán, iba un poco más al norte, por Nájera. Ya contamos antes que, en el siglo XI, mucho antes de la época de Berceo, el monasterio de San Millán había adquirido el hospital de peregrinos de Azofra, cerca de Nájera. ¿Para qué? Según algunos expertos, para lograr allí que algunos de los peregrinos que iban a Santiago a visitar la tumba del apóstol se desviaran unos pocos kilómetros de la ruta para visitar las de san Millán y san Felices y dejaran en ellas sus limosnas. Las obras de Berceo, según estos expertos, se recitaban en Azofra, a veces incluso por el propio autor. Los versos del riojano serían, así, un reclamo publicitario, un anuncio, puesto en la sucursal de Azofra para generar visitas a la casa madre de San Millán. Y Berceo sería, en definitiva, no sólo nuestro primer gran poeta, de altísima calidad emocional y técnica, sino uno de nuestros primeros genios de la publicidad y del *marketing*.

30
FERNANDO III

El apelativo de El Santo, por el que lo conocimos en los libros escolares, probablemente nos haya despistado a todos y haya falseado la imagen pública de Fernando III, por reductora. Para la Iglesia fue un santo, para el islam de la época probablemente un demonio, el peor enemigo que tuvieron enfrente los musulmanes durante sus casi ocho siglos en la península. La Iglesia lo canonizó en 1671, pero vista al detalle su biografía fue muchísimas más cosas y, por lo que toca a esta historia, mucho más importantes que la santidad.

Fue un político habilísimo, capaz de urdir las más complejas alianzas y estrategias para alcanzar sus fines. Fue un militar de gran éxito, uno de los más relevantes señores de la guerra de toda la Europa medieval, a veces con golpes directos fulminantes contra sus enemigos y otras veces con pacientes tácticas circulares. Fue casi tan culto como su hijo Alfonso, al que los libros escolares apodan El Sabio. Y también tenía baraka, añadirían al retrato sus enemigos musulmanes. Y además, ampliaríamos aquí, bajo su mandato Castilla llega como nación a su madurez y a su liderazgo entre los Estados peninsulares e incluso europeos y se rematan muchas de las maniobras de *marketing* y de propaganda para abrillantar su pasado remoto y crear sus mitos fundacionales.

¡Y tanto que tenía baraka! Un Papa, un rey que era su propio padre y muchos nobles hicieron lo indecible para impedir que Fernando llegara a reinar. No lo consiguieron, y su reinado fue probablemente el más importante tanto en la conquista de Al-Andalus por los cristianos como en la configuración definitiva de Castilla como Estado. No le correspondía ser rey de Castilla, pero las prematuras muertes de dos jóvenes infantes tíos suyos y la habilidad y generosidad de su madre lo llevaron al trono. Tampoco le correspondía ser rey de León, pero otra muerte inopinada de un joven infante hermanastro suyo y una vez más la habilidad de su madre y la del propio Fernando le dieron el segundo trono. Y, contra muchos pronósticos, convirtió los dos reinos en uno solo y para siempre; fue el primer rey de Castilla y León de la unificación definitiva.

Fernando nació en junio de 1201, probablemente el 24, día y noche de san Juan, casi en pleno solsticio de verano. Nació en un camino, en el campo, dos kilómetros al sur de la localidad zamorana de Peleas de Arriba, en el monte Valparaíso, en un lugar donde andando el tiempo se alzaría el monasterio del mismo nombre. Su madre, Berenguela, hija mayor del rey de Castilla, Alfonso VIII, y esposa del rey de León, Alfonso IX, iba a Benavente a reunirse con su marido cuando se puso de parto. Era el tercer hijo de la pareja, y el primer varón. Antes habían tenido a Leonor y a Constanza, después a Alfonso y a Berenguela.

En aquel momento, los dos reinos llevaban separados cuarenta y cuatro años, desde la muerte de Alfonso VII, el último rey de la primera unificación de los reinos. Cuando nació Fernando, la línea divisoria entre Castilla y León iba aproximadamente así: arrancaba donde ahora se separan Cantabria y Asturias y, pasada la cordillera, eran castellanas Cea, Sahagún y las tierras del este de la hoy provincia de Valladolid, mientras que eran leonesas Mayorga, Becilla de Valderaduey, Villavicencio, Bolaños, Barcial de la Loma, Villafrechós, San Pedro de Latarce, Tiedra, Casasola de Airón y San Román de Hornija. Al sur del Duero, pertenecían a Castilla las actuales provincias de Valladolid y Ávila y la zona de Béjar, ya en la de Salamanca. Aún más al sur, pasado el Sistema Central, la histórica ruta de la Plata era la línea divisoria.

Leonés por padre y por nacimiento y castellano por madre, Fernando se crió en los dos ámbitos. Probablemente aprendió antes el leonés que el castellano, porque su nodriza era una leonesa llamada Teresa Martínez que le hablaba en su lengua. Pero aun así, unos años después, ya rey, declaró el castellano —que ya era el único idioma de la calle y había alcanzado sus primeras cimas literarias— como la lengua oficial del reino unificado.

De chico, vivió sobre todo en Burgos, con sus abuelos maternos: Alfonso VIII, el que con la victoria en Las Navas de Tolosa iba a dar en 1212 un paso fundamental en la conquista por los cristianos del sur musulmán, y Leonor de Inglaterra, que era hermana de Ricardo Corazón de León y de Juan Sin Tierra. En Las Navas, por cierto, estuvieron cuatro de los cinco reyes cristianos de la península, el de Castilla, el de Navarra, el de Aragón y el de Portugal, pero no estuvo el padre de Fernando, Alfonso IX de León, que tuvo de por vida una extraña relación de amor y odio con su primo el rey castellano. Ambos eran nietos de Alfonso VII.

En aquellos años de su primera infancia, Fernando perdió temporalmente sus derechos al trono de León. El Papa Inocencio III exigió que se deshiciera el matrimonio de sus padres, que eran primos segundos, y en una bula proclamó «espuria la prole nacida de esta incestuosa unión». Al padre, el leonés Alfonso, era la segunda vez que le pasaba lo mismo. El Papa anterior, Celestino III, ya había anulado antes su primer matrimonio con Teresa de Portugal, prima carnal de Alfonso y con la que había tenido tres hijos, Sancha, Fernando y Dulce, a los que también se les quitaron sus derechos sucesorios. La anulación por el Papa del matrimonio entre Alfonso IX, rey de León, y Berenguela, hija del rey de Alfonso VIII de Castilla, obligó a los dos reinos a unas larguísimas negociaciones sobre las dotes y arras que habían llevado los novios al matrimonio. Finalmente, en 1206, ambos reinos firmaron el Tratado de Cabreros, por el que el futuro Fernando III recibía distintas villas y castillos de su madre, de su padre y de su abuelo castellano y, sobre todo, lograba el reconocimiento por su padre como primer heredero del reino de León. A Inocencio III no le quedó más remedio que aceptar el apaño, y su sucesor en Roma, Honorio III, lo bendijo.

Sorteado ese primer escollo, parecía que Fernando, aún un niño de cinco años, tenía despejado el camino al trono de León. Pero no era del todo así: había otro Fernando que lo pretendía: su hermanastro, el único varón que Alfonso IX había tenido con Teresa de Portugal. Este Fernando vivía con su padre en la corte de León cuando nuestro Fernando residía aún en Burgos, y jugó sus bazas para que el rey leonés incumpliera el Tratado de Cabreros en lo que se refería a su sucesión. El destino vino a ayudar al Fernando de Burgos: el Fernando de León se murió de improviso con apenas veinte años.

Otra muerte joven le había empezado a despejar al futuro Fernando III el camino al trono de Castilla. Sus abuelos, Alfonso VIII y Leonor, habían tenido cinco hijos, por este orden: Berenguela, la madre del futuro Fernando III; Fernando; Blanca, que acabaría casándose con Luis VIII de Francia, san Luis para la Iglesia y para la historia; Enrique, y Urraca, que también acabó siendo reina, al casarse con Alfonso II de Portugal, que era hermano de Teresa, la primera mujer de Alfonso IX de León. Pues bien, el tío Fernando había muerto también de repente en octubre de 1211, cuando iba a cumplir veintidós años y volvía de una campaña militar contra los musulmanes. Los derechos pasaron a su otro tío, Enrique, que aún era un niño. Tres años más tarde, fallecen casi a la vez, en octubre de 1214, los abuelos, Alfonso VIII y la reina Leonor, y Enrique I llega al trono con apenas diez años. Pero también éste muere otros tres años después, al caerle una teja en la cabeza cuando jugaba en el palacio episcopal de Palencia. No se piense mal, no parece que hubiera conspiración alguna: otro muchacho, un tal Íñigo de Mendoza, con el que el rey estaba jugando, soltó un tejuelo que dio en la teja que le rompió la crisma al pobre Enrique I.

¿Qué hacía el joven rey Enrique I en Palencia, por qué no estaba en Burgos? Pues era casi rehén de una de las facciones que se disputaban el poder en Castilla, en una semiguerra civil causada tras la muerte de Alfonso VIII. Berenguela, la madre del futuro Fernando III, fue la tutora de su hermano Enrique I y la regente del reino en los primeros meses de la minoridad del rey. Pero la poderosa Casa de Lara —la misma familia noble que tambien robó a los Castro la tutela del propio Alfonso VIII cuando era niño— logró quitar a Berenguela la regencia y poner en su lugar al jefe de la familia, Álvaro Núñez de Lara, al que le faltó tiempo para acosar militarmente a Berenguela y a su hijo Fernando, que por entonces había sido enviado a León, con su padre, para que no molestara.

Cuando Berenguela supo que su hermano Enrique había muerto por el tejazo, ella, que podía haberse proclamado reina ya que no quedaban más hijos varones de Alfonso VIII, decidió jugar de inmediato la baza a que fuera su hijo Fernando el heredero. Lo mandó a buscar a la corte leonesa, sin decirle a su ex marido el rey de León que el de Castilla había muerto, aguantó después las incursiones militares en Castilla del enfadado Alfonso IX, que estaba apoyado y espoleado por los Lara, y logró finalmente que los concejos la apoyaran, a ella y a su hijo.

¿La apoyaran en qué? Pues en una de las disputas jurídico-lingüísticas más interesantes de la historia. Volvamos cincuenta y nueve años atrás. Tras la muerte de Alfonso VII, el último rey de la primera época del reino unificado de Castilla y León, sus hijos Sancho III de Castilla y Fernando II de León habían firmado, el 23 de junio de 1158, el Tratado de Sahagún, que disponía para ellos, sus hijos y sus nietos que, si el rey de uno de los dos reinos moría sin hijo legítimo, el reino pasaba al otro monarca. Pero había una duda en la interpretación de esta cláusula. El tratado estaba en latín. El término latino *filio*, ¿se refería sólo a hijos varones o significaba «hijo» en general, «hijo» e «hija»? Tras morir Enrique I, a Alfonso VIII ya no le quedaban hijos varones. ¿Era Berenguela *filio* de Alfonso VIII y legítima heredera de los derechos al trono o pasaba éste a Alfonso IX de León, conforme a lo dispuesto en el Tratado de Sahagún? Los concejos votaron en Valladolid que sí, que *filio* valía para hijo y para hija, y que Berenguela era la legítima heredera del trono.

Los concejos hicieron algo más: en un tono bastante machista, por lo que se ve en las crónicas, pidieron a Berenguela que renunciara a favor de su hijo Fernando. Ella lo hizo gustosa. En realidad había sido reina por unos días, aunque sin ser proclamada. Había reinado desde el 6 de junio de 1217, cuando murió su hermano Enrique I, hasta el 2-3 de julio, cuando fue proclamado su hijo Fernando III, en lo que hoy es la Plaza Mayor de Valladolid. Tenía éste dieciséis años recién cumplidos, ya era mayor de edad. Probablemente gracias a la inteligencia, los ardides y las maniobras de Berenguela, tuvo Castilla rey propio y luego se transformó en Castilla y León. Sin ella, es muy probable que el reino hubiera sido el de León y Castilla, con el inquietante Alfonso IX de rey, y toda la historia posterior, hasta nuestros días, hubiera sido diferente.

Su padre, el leonés, no aceptó la decisión de los concejos e invadió Castilla, ayudado por los Lara. Alfonso llegó con su ejército muy cerca de Burgos, pero tuvo que renunciar a asaltarla y, a la vuelta hacia sus tierras, desairado, prendió fuego y arrasó localidades burgalesas como Basconcillos, Villaquirán y Villademiro y otras poblaciones y áreas palentinas. Aun así, acabó firmando con su hijo unas treguas en las que se determinaba entre otras cosas dónde quedaba exactamente la frontera entre ambos reinos, que no tenían un accidente geográfico natural que las separara y que, desde la división de los dos reinos ordenada por Alfonso VII, estaban en casi permanente conflicto. Álvaro de Lara, mientras tanto, siguió en guerra, arrasó con saña Belorado e intentó una emboscada contra Fernando III, pero cayó preso, le perdonaron la vida a cambio de que entregara sus castillos, se refugió junto al rey leonés, lo convenció de que rompiera las treguas, volvieron ambos a la guerra con Castilla, Lara cayó enfermo y murió y los dos reyes acordaron en Toro una paz que ahora sí sería definitiva.

Los primeros años como rey de Castilla los empleó Fernando en la pacificación interna, tras los traumáticos enfrentamientos de la minoridad de Enrique I; en su mejor iniciativa cultural o artística, el comienzo de las obras de la catedral gótica de Burgos, y en mantener con los musulmanes las treguas que había firmado su abuelo Alfonso VIII. Pero en 1224, debilitado y de nuevo fragmentado Al-Andalus tras morir el emir Al-Mustansir, Fernando III reúne a su curia regia primero en Muñó y luego en Carrión y la convence de desatar una guerra sin cuartel al sur musulmán. Sus ejércitos se reúnen en breve en Toledo y cruzan el puerto de Despeñaperros, que entonces se conocía más por el nombre de Muradal, e inician la que sería una de las más largas operaciones militares de la historia, de veintiocho años de duración. Durante esa primera década, toman Andújar, Martos y Baeza, en esta última aliándose con el cabecilla almohade local, Al-Bayasi, el Baezano; devastan territorios o asaltan fortalezas en las zonas de Jaén, Alcaudete, Priego, Loja o Alhama; toman botín y miles de cautivos por donde quiera que pasan, y se acercan incluso a los límites de Granada. Las sucesivas campañas iban por lo general de primavera a otoño; en invierno buena parte de los ejércitos castellanos acostumbraba a volver a Toledo.

En septiembre de 1230, al morir su padre Alfonso IX de León, Fernando hace un alto en sus campañas contra los musulmanes. La sucesión leonesa no estaba clara, por lo enrevesada que la dejaban las dos anulaciones matrimoniales del padre, las guerras entre Castilla y León tras la muerte de Enrique I y los diferentes tratados suscritos. Un mes antes de morir, en un documento del 1 de agosto de 1230, Alfonso apuntaba como herederas a las hijas de su primer matrimonio con Teresa de Portugal, Sancha y Dulce, pero la fórmula les parecía llena de riesgos incluso a algunos prelados y magnates leoneses: dos herederas, en vez de una; además mujeres, sin ninguna experiencia militar en una época en que el rey era sobre todo el jefe del ejército, y encima solteras y cercanas ambas a los cuarenta años de edad, que era tanto como decir sin expectativas de descendencia y con nuevos probables líos sucesorios si llegaban a reinar.

Asesorado por su madre, la sagaz Berenguela, Fernando marcha a toda prisa hacia tierras leonesas, donde arranca una carrera entre él y sus hermanastras para alcanzar el trono. Fernando logra que apoyen su candidatura algunas villas y castillos importantes, como Villalar, Toro, Villalpando o Mayorga, así como la mayoría de los obispos del reino. A Sancha y Dulce les dan calabazas en Astorga y en León, que está muy dividida, pero Zamora se alinea con ellas. Finalmente, Fernando entra en la capital y es proclamado rey de León, probablemente el 7 de octubre de 1230. A partir de ese momento, en sus documentos se intitulará como rey «de Castilla y de Toledo, de León y de Galicia». Pronto añadirá otros reinos a su título.

A las hermanastras, las desactivó del todo Berenguela, que no quería que su hijo corriera el riesgo de una guerra civil en León. Se entrevistó con la otra madre, Teresa de Portugal, en Valencia de Don Juan, que entonces se llamaba Coyanza. Las dos ex mujeres de Alfonso IX de León pactaron allí que Sancha y Dulce renunciaban por completo a cualquier derecho de sucesión y que Fernando les ponía a cambio a ambas una generosa pensión vitalicia. El acuerdo se plasmó días después en Benavente, y fijaba la pensión en 15.000 maravedíes al año para cada una de las dos hermanas, que se reducirían a 10.000 si profesaban como monjas y a cero, a nada de nada, si se casaban. Sancha murió en 1243 en el monasterio cisterciense de Villanueva del Bierzo, sin casarse y sin descendencia. Dulce, en el portugués de Lorvao, en 1245, también sin casarse y sin descendencia. Además de tres hijos con su primera mujer y cinco con la segunda, Alfonso IX de León tuvo con otras cuatro mujeres al menos once hijos más que llegaron a adultos, pero ninguno de estos últimos mostró reivindicaciones sucesorias.

Tras la llamada «Concordia de Benavente», Fernando, ya como rey castellanoleonés, hace una gira de varios meses por sus nuevos territorios gallegos y asturianos, para apaciguar ánimos levantiscos, y aumenta si cabe al mismo tiempo su actividad bélica en el sur. Tropas suyas, con el arzobispo de Toledo Rodrigo Jiménez de Rada al frente, ocupan las comarcas de Quesada y de Cazorla en 1231. Otras, con Alvar Pérez al mando, devastan ese mismo año los alrededores de Córdoba, asaltan Palma del Río, saquean las inmediaciones de Sevilla, Vejer y Jerez y derrotan en las proximidades de esta última ciudad a un numeroso ejército musulmán, lo que provoca una crisis interna en el liderazgo de Al-Andalus. Una hueste de caballeros de la orden de Santiago y de vasallos del obispo de Plasencia toma Trujillo en enero de 1233. Ese mismo año, en julio, un ejército que mandaba el rey en persona conquista Úbeda, que los cristianos habían cedido tras tomarla en la batalla de Las Navas.

Las guerras intestinas, mientras tanto, habían hecho que en la época hubiera en Al-Andalus cuatro emires diferentes, enfrentados entre sí: el de Valencia; el que gobernaba Arjona, Jaén y Granada; el que lo hacía en Niebla, y el más poderoso, Aben Hut, que mandaba en Sevilla, Córdoba y el resto del territorio musulmán.

En 1235, Fernando toma los castillos de Iznatoraf y de Santiesteban, y se hace también poco después, sin planificarlo, casi por sorpresa, con la ciudad de Córdoba, la antigua capital califal.

Durante una cabalgada de poca importancia por las inmediaciones de la ciudad, caballeros castellanos supieron por un cautivo que la vigilancia era escasa en un sector determinado de la muralla al que se podía subir con escalas, y prepararon un plan. Lo ejecutaron en la noche del 24 de diciembre. Un grupo de soldados vestidos al estilo musulmán, entre ellos dos que hablaban árabe, Alvar Colodro y Benito de Baños, treparon a la muralla, ayudaron a hacerlo a otros muchos, se apoderaron de varias torres y abrieron al alba una de las puertas, la de Martos, por la que entró la caballería cristiana y se adueñó de todo un barrio, el de la Ajarquía, uno de los arrabales surgidos durante la época califal. Los musulmanes se refugiaron en la medina, en el centro de la ciudad.

Fernando estaba en Benavente, sentado a la mesa, comiendo, cuando a mediados de enero recibió la noticia del asalto parcial a Córdoba. Reaccionó de inmediato, con ese olfato que tenía para detectar las oportunidades, y salió a toda prisa hacia el sur con un centenar de caballeros. Iban a uña de caballo, pese a que había que cruzar montes y ríos en pleno invierno. Cuando llegaron, a principios de febrero, acamparon frente al sector musulmán de la ciudad. En las semanas siguientes, comenzaron a llegar muchas otras tropas cristianas que querían estar en el cerco a la ciudad que era el mayor emblema musulmán, el símbolo del pasado esplendor: milicias concejiles, freires de las distintas órdenes militares, tropas de los señoríos y de los obispos... Pronto lograron bloquear entre todos cualquier comunicación del sector musulmán con el exterior. Sin víveres y sin posibilidad de recibir ayuda, los cordobeses se rindieron a finales de junio de 1236 con una única condición: se respetaría la vida de todos los habitantes, que abandonarían la ciudad llevándose los bienes que pudieran transportar. La ciudad quedó completamente vacía de musulmanes, que marcharon desplazados hacia otras tierras de sus correligionarios, y fue repoblada totalmente con nuevos habitantes venidos del norte, de la vieja Castilla.

En lo que queda de década, Fernando reduce por una enfermedad su frenético ritmo de conquistas, pero milicias concejiles suyas amplían la frontera en el este con la conquista de Utiel y Requena y las órdenes militares en el oeste con las de Almendralejo, Benquerencia y Zalamea. En 1240, Fernando se instala en Córdoba durante catorce meses y con cabalgadas y asaltos unas veces y con negociaciones otras incorpora personalmente a sus dominios un amplísimo territorio, con ciudades y villas como Almodóvar, Santaella, Lucena, Moratalla, Hornachuelos, Zagrilla, Mojón, Rute, Vela, Aguilar, Benamejí, La Rambla, Baena, Montoso, Zuheros y Luque, en la actual provincia de Córdoba; Écija, Estepa, Osuna, Setefilla, Almenara, Lora, Cazalla, Marchena y Morón, en la de Sevilla; Porcuna, en Jaén; Zafra, en Badajoz. Por la misma época, pasan también a ser tierras castellanas Albacete, Chinchilla y Almansa. En 1243, el primogénito del rey, el futuro Alfonso X, toma posesión del Reino de Murcia, con pactos, sin mucha guerra cruenta. Primero la capital, luego Lorca, Mula o Cartagena. En 1245, en el cerco de Cartagena, interviene por primera vez en la guerra la marina de Castilla, fundada por Fernando muy poco antes.

En esa zona levantina, la expansión castellana chocaba con la aragonesa. Castilla había tenido la ambición de conquistar todo Levante ya casi dos siglos atrás, cuando el Reino de Aragón era sólo un minúsculo estado pirenaico. El primer rey castellano, Fernando I, había llegado a sitiar en 1065 los muros de Valencia, donde a finales de aquel mismo siglo XI gobernó el Cid durante cinco años, y luego dos más su mujer, Jimena. Para evitar conflictos, Castilla y Aragón habían ido firmando distintos acuerdos que determinaban cómo sería el reparto de las zonas de influencia cuando la conquista llegara a tierras valencianas y murcianas. El penúltimo, el de la época de Fernando III, fue el Tratado de Almizra. Lo cerró su hijo el infante Alfonso con Jaime I de Aragón el 26 de marzo de 1244, en donde hoy está el municipio de Campo de Mirra. Por él, eran castellanas Villena, Sax, Elda, Petrer, Busot y Aigües de Busot, y por supuesto Alicante y Elche, que quedaban más al sur; y eran aragonesas Biar, Tibi, Jijona y Villajoyosa, y las tierras más al norte de éstas. Una guerra entre Castilla y Aragón, cincuenta y dos años más tarde, traería un nuevo tratado y daría a los aragoneses las comarcas del medio y bajo Vinalopó, el Campo de Alicante y la Vega Baja del Segura.

Tras expandirse el Reino de Castilla hasta el Mediterráneo por tierras de Murcia, las tropas castellanas, con Fernando III a la cabeza, toman en 1244 Arjona, Menjíbar y Pegalajar y llegan a las mismas puertas de Granada. Dos años más tarde, en marzo de 1246, cae en sus manos otra plaza largamente deseada, Jaén, a la que Fernando había sitiado varias veces antes, en 1225 y en 1230. Ahora, en 1246, la clave para conquistar la ciudad y su reino es un pacto que hace Fernando con el rey de Granada, Muhammad ibn Nasr, que pasa a ser vasallo suyo y deja de socorrer a los jienenses, que estaban agotados del largo sitio y faltos de víveres. Como en Córdoba, la toma de Jaén causó otra enorme diáspora musulmana, pues sus habitantes tuvieron que abandonar sus casas y campos, que se dieron, en «repartimiento» a los repobladores venidos de todos los reinos de Fernando.

El pacto también resulta muy beneficioso para el rey de Granada, que se garantiza que los castellanos no van a atacarlo. Algunos historiadores sostienen que, con el acuerdo que le entregaba Jaén, Fernando fue el verdadero creador del Reino de Granada y el que le da un seguro de vida, un futuro de independencia que le iba a permitir seguir durante dos siglos y medio prácticamente con las mismas fronteras pactadas en 1246. El reino nazarí se extendía por las actuales provincias de Granada, Almería y Málaga, más el sur de la de Cádiz, una pequeña franja meridional de la de Jaén y otra aún menor del sur de la de Córdoba. Y era muy próspero y muy poblado, pues acogió a todos los musulmanes que Fernando expulsaba de las ciudades andaluzas que conquistaba, que llegaban a los dominios de Ibn Nasr con las riquezas materiales que podían llevarse consigo, generalmente joyas y oro.

Conquistadas Córdoba y Jaén, sometida Murcia y neutralizada como rival Granada, a Fernando III sólo le queda un gran objetivo en Al-Andalus: la entrada en Sevilla. Fernando inicia en octubre de 1246 las operaciones de acercamiento a la gran ciudad en los alrededores de Carmona, «talando y estragando todo cuanto se hallaba fuera de las puertas de esta villa con grandes pérdidas materiales y también humanas, pues fueron muchos los cautivos de uno y otro sexo», según escribe el biógrafo del rey castellano Gonzalo Martínez Díez. Escarmentados con lo que han sabido de Carmona, los defensores de Alcalá de Guadaira «no quisieron ver sus campos talados y destruidos», y se rinden al ejército castellano, que además avanzaba reforzado por el rey de Granada y quinientos caballeros suyos, aportados en virtud del pacto en Jaén. Una parte de esas tropas devastan el Aljarafe, que era la despensa de Sevilla, y otras las de Jerez, al suroeste.

Acampado en Alcalá, le llegó en noviembre a Fernando la noticia de la muerte en Burgos de su madre, Berenguela, que durante su ausencia por la guerra se estaba ocupando de los asuntos cotidianos del gobierno del reino. El rey decidió seguir en el frente, no regresar al norte, y enviar en su lugar al infante Alfonso de Molina, hermano del rey y al que Fernando pidió que acopiara hombres y pertrechos para el asalto a Sevilla.

Durante la espera de los refuerzos, los castellanos toman en 1247 Carmona, Lora del Río, Reina, Cantillana, Guillena, Gerena, Alcalá del Río... En el verano de ese año, se sumó a la operación la marina de Castilla, que se había estrenado en el sitio de Cartagena hacía dos años. La flota entró por el Guadalquivir, con su fundador el burgalés Ramón Bonifaz al mando. El rey plantó su campamento en Tablada, al suroeste de Sevilla, y sus tropas hostigaban la ciudad desde ambas orillas del Guadalquivir y desde el río mismo. Los sevillanos intentaron quemar las naves castellanas con ollas y tinajas llenas de alquitrán, resina, pez y estopa.

Los refuerzos de Alfonso de Molina llegaron en marzo de 1248, eran muy numerosos, y con ellos Fernando cercó casi por completo Sevilla y organizó el campamento de Tablada como si de una ciudad se tratara, para mostrar a los sitiados que no iba a decaer en su empeño de rendirlos. Sevilla sólo recibía víveres por el puente de Triana, tendido sobre fuertes barcas amarradas con cadenas y que comunicaba el centro urbano con el barrio trianero y con el Aljarafe. Las naves de Bonifaz lograron romper el puente, y la fortaleza de Triana fue después bloqueada, lo que dejaba a la ciudad completamente cercada.

Las negociaciones para la capitulación comenzaron poco después; los musulmanes iban presentando ofertas que Fernando rechazaba, como en una partida de cartas: primero, que ocupara el alcázar y cobrara impuestos a los sevillanos; después, que se cediera al rey castellano un tercio de la ciudad; más tarde, que fuera media ciudad... Fernando rehusaba todo, no pestañeaba. Los sevillanos acabaron aceptando la entrega total, primero el alcázar y en el plazo de un mes la ciudad entera y desalojada por sus habitantes, que sólo podrían llevarse lo que pudieran transportar... A los dos caudillos musulmanes que mandaban en Sevilla, Fernando les prometía señoríos en Sanlúcar, Aznalfarache y Niebla.

El 23 de noviembre de 1248, el pendón de Fernando III ondeaba en el alcázar sevillano. Una crónica de la época cuenta las penalidades pasadas durante la larga operación y destaca lo mal que soportaban los castellanos los calores de Sevilla:

«Mucha sangre fue en esa çerca derramada e muchas mortandades fechas, las unas, en lides, las otras, enfermedades grandes e muy grand dolencia que en esa huesta avía, ca las calenturas eran tan fuertes e de tan grand ençendimiento que se muríen los omnes de grand destemplamiento corrompido del ayre, que semejaua llama de fuego, e corríe aturadamente siempre el viento tan escalentado como sy de los infiernos saliese. E todos los omnes andauan todo el dia corriendo agua, de la gran sudor que fazía, tan bien en estando por las sombras commo por fuera o por doquier que andauan, commo sy en vaño estouisen».

El desalojo de la ciudad pactado en los acuerdos de rendición provocó una diáspora musulmana gigantesca. Parte de los desalojados fueron llevados en barcos hasta Ceuta, y otros muchos pasaron a zonas peninsulares aún musulmanas a pie y cargadas sus acémilas de los bienes que pudieron llevarse. «Et de los que yuan por mar et querien pasar a Çebta, eran çient vezes mill por cuenta; et los que por tierra, que yuan para Xerez, eran trezientas vezes mill». La crónica exageraba, sin duda, era imposible que en Sevilla vivieran 400.000 musulmanes, pero la cifra real de desplazados hubo de ser muy alta.

Casi cumplido el mes de plazo, el 19 de noviembre salían de Sevilla los últimos habitantes musulmanes y entraban los partidores castellanos, una comisión de cinco personas nombradas por Fernando para que hagan el reparto inicial de los barrios entre las distintas mesnadas que han intervenido en el cerco y la toma de la ciudad. Cuando no hay acuerdo entre ellos en algunos detalles, lo resuelve el rey. El 22 entra el monarca en la ciudad y los diferentes grupos del ejército toman posesión de sus bienes. En el «repartimiento», reciben los mejores donadíos los grandes magnates, los altos eclesiásticos, los familiares del rey y los oficiales que le sirven y las órdenes militares. También hay casas y heredades para los soldados rasos. Algunos se instalan en Sevilla, otros vuelven a sus lugares de origen. Y llegan, como siempre tras una conquista, miles de repobladores desde todas las esquinas del reino, la mayoría de la vieja Castilla.

Tras Sevilla, caen en manos de Fernando III muchas otras plazas: Jerez, Medina Sidonia, Alcalá de los Gazules, Vejer, Santa María del Puerto, Cádiz, Sanlúcar, Chiclana, Arcos, Lebrija, Rota, Trebujena... la mayoría mediante acuerdos que por lo general no incluyen ahora el desalojo de la población musulmana. En Jerez parece incluso que hubo un pacto de vasallaje por el que la alcazaba sigue en manos musulmanas. Un pacto similar se alcanza con el minúsculo Reino de Niebla. Fernando amplía incluso sus tierras hacia el oeste, en Ayamonte y Aracena, mediante un acuerdo con los portugueses.

En el sur y el este, la frontera con el Reino de Granada está clara por los acuerdos de Jaén: es granadina la zona hoy de la provincia de Cádiz que comprende, de sur a norte, Tarifa, Algeciras, Castellar, Jimena, Zahara, Ubrique, Villaluenga del Rosario, Grazalema, Torre Alháquime y Olvera, y la sevillana de Pruna. Fernando decide no romper el pacto, no atacar al reino nazarí, y prepara una operación mucho más ambiciosa: conquistar el norte de África, el Magreb, dividido entre tres emires enfrentados: los hafsidas de Túnez, que además dominan Ceuta; los almohades de Marrakech, y los benimerines de Fez.

Fernando prepara todo concienzudamente, hasta el reparto futuro de algunas plazas por tomar. Crea incluso en Sevilla un barrio de la mar, con alcalde propio, para ampliar las atarazanas donde se harán las naves para saltar a África. Pero ni esas naves ni esa empresa van a llegar a puerto. Fernando III, que ya había tenido algunos periodos de enfermedad antes, se siente indispuesto y muere el 30 de mayo de 1252, cuando aún no había cumplido los cincuenta y un años.

Sus últimas horas dicen mucho de su personalidad. Cuentan las crónicas de la época que se hizo rodear de obispos y de otros clérigos, pidió una cruz y otros símbolos religiosos y, ante toda su familia, «dexose derribar del lecho en tierra, e, teniendo los hinojos fincados, tomó vn pedazo de soga e echósele al cuello, e demandó primeramente la cruz, e pararóngela delante, e inclinóse contra ella mucho humilldosamente, e tomóla con las manos con muy grant deuoçión, e començólo a orar, nombrando cuantas penas sufriera el nuestro señor Ihesu Christo en ella por nos, pecadores, cada una sobre sy e cómo las recibiera, besándola muchas vezes, firiendo en los pechos muy grandes feridas, llorando mucho de los ojos e culpándose mucho de sus pecados, manifestándolos a Dios pidiéndole perdón, e creyendo e otorgando todas las crehencias verdaderas que a todo fiel christiano conviene creer y otorgar».

Su religiosidad extrema queda reflejada en muchos otros

testimonios, de su época y posteriores. La *Crónica de Veinte Reyes* dice que era «mucho omilldoso contra Dios, mucho obrador de sus obras, mucho usador dellas e muy cathólico e mucho eclesiástico, mucho amado de la su iglesia, muy rezelador de ninguna rrazón yr contra ella nin pasar contra sus mandamientos... En Dios touo siempre todo su coraçón e sus ojos». En 1219, antes de contraer su primer matrimonio, con Beatriz de Suabia, con la que tendría diez hijos en dieciséis años, pasó una noche entera rezando, pidiendo a Dios que bendijera su nuevo hogar. En sus cartas se declaraba «caballero de Jesucristo, siervo de la Virgen Santísima y alférez del apóstol Santiago». Su espada, Lobera, se conserva en la catedral de Sevilla como si fuera una reliquia, y se la saca anualmente en procesión. El Papa Gregorio IX le llama «atleta de Cristo», e Inocencio IV le proclama «campeón invicto de Jesucristo».

Era muy religioso, pero ¿era un cruzado integrista, uno de aquellos guerreros medievales que atendían la llamada hecha en 1192 por el Papa Celestino III de «perseguir y exterminar a los sarracenos»? Parece que no, si por exterminio se entiende matarlos, y parece que sí, si por tal se entiende expulsarlos sin contemplaciones de las tierras conquistadas, cumplir el designio del Pontífice de que «el pío expulse al impío, y el justo al injusto». Durante su reinado se cometieron muchos excesos de los primeros, como los de Alvar Pérez de Castro cuando en 1231 ordena matar a todos los habitantes de Palma del Río tras el asalto a la fortaleza o degollar a quinientos musulmanes cautivos antes de la batalla de Jerez de ese mismo año, pero cuando el rey interviene directamente en un asalto la receta que aplica por lo general es la segunda: la expulsión de todos los musulmanes.

En las tomas de Córdoba, Jaén y Sevilla, Fernando III generó probablemente el mayor número de desplazados, las mayores diásporas, de toda la Edad Media peninsular, con miles y miles de familias musulmanas marchando por los caminos para rehacer sus vidas más al sur, en otros lugares de lo que quedaba de la menguante Al-Andalus o incluso en el norte de África. Fue, sin matar, una limpieza étnica generalizada. En ocasiones, primada por el papado. Gregorio IX emitió en 1231 una bula por la que concedía gracias espirituales e indulgencias propias de los cruzados a todos aquellos que acompañaran al rey Fernando o al arzobispo de Toledo, Jiménez de Rada, en sus campañas contra los moros. El mismo Papa concedió al rey en 1236, por la conquista de Córdoba, 20.000 maravedíes de oro al año durante tres años sobre las rentas de las iglesias de sus reinos. Y, durante la preparación de la toma de Sevilla, Inocencio IV subvencionó al rey concediéndole por tres años la tercera parte de los diezmos de todas las iglesias de sus reinos.

El reinado de Fernando III duró treinta y cinco años en Castilla y casi veintidós en León. Durante ese periodo, el de mayor expansión de los núcleos cristianos en toda la Edad Media, se pusieron además dos pilares firmes hacia el futuro. Uno fue militar: la creación de la marina de guerra de Castilla, que será clave siglos después en la hegemonía marítima castellana y en la formación del imperio. El otro fue político, ideológico: con los desalojos masivos de musulmanes en las zonas conquistadas, se dejó claro que se iba hacia un Estado con una sola religión, un Estado que renunciaba para siempre al intento de coexistencia o de convivencia de culturas y de credos que había hecho siglo y medio atrás Alfonso VI.

La expansión territorial fue enorme. De su madre heredó Fernando un reino, el de Castilla, que tenía entonces unos ciento cincuenta mil kilómetros cuadrados, y de su padre otro reino, el de León, de unos noventa y cinco mil, y él los unificó y conquistó nuevos territorios que sumaban unos ciento cinco mil kilómetros cuadrados. Total, trescientos cincuenta mil. No sólo expandió extraordinariamente el territorio, sino también el propio concepto de lo que era Castilla. Cuando él llega al trono, en 1217, gobierna dos entidades políticas ensambladas el siglo anterior y que tienen orígenes diferentes: Castilla la Vieja y Castilla la Nueva, los reinos de Castilla y de Toledo. Cuando muere, tras unificar Castilla con León y conquistar la llamada Castilla la Novísima, deja un conglomerado que en origen son ocho reinos, pero que él ha unido de modo definitivo bajo una nueva entidad histórica, la Corona de Castilla, a la que se comienza a llamar, cada vez más, con otra palabra: España.

El epitafio grabado en el sepulcro del rey, en la catedral de Sevilla, resume muy bien ese nuevo panorama, al tiempo que hace un panegírico al hombre que lo ha creado. Dice así: «Aquí yace el Rey muy honrado Don Fernando, señor de Castiella é de Toledo, de León, de Galicia, de Sevilla, de Córdoba, de Murcia é de Jaén, el que conquistó toda España, el más leal, é el más verdadero, é el más franco, é el más esforzado, é el más apuesto, é el más granado, é el más sofrido, é el más omildoso, é el que más temie a Dios, é el que más le facía servicio, é el que quebrantó é destruyó á todos sus enemigos, é el que alzó y ondró á todos sus amigos, é conquistó la Cibdad de Sevilla, que es cabeza de toda España é passos hi en el postrimero día de Mayo, en la era de mil et CC et noventa años».

Castilla, la vieja Castilla, ha rematado con éxito su mayor ciclo expansivo y se está transformando en algo muy diferente. Concluirán ambos procesos mucho más tarde, dos siglos y medio después, con la unidad dinástica con Aragón con los Reyes Católicos, la toma de Granada y la anexión del Reino de Navarra. Ahora tiene otra tarea más urgente: sacar brillo a su pasado remoto, completar los mitos fundacionales, reinventar la nación castellana. Uno de los hombres más cercanos al rey Fernando, el obispo Jiménez de Rada, y el hijo y sucesor del monarca, Alfonso X, van a ser claves para hacerlo.

31

LOS CREADORES DE LOS MITOS

Los años le dieron mucho de sí a Alfonso X. Los sesenta y dos y medio de vida y los casi treinta y dos de reinado. Hizo de todo, le pasó de todo. Tomó, como sobre él dijo el Papa Inocencio IV, «el signo de la cruz contra los sarracenos» y continuó las campañas de conquista militar de Al-Andalus. Afrontó una rebelión mudéjar y otra de sus propios nobles, y un descomunal lío sucesorio entre uno de sus hijos y algunos de sus nietos. Ordenó ajusticiar a su hermano Fadrique y quitó a su hermano Enrique los donadíos que le había dejado el padre de ambos, Fernando III. Repobló no sólo zonas del sur peninsular, sino también gallegas, asturianas y vascas. Intentó, sin éxito, ser emperador. Limitó mucho la autonomía de las ciudades. Legisló sobre las más variadas materias: la Mesta, los precios y los salarios, los pesos y las medidas... Creó nuevos impuestos, lanzó monedas nuevas, saneó la hacienda real. Autorizó la creación de nuevas ferias en veinticinco villas y ciudades. Celebró Cortes con gran frecuencia. Impulsó el uso del castellano, creó poesía en gallego. Fue un mecenas cultural, pero también un autor: escribió sobre las más variadas materias, desde el derecho y la historia hasta la astronomía, desde la medicina hasta el ajedrez o los dados...

Fue «un precedente de la modernidad», el rey que forja la España moderna, dice sobre Alfonso X el historiador Julio Valdeón. Y el que contribuye a la forja de la leyenda de Castilla, podría perfectamente añadirse: fue el último responsable de que toda una serie de invenciones y tergiversaciones sobre los orígenes de Castilla y sus mitos fundacionales entraran como hechos ciertos y contrastados en los libros de historia, en algunos casos hasta hoy mismo.

Desde finales del siglo XII y hasta mediados del siglo XIII, como hemos ido viendo a lo largo de este libro, un puñado de historiadores y de poetas se inventan una patria, una nación, que en realidad nunca había sido exactamente así. Crean una serie de mitos sobre los orígenes de Castilla y rodean de tintes legendarios falsos a algunos personajes reales del pasado. Se inventan las figuras de los jueces de Castilla. Presentan al pueblo castellano originario con un grado mayor de singularidad del que probablemente tuvo. Falsean la antigüedad de la independencia castellana, hasta el punto de que, de hacer caso a alguno de ellos, Castilla existiría como entidad política casi al mismo tiempo que la Asturias de don Pelayo. Nos cuentan la guerra que en los siglos X y XI se libraba contra los musulmanes como si fuera únicamente una guerra de religión, una cruzada, pese a que realmente no fue así hasta finales del siglo XII.

A Fernán González, un dirigente político y militar que durante varios siglos después de muerto no fue considerado estelar, lo convierten los panegiristas castellanos en el padre de aquella patria soñada, en el líder carismático que sublima el afán de identidad y de libertad de todo un pueblo, y además lo hacen nieto de Nuño Rasura, uno de los inventados jueces de Castilla. Adjudican a Fernán González la creación del gran condado de Castilla, cuando verdaderamente se creó por iniciativa del rey leonés Ramiro II. Cuentan incluso que Fernán González venció en el campo de batalla al temible Almanzor, el principal caudillo militar del islam peninsular en toda la Edad Media, pese a que cuando Almanzor realizó su primera incursión de guerra en tierras castellanas el conde Fernán González llevaba ya nueve años muerto.

Y, en fin, convierten al Cid, que en realidad fue un señor de la guerra lleno de claroscuros, en el ejemplo de la nobleza caballeresca, del vasallo leal, del hombre honrado, del buen cristiano, casi un santo. En la sublimación de todas las virtudes castellanas, en el héroe nacional por antonomasia, casi en un dios. En alguien capaz de pedir explicaciones al rey Alfonso sobre la muerte violenta del anterior rey, Sancho, y capaz también de ganar batallas después de muerto. Y en descendiente, por si todo esto fuera poco, del otro juez mítico, Laín Calvo.

Los creadores de esa Castilla mítica no fueron muchos, aunque de la mayoría de ellos se desconocen sus nombres. El edificio mítico castellano probablemente comenzaron a levantarlo los juglares del siglo XII y lo remataron los anónimos autores de los romances del XIV y el XV. Es muy posible que los primeros bebieran de los anónimos autores de los cantares de gesta, y especialmente el del *Cantar de Mio Cid.* Pero tanto éstos como los posteriores pusieron ya en el edificio muchas piedras de su cosecha, muchos adornos de su invención: los autores, de nombre desconocido, de la *Historia Roderici*, del *Liber Regum*, de *Linage de Rodrigo* o de las *Crónicas Navarras;* el monje que escribe la *Crónica Najerense;* los obispos Lucas de Tuy con su *Chronicon Mundi* y, sobre todo, Jiménez de Rada con su *De Rebus Hispaniae;* Gonzalo de Berceo y sus hagiografías en verso de distintos santos castellanos; el monje que trazó el *Poema de Fernán González* y el que hizo la *Leyenda de Cardeña...* Entre todos ellos crean los mitos, y Alfonso X el Sabio los toma por descuido o a sabiendas como ciertos y los incluye sin depurar en su *Primera Crónica General.*

¿Por qué lo hicieron? ¿Por qué en muy pocos años, desde finales del siglo XII y hasta la mitad del XIII, un grupo disperso de autores reescribe la historia de Castilla? En resumen, por dos motivos muy simples: la política y el dinero. Las razones económicas son las que de modo prioritario mueven a quienes escriben en un monasterio. Berceo y el monje de San Pedro de Arlanza que crea el *Poema de Fernán González*, y el de San Pedro de Cardeña que pergeña la *Leyenda de Cardeña* para vincular su cenobio a la historia del Cid, tienen algo en común:

hacen propaganda de sus respectivos monasterios, que han entrado en decadencia y necesitan nuevos estímulos que atraigan peregrinos y generen dinero. Pero a otro monje, el de la *Crónica Najerense*, probablemente no le lleva a las invenciones el mismo motivo económico, sino otro político.

Navarra había desaparecido como reino independiente en 1076, tras el asesinato en el precipicio de Peñalén del rey Sancho Garcés IV. Una parte de la zona occidental se la quedó Alfonso VI de Castilla, y la mayoría del territorio y el propio trono fueron para el rey de Aragón, Sancho Ramírez. Unos años después, en 1134, tras la muerte sin descendencia del aragonés Alfonso I el Batallador, Navarra vuelve a ser independiente con un monarca de una nueva dinastía, García Ramírez el Restaurador. Pues bien: este rey era nieto del Cid, su madre era Cristina, una de las dos hijas de Rodrigo Díaz de Vivar. Quizás es ésta la razón por la que unos cuantos escritores navarros y riojanos (los de *Crónica Najerense*, *Linage de Rodrigo*, *Crónicas Navarras* y *Liber Regum* e incluso la *Historia Roderici*, que seguramente se escribió en Nájera) son los primeros que hablan de los primitivos jueces de Castilla y de que uno de ellos, Laín Calvo, era antepasado del Cid, y el otro, Nuño Rasura, era abuelo de Fernán González. Los navarros estaban dando pedigrí y pasado histórico a su nueva dinastía, la del Restaurador, y trataban de exhibir un pasado glorioso lo más antiguo posible. Si la sangre del rey García Ramírez proviene, por vía del Cid, del juez castellano Laín Calvo, Navarra tiene tanta legitimidad histórica como Castilla, que desciende del otro juez, y mucha más que Aragón, que en aquellos tiempos remotos de los jueces castellanos ni siquiera existía. De ese modo, Navarra busca su propia supervivencia política: inventa argumentos para reforzar su independencia y su legitimidad frente a sus dos grandes vecinos peninsulares. Adorna el pasado castellano para, de ese modo, reivindicar su propio presente y asegurar su futuro.

En Castilla, las cosas son muy diferentes. A los creadores castellanos de los mitos les van a venir muy bien los avances en la invención que han promovido los navarros, pero los fines aquí son otros. En el siglo XIII, con la victoria en Las Navas de Tolosa de Alfonso VIII y las conquistas en el sur de Fernando III, Castilla era ya la potencia hegemónica peninsular, incluso una de las potencias europeas, pero su pasado no estaba a la altura de su presente. Los primeros héroes de la luego llamada reconquista eran asturianos, no castellanos. Asturias existía desde tres siglos antes que Castilla. León también había entrado en la historia más de un siglo antes. Hasta el reino original de Pamplona-Navarra podía presumir de un pasado más antiguo. «La consigna es clara: a Castilla, potencia hegemónica peninsular incuestionable, ha de corresponderle también un pasado no menos glorioso», escribe el historiador F. Javier Peña Pérez, uno de los que más ha estudiado la creación y divulgación de los mitos fundacionales castellanos.

Peña Pérez habla de «la consigna» porque apunta que hubo un plan, que nada fue casual. Que a Fernando III no le habría gustado el *Chronicon Mundi*, la historia escrita en 1236 por el leonés Lucas de Tuy por encargo de Berenguela, la madre del rey; un libro en el que se toma de los autores navarros y riojanos lo de los jueces de Castilla, pero se cuenta como una rebelión tiránica contra un poder legítimo, el de León. Y que, para dar réplica al de Tuy, al Tudense, el rey Fernando decide encargar otra historia donde las cosas se relaten como él las ve y las ha vivido. «Fernando III se pone manos a la obra con esa intención y comienza el proyecto repasando la lista de candidatos a la autoría de la nueva historia de España que él tenía perfectamente diseñada en su mente —escribe Peña Pérez—. Repara en Rodrigo Jiménez de Rada, flamante arzobispo de Toledo, titulado en Bolonia y en París. Es un hábil diplomático y hombre de consenso, bien relacionado con la Santa Sede y asiduo acompañante de los monarcas castellanos en las campañas militares desde la batalla de Las Navas. Su perfil personal parece adecuado para plasmar en el pergamino las difusas impresiones del monarca».

Así habría nacido en 1243, como un encargo del rey Fernando III, el *De Rebus Hispaniae* de Jiménez de Rada. La obra da la vuelta a la versión de los jueces de Lucas de Tuy: la tiranía era la que ejercía León, ante la que los castellanos responden de forma prudente con sus dos jueces. Y va más allá el obispo toledano: además incluye muchos de los otros mitos fundacionales castellanos que se habían ido generando de modo disperso en las décadas anteriores. El último paso lo da el hijo de Fernando III, el rey Alfonso X, al incluir esos materiales averiados, recopilados por Jiménez de Rada, en su *Primera Crónica General*, también conocida como *Estoria de España*, de la que se han nutrido docenas de generaciones de historiadores hasta casi hoy mismo.

¿Tendría el rey Alfonso instrucciones explícitas de su padre Fernando para que se hicieran así las cosas? Se ignora. Cuando Fernando III muere, en 1252, Alfonso ya había comenzado su carrera intelectual, ya había escrito algunas cantigas en gallego, pero aún faltaba algún tiempo para que se metiera a historiador: la *Primera Crónica General* estuvo concluida hacia 1274. Pero también es verdad que cuando Jiménez de Rada acaba su *De Rebus Hispaniae*, en 1243, el entonces infante Alfonso tiene ya veintidós años, y sería plenamente consciente de que ésa era la versión de la historia castellana que su padre quería que perdurara. No en vano Alfonso «se mostró ya desde su adolescencia agudo en ingenio, diligente en el estudio, brillante en memoria», según lo describe el franciscano Juan Gil de Zamora, que trabajó para él en la corte.

Alfonso X tiene una razón añadida para seguir con la manipulación histórica: su ambición por la corona del Sacro Imperio Romano Germánico. El rey Sabio, que aspira al trono más importante de Europa, no puede ser un nuevo rico: el monarca de un país sin un pasado antiquísimo, heroico y ejemplar.

La historia la escriben los vencedores. Y por eso la vencedora Castilla pudo pulir su pasado para que brillase como el oro de la corona, como el acero de las espadas. Después, esas luminosas mentiras desembocaron en otro río aún mayor: el de la historia de España, el de esa «unidad de destino», que recuperaba para el futuro la ansiada unidad perdida de la Hispania romana y visigoda. ¿O no?

Hay algo indudable. Durante toda la Edad Media, todas las coronas cristianas de la península se denominan en algún momento como parte de España o de las Españas. Irónicamente, como demostró José Antonio Maravall en su libro *El concepto de España en la Edad Media*, los primeros que escriben la nueva idea en lengua romance son los catalanes: la palabra catalana «Espanya» aparece antes que la castellana «España». ¿Era una unidad geográfica o una unidad política? Ambas cosas. Era la manera de nombrar al solar ibérico, pero también una ambición por recuperar la antigua e idealizada unidad visigoda, un deseo que al menos sí bullía en la cabeza de la mayoría de sus reyes, que a cada ocasión se proclamaban *Imperator Hispaniae*. Cuando Alfonso X heredó la Corona, tras la muerte de su padre en 1252, los heraldos recorrieron la ciudad mientras proclamaban «dadle reverencia y honor y obedescedlo, porque éste es nuestro rey y príncipe de todo el pueblo de los españoles». ¿Y qué pensaba el pueblo llano, esos «españoles» a los que arengaban los heraldos? A saber.

España, como la soñaban aquellos reyes, fracasó. Pero no tanto por sus nunca resueltas tensiones territoriales, sino por algo mucho más obvio: hay otro país en las Españas y se llama Portugal. ¿Seguirá existiendo España en el futuro o estamos ya dentro de un proceso mayor, iniciado hace ya dos siglos con la independencia latinoamericana: el de la emancipación de las conquistas castellanas? Es difícil de pronosticar. Resulta impensable imaginar un futuro donde la unidad política no dependa simplemente de la voluntad de sus partes por permanecer unidas. En una democracia, ya no sirve la fuerza de los ejércitos ni los matrimonios entre reyes como elemento aglutinador. La autodeterminación de los pueblos no es un derecho porque lo diga, a ratos, la Organización de las Naciones Unidas, sino porque en un Estado democrático sólo la voluntad mayoritaria garantiza la convivencia común.

Y Castilla. ¿Qué será de ella? ¿Sigue existiendo siquiera la nación castellana? Castilla ha sido la gran maltratada. Los reyes y obispos ganadores de la guerra contra Al-Andalus reescribieron la historia y sobre esas medias verdades se forjó una nación, la castellana, que fue después derruida para levantar sobre sus cimientos otro casón mayor: la nación española.

En el camino la vieja patria fue rota, expoliada. Fue la carne de cañón del imperio posterior, la que sometió su verdadera identidad, que no estaba en sus reyes o en el espadón del Cid, sino en sus ciudades: en aquellas islas de hombres libres rodeadas de un mar feudal, en aquella sociedad algo más igualitaria que sus demás vecinos. La relativa libertad de aquellas villas, que fue clave para conseguir la hegemonía peninsular, comienza a declinar precisamente con Alfonso X, que es el primero que recorta sus alas cuando ya la reconquista ha dejado de ser una prioridad, cuando ya sólo falta por tomar el reino nazarí de Granada; un enemigo menor. En los siglos posteriores, las villas perderían aún más autonomía y, por último, la revuelta de los comuneros fue su derrota definitiva. Al final hasta Burgos, la *Caput Castellae*, se postró, construyendo ese arco de Santa María lleno de símbolos inventados; una puerta que es, en sí misma, un símbolo más: el de la derrota de la verdadera identidad castellana que se arrodilla ante aquel emperador que era antes V de Alemania que I de España.

Pero Castilla existía: la Vieja, la Nueva y la Novísima —como llamaba Menéndez Pidal a la última expansión por la actual Andalucía—. Cantabria era Castilla; tan Castilla como Burgos, pues fue en sus montes donde nació el condado. La Rioja era Castilla; tanto, que aún hoy disputa su papel como cuna del castellano. Jaén, Cordoba o Sevilla, aquellas ciudades que invadió Fernando III, no están hoy pobladas por los herederos descendientes de Al-Andalus, sino por los que fueron sus verdugos: aquellos belicosos castellanos que expulsaron en semanas a todos los pobladores musulmanes. También eran Castilla sus mitos, sus leyendas; esa nación inventada que, al final, acabaría siendo la nación derrotada y expoliada.

EPÍLOGO, BIBLIOGRAFÍA Y AGRADECIMIENTOS

Un libro siempre tiene muchos otros libros detrás. Éste tiene dos en origen que lo inspiraron y muchas docenas en los que lo documentamos. Los primeros son la *Historia de Roma* y la *Historia de los griegos*, que el periodista Indro Montanelli escribió hace ya medio siglo y que aún hoy se conservan maravillosamente frescos.

Hace un par de años, espoleados por una lectura reciente de las dos obras de Montanelli, los autores de este libro, padre e hijo, ambos periodistas y ambos burgaleses, nos preguntamos si seríamos capaces de hacer con la historia de Castilla algo parecido a lo que el italiano Montanelli hizo con la suya y con la griega: contar el pasado remoto para el gran público, sin aire profesoral, con afán divulgador, con anécdotas, de modo a ser posible nada plúmbeo y con técnicas más periodísticas que de historiador. Contar la Castilla medieval como un conjunto de grandes reportajes, y aplicando aquel consejo que al propio Montanelli le dio el director de un diario de Estados Unidos en el que se inició el joven Indro en el oficio: «Hacer que cada artículo pueda ser leído y entendido por cualquiera, incluso por un lechero de Ohio».

Había que documentarse mucho, leerse o releerse muchos textos antes de ponerse a escribir una sola línea, visitar algunos lugares relevantes de la historia castellana, buscar un tono al relato, y ambos disponíamos de tan poco tiempo que el proyecto de Castilla languidecía y llevaba camino de convertirse sólo en un tema de conversación recurrente en nuestras reuniones familiares. Hasta que un día, inopinadamente, nos llamó un editor a quien no conocíamos proponiéndonos que hiciéramos para él ese libro sobre Castilla que había oído que estábamos maquinando. El editor era Manuel Fernández-Cuesta, de Península. Seguíamos ambos con mucho trabajo, pero no supimos negarnos.

Nos ha costado mucho más tiempo y esfuerzo del que preveíamos, hemos incumplido algunos plazos de entrega con Manuel, pero hemos completado el proyecto. Tan a la carrera, que algunos capítulos, algunos de los reportajes, probablemente hayan quedado un poco inmaduros. Quizás también se nos haya escapado algún error, esperemos que menor. Pedimos disculpas por ambas cosas. Los periodistas, más que con la perfección, nos obsesionamos con cumplir los horarios y las fechas de cierre, de entrega de nuestros textos.

Aunque inspirado en la *Historia de Roma* y la *Historia de los griegos*, nuestro libro es bastante diferente, bastante alejado de la fórmula «a lo Montanelli» que barajamos al principio. Nos ha salido un mixto, un texto de divulgación en forma de gran reportaje que además es un ensayo, una tesis. Tal vez la suma del Escolar más reportero, Arsenio, y el Escolar más columnista, Ignacio. Pero no hay capítulos de un autor y capítulos de otro, ambos hemos intervenido en todos, a cuatro manos.

Agustín García Simón, experto en historia y en historiografía castellanas, director del servicio de publicaciones de la Junta de Castilla y León y amigo nuestro, nos ayudó mucho en la selección de algunas lecturas imprescindibles. De sus consejos y de nuestras propias indagaciones sale la bibliografía que hemos manejado para elaborar el texto.

Entre los libros generalistas, hemos tenido siempre a mano éstos: *Historia de España* de JULIO VALDEÓN, JOSEPH PÉREZ y SANTOS JULIÁ (Austral, 2008); *Breve historia de España*, de FERNANDO GARCÍA DE CORTÁZAR y JOSÉ MANUEL GONZÁLEZ VESGA (Alianza, 1994); *Síntesis de historia de España*, de ISABEL RIVERO

(Globo, 2004); *Historia de España III. Medieval. Territorios, sociedades y culturas*, de FERMÍN MIRANDA GARCÍA Y YOLANDA GUERRERO NAVARRETE (Sílex, 2008); *La España medieval*, de EMILIO MITRE (Istmo, 1999); *La realidad histórica de España*, de AMÉRICO CASTRO (Porrúa, 1987). *Introducción a la España medieval*, de GABRIEL JACKSON (Alianza, 1974); *España, un enigma histórico*, de CLAUDIO SÁNCHEZ-ALBORNOZ (Edhasa, 2000); *Historia de Castilla. De Atapuerca a Fuensaldaña*, dirigida por Juan José García González (La Esfera de los Libros, 2008); *Historia de Castilla y León*, 10 volúmenes, varios autores (Ámbito, 1985); *Iniciación a la historia de Castilla y León. De Fernán González a la revolución de las comunidades*, de JULIO VALDEÓN BARUQUE (Nuestra Cultura, 1982); *Historia de una cultura. Castilla y León en la historia de España*, varios autores, edición de Agustín García Simón (Junta de Castilla y León, 1995); *Historia medieval de la España cristiana*, de PAULINO IRADIER, SALUSTIANO MORETA y ESTEBAN SARASA (Cátedra, 1989); *La reconquista*, de JULIO VALDEÓN (Espasa Calpe, 2006), y *La epopeya castellana a través de la literatura española*, de Ramón Menéndez Pidal (Austral, 1974).

Para el capítulo sobre la lengua castellana, hemos manejado *Historia de la lengua española*, de RAFAEL LAPESA (Gredos, 1986); *Orígenes del español*, de RAMÓN MENÉNDEZ PIDAL (Espasa Calpe, 1986); *La aventura de las lenguas en Occidente*, de HENRIETTE WALTER (Espasa, 1997), y la *Historia de las letras*, de GREGORIO SALVADOR Y JUAN RAMÓN LODARES (Espasa, 1996).

El capítulo de las ciudades le debe mucho a *Ciudades de la España medieval*, de MIGUEL ÁNGEL LADERO QUESADA (Dykinson, 2010); a *Ciudades de Castilla y León*, de JESÚS TORBADO (Ámbito, 1996) y a los *Viajes de extranjeros por España y Portugal* recopilados en seis volúmenes por J. GARCÍA MERCADAL (Junta de Castilla y León, 1999).

El capítulo de la repoblación está sobre todo en deuda con *Pueblos y alfoces burgaleses de la repoblación*, de GONZALO MARTÍNEZ DÍEZ (Junta de Castilla y León, 1987). El del poder, con *Historia del pensamiento político en la Edad Media*, de WALTER ULLMAN (Ariel, 2006). El prólogo, con *El ocaso del emperador*, de AGUSTÍN GARCÍA SIMÓN (Nerea, 1995).

El capítulo final y muchos pasajes de capítulos intermedios sobre los mitos castellanos son deudores de *El surgimiento de una nación. Castilla en su historia y en sus mitos*, de F. JAVIER PEÑA PÉREZ (Crítica, 2005) y de *El condado de Castilla (711-1038). La historia frente a la leyenda*, de GONZALO MARTÍNEZ DÍEZ (Junta de Castilla y León; Marcial Pons Historia, 2005).

Los capítulos sobre las técnicas de guerra y las víctimas de la guerra se basan, entre otros, en *La guerra en la Edad Media*, edición de Matthew Benett (Akal, 2009); *Los grandes asedios en la reconquista de la Península Ibérica*, de RUBÉN SÁEZ ABAD (Almena, 2009); *Técnicas bélicas del mundo medieval*, de MATTHEW BENNETT, JIM BRADBURY, KELLY DEVRIES, IAIN DICKIE y PHYLLIS JESTICE (Libsa, 2007), y *El cuerpo derrotado. Cómo trataban musulmanes y cristianos a los vencidos. Iberia, siglos* VIII *a* XIII, que recoge las intervenciones de varios autores en un seminario celebrado bajo el mismo título (Consejo Superior de Investigaciones Científicas, 2005).

El capítulo sobre los judíos está documentado con *El chivo expiatorio*, de JULIO VALEDÓN (Ámbito, 2000); *Judíos y conversos en la Castilla medieval*, de JULIO VALDEÓN (Ámbito, 2004); *Historia de una tragedia, la expulsión de los judíos de España*, de JOSEP PÉREZ (Crítica, 1993); *Los judíos en la Edad Media española*, de ISABEL MONTES ROMERO-CAMACHO (Arco Libros, 2001), y *Los orígenes de la Inquisición en la España del siglo* XV, de BENZION NETANYAHU (Crítica, 2000).

Las monografías o biografías *Mio Cid el del Cantar. Un héroe medieval a escala humana*, de F. JAVIER PEÑA PÉREZ (Sílex, 2009); *Alfonso VI, el rey hispano y europeo de las tres religiones (1065-1109)*, de ANTONIO LINAGE CONDE (Trea, 2006); *Alfonso VIII*, de GONZALO MARTÍNEZ DÍEZ (Trea, 1995); *Fernando III*, de GONZALO MARTÍNEZ DÍEZ (Diputación Provincial de Palencia; La Olmeda, 1993) y *Alfonso X El Sabio. La forja de la España moderna*, de JULIO VALDEÓN (Temas de Hoy, 2003) nos fueron muy útiles en los capítulos de los respectivos personajes.

Muchos de los capítulos se completaron con documentación o fuentes de primera mano consultadas en Internet, donde uno puede encontrar hasta multitud de ediciones facsímiles en PDF de algunas de las crónicas medievales y de documentos originales del periodo.

Además de a Agustín García Simón, por su impagable ayuda, los autores quieren mostrar aquí su agradecimiento a Montse Román y a María Maícas, que corrigieron, editaron y mejoraron el texto final del libro.

ÍNDICE ONOMÁSTICO

ÍNDICE TOPONÍMICO